Lügen in Zeiten des Krieges

Das Buch

Der erste und bekannteste Roman Louis Begleys erzählt die Geschichte einer Kindheit in Polen: Maciek, Sohn jüdischer Eltern, wächst behütet in einem wohlhabenden Arzthaushalt auf, bis der Herbst 1939 mit einem Schlag das Schicksal seiner Familie verändert. Der Vater wird als Militärarzt von den Russen zwangsrekrutiert, und als 1941 die Deutschen einrücken, beginnt für den siebenjährigen Jungen und seine Tante eine schreckliche Odyssee. Getarnt als polnische Katholiken fliehen sie von Versteck zu Versteck.
Louis Begley verarbeitet in diesem Roman seine eigene Lebensgeschichte. Er schildert die Demütigungen und die Angst, von Polen oder auch von Juden denunziert und erpreßt zu werden und sich loskaufen zu müssen – vor allem aber erzählt er vom Verlust der eigenen Identität als Preis für das Überleben und von der Schande der Lüge, die allein das Leben retten kann.

Der Autor

Louis Begley wurde 1933 unter dem Namen Ludwik Begleiter als einziges Kind polnisch-jüdischer Eltern in der ostgalizischen Provinz geboren. Gemeinsam mit seiner Mutter überlebte er den Krieg versteckt in einem entlegenen Bauerndorf in Masowien. 1947 wanderte er mit seinen Eltern in die USA aus, studierte Jura in Harvard und wurde 1959 Anwalt in New York, wo er noch heute lebt. Für seinen autobiographischen Roman *Lügen in Zeiten des Krieges* wurde Begley mit zahlreichen Preisen ausgezeichnet, zuletzt mit dem Literaturpreis der Konrad-Adenauer-Stiftung.

Louis Begley

Lügen in Zeiten des Krieges

Roman

Aus dem Englischen von Christa Krüger

List Taschenbuch

Besuchen Sie uns im Internet:
www.list-taschenbuch.de

Umwelthinweis:
Dieses Buch wurde auf
chlor- und säurefreiem Papier gedruckt.

List Taschenbücher erscheinen im
Ullstein Taschenbuchverlag, einem Unternehmen der
Econ Ullstein List Verlag GmbH & Co. KG, München
Deutsche Erstausgabe
1. Auflage November 2002

Titel der amerikanischen Originalausgabe: Wartime Lies
(Alfred A. Knopf, New York)
Übersetzung: Christa Krüger
Umschlaggestaltung: Hauptmann und Kampa Werbeagentur, CH–Zug
Titelabbildung: Foto M. Bovis /AFDPP
Gesetzt aus der Sabon
Satz: hanseatenSatz-bremen, Bremen
Druck und Bindearbeiten: Clausen & Bosse, Leck
Printed in Germany
ISBN 3-548-60262-2

Für meine Mutter

Ein Mann von fünfzig Jahren könnte er sein, oder auch etwas älter, schon leicht gebeugt, ein Mann mit freundlichem Gesicht und traurigen Augen; sagen wir, er lebt verhältnismäßig angenehm in einem friedlichen Land. Er umgibt sich gern mit Büchern, arbeitet womöglich in einem angesehenen Verlag oder lehrt an einer Provinzuniversität, wie man Literaturen miteinander vergleicht. Vielleicht vermittelt er auch Autoren, Manuskripte von Dissidenten liegen ihm besonders am Herzen, Texte, die Zeugnis ablegen gegen Unterdrückung und Unmenschlichkeit. Abends liest er manchmal lateinische Klassiker. Rückübersetzen kann er nicht mehr – die Zeiten sind vorbei. Latein hat er bloß lückenhaft gelernt, immer nur, wenn ihm wieder einmal ein Examen bevorstand, und auch dann erst in letzter Minute; gründlich sind seine Kenntnisse nie gewesen. Aber zum Glück kann er die Bedeutung eines Textes noch erfassen; auch sein Erinnerungsvermögen ist ihm erhalten geblieben. Er bewundert die Äneis. In ihr fand er zum ersten Mal literarisch ausgedrückt, was ihn quälte: die Scham, am Leben geblieben, mit heiler Haut, ohne Tätowierung davongekommen zu sein, während seine Verwandten und fast alle anderen im Feuer umgekommen waren, unter ihnen so viele, die das Überleben eher verdient hätten als gerade er.

Er achtet darauf, die Metapher nicht zu nahe an sich heranzulassen. Seine Heimatstadt in Ostpolen war kein Ilium. Ein

SS-Mann, der ungerührt mit der Reitpeitsche auf einen alten Mann einschlägt, auch wenn der schon nicht mehr wie ein Mensch aussieht, könnte zwar gut für Pyrrhus' blutigen Mord an Priamus stehen – aber wo bleiben in diesem sinnlosen Tableau die mitstreitenden goldhaarigen Götter und Göttinnen? Er hat gesehen, wie ein alter Mann gnadenlos totgeschlagen wurde; der kahlköpfige Alte hatte sich hinknien müssen, die Peitschenhiebe zielten nur auf seinen blanken Schädel, das Blut strömte ihm übers Gesicht, abwischen konnte er es nicht, die Hände waren ihm auf dem Rücken zusammengebunden. Welche Göttin hätte durch diese Greueltat gerächt werden sollen, und wodurch hätte man sie beleidigt? War es etwa der zürnende Jupiter gewesen, der den Sondertrupp von alten Juden zu der überaus nützlichen Arbeit der Gullyreinigung abkommandiert hatte, die sie, auf den Knien liegend, absolvierten, bewacht vom jüdischen Ordnungsdienst mit schlagbereiten Gummiknüppeln?

Jetzt aber werden unserem Mann die Metaphern vertrauter: Als Äneas, von seiner unsterblichen Mutter vorsorglich in dichten Nebel gehüllt, in Karthago den Touristen spielt, sehen seine erstaunten Augen an den Wänden von Didos Palast kunstvolle Bilder mit blutigen Schlachtszenen aus dem Trojanischen Krieg. Hat unser Mann nicht auch gleich nach dem Ende seines Krieges die ersten Bildbände mit Fotos von Auschwitz, Bergen-Belsen und Buchenwald betrachtet, nackte, zu Skeletten abgemagerte Männer und Frauen gesehen, die noch lebten und in die Kamera starrten? Wüst auf einen Haufen geworfene Leichen? Warenlager von Brillen, Uhren und Schuhen? Welchen Sinn hat da sein Überleben? Wenn Vater Äneas mit dem kleinen Julus aus Troja flieht, erfüllt er damit ein bindendes Versprechen: Er wird das ewige

Rom gründen; kraft Jupiters Willen und mit etwas Zungenakrobatik wird Ascanius-Julus zum Ahnherrn der julischen Cäsaren. Unser Mann, Treibgut, untergetaucht und hochgespült, ausgelaugt und gestrandet, kann keine Bestimmung für sich erkennen. Seine Erinnerungsbilder sind Stoff für Alpträume, mit Mythen haben sie nichts gemein.

Unser Mann meidet Holocaust-Bücher und läßt sich bei Essenseinladungen nicht auf Plaudereien über Polen im Zweiten Weltkrieg ein, auch wenn die schönen Augen seiner Tischdame ihm parfümierten Trost versprechen. Berichte über Folterungen von Dissidenten und politischen Gefangenen dagegen liest er wieder und wieder, jedes Verhör stellt er sich bis in alle Einzelheiten vor. Wie lange hätte es wohl gedauert, bis er schreiend zusammengebrochen und zu Kreuze gekrochen wäre? Ob er sofort weich geworden wäre oder erst, nachdem sie ihm die Finger gebrochen hätten? Wen hätte er verraten und wie schnell? Er ist ein Voyeur des Bösen geworden, starrt gebannt auf die grauenhaften Szenen, die vor seinem inneren Auge abrollen; manchmal weiß er nicht, welchen Part er darin spielt. Mußte das Kind, das er einmal war, sich so entwickeln, ist das der Preis für seine Weise des Überlebens?

Für Catull empfindet er eine Affinität anderer Art, die aufblitzt wie ein Leuchtfeuer über schwarzem Wasser. Er malt sich die Kindheit des Dichters aus, das Leben in der Umgebung von Verona, das anheimelnde Landhaus am Gardasee, die schnittige Jacht. Ein gütiger Vater begleitet Catull nach Rom und ebnet ihm die Wege. Der Dichter liebt Lesbia, die schöne Nymphomanin Lesbia, nicht begehrlich, wie jedermann Frauen liebt, sondern mit der Liebe, die ein Römer für seine Söhne und Schwiegersöhne empfindet. Leider ist die

Liebe zu Lesbia eine Krankheit. Diese treulose Lesbia, die Catull mehr als sich und seine Sippe liebt, spielt üble Spiele – »an Kreuzwegen, in schmutzigen Seitengäßchen rupft sie die hochgeborne Römerjugend!« Nun will der Dichter nicht mehr, daß sie treu ist, selbst wenn das möglich wäre. Er möchte nur selbst gesunden, die quälende Krankheit abschütteln, die ihm alle Freude vergällt hat. Ipse valere opto et taetrum hunc deponere morbum ... *Diese Zeilen haben unseren Mann jahrelang verfolgt, er meint Catulls Krankheit bis auf den Grund zu kennen, auch er wollte nichts anderes mehr, bloß noch gesunden, um jeden Preis. Nur trifft auch diese Metapher nicht. Seine Krankheit geht tiefer als die des Dichters. Catull zweifelt keinen Augenblick daran, daß er geboren ist, um glücklich zu sein und Freude zu empfinden angesichts der guten Taten, die er früher begangen hat,* benefacta priora voluptas. *Das sind die Götter ihm schuldig, da er ihnen treu war.* O di, reddite mi hoc pro pietate mea. *Der Mann mit den traurigen Augen ist überzeugt, daß er für alle Zeiten verändert ist, wie ein geprügelter Hund, und daß kein Gott ihn heilen kann. Gute Taten, auf die er zurückblicken könnte, hat er nicht getan. Trotzdem, es hilft ihm, das Gedicht wieder und wieder zu sagen. Heulen vor Verzweiflung wird er nicht.*

Er denkt an die Geschichte des Kindes, aus dem so ein Mann geworden ist. Maciek soll das Kind heißen, wie der kleine Maciek in dem alten Lied, der feine Kerl, der unermüdlich immer weitertanzt, solange die Musik spielt.

I

GEBOREN BIN ICH ein paar Monate nach dem Reichstagsbrand, in T., einer Stadt mit ungefähr vierzigtausend Einwohnern in einem Teil Polens, der vor dem Ersten Weltkrieg zur k. u. k.-Monarchie gehört hatte. Mein Vater war der angesehenste Arzt in T. Keiner konnte ihm das Wasser reichen, weder der Chef des Krankenhauses, ein katholischer Chirurg, noch die beiden praktischen Ärzte, meines Vaters Kollegen. Nur mein Vater hatte Diplome von der Universität Wien; nur er hatte vom ersten *gimnazjum*-Jahr an als *zeller* gegolten und die in ihn gesetzten Erwartungen glänzend erfüllt, indem er eine jener goldenen Uhren gewann, die Kaiser Franz Joseph jedes Jahr an die besten Abiturienten im Kaiserreich verteilen ließ; und keiner tat es ihm gleich an aufopfernder Freundlichkeit und Fürsorge für die Patienten. Meine Mutter, eine Schönheit aus Krakau, war viel jünger als er; sie starb im Kindbett. Die Heirat war durch einen Ehevermittler zustande gekommen, aber der Doktor und die Schönheit verliebten sich so schnell und heftig ineinander, daß man in der Familie die Geschichte wie ein Märchen erzählte, und mein Vater schwor, er werde den Rest seiner Tage nur der Erinnerung an meine Mutter und dem Leben mit mir widmen. Er hielt sein Wort sehr lange.

Meine Mutter hatte eine ältere Schwester, die noch schöner als sie war und jetzt als einziges Kind auch viel reicher; alle waren sich einig, daß diese Schwester wohl nie heiraten würde, auch nicht ihren verwitweten Schwager. In der hermetischen Welt reicher galizischer Juden hing ihr ein Gerücht an: Man munkelte, sie habe sich mit einem katholischen Maler eingelassen, und bei dem Versuch auszureißen seien die beiden erwischt worden. Der Künstler habe sich in seinem Verhalten offenbar von der angenehmen Aussicht auf ihre Mitgift leiten lassen; als aber mein Großvater einschritt und seinen lodernden Zorn gleichmäßig auf die Religion und das Boheme-Leben des Freundes meiner Tante verteilte, sei dessen Hoffnung auf die Mitgift zerronnen, und er habe sein Verhalten dementsprechend geändert. Wäre es um eine andere Frau gegangen, dann hätten akzeptablere Liebhaber von Schönheit und Geld und erst recht ihre Mütter und alle weiblichen Verwandten, die sonst noch nach Bräuten Ausschau hielten, derlei Geschichten wohl geflissentlich vergessen. Aber Tanja, so hieß meine Tante, Tanja konnte auf soviel Nachsicht nicht hoffen. Ihre Respektlosigkeit und ihre unerbittlich scharfe Zunge waren genauso Stadtgespräch wie ihr Eigensinn und Jähzorn. Man bezeichnete sie als weibliche Variante ihres Vaters: Der war ein Mann, den sich zwar jeder zum Geschäftspartner wünschte, den aber kein denkender Mensch ernsthaft als Ehemann oder Schwiegersohn in Betracht gezogen hätte.

Dazu kam der Schatten, der auf der Familie lag – Unglück oder schlechtes Blut, was wußte man –, jedenfalls waren die glänzenden Aussichten meiner Mutter und Tanjas getrübt, seit ihr jüngerer Bruder sich einige Jahre zuvor das Leben genommen hatte. Er war nicht zur Universität zugelassen worden (damals führten die polnischen Universitäten gerade eine Quotenregelung für Juden ein), während das Mädchen, das er liebte, die Studienerlaubnis bekommen hatte. In den Sommerferien ritt er viel durch den Wald, der an den Besitz meines Großvaters grenzte. Bei einem dieser Ausflüge wurde er von einem heftigen Gewitter überrascht. Er stieg vom Pferd, suchte Schutz unter einem Baum, hielt das Pferd am Zügel und versuchte es zu beruhigen, indem er ihm die Nüstern streichelte und küßte. Da schlug dicht neben ihm ein Blitz ein. Das Pferd geriet in Panik und biß meinen Onkel mehrmals ins Gesicht. Die Wunden vernarbten schlecht und sahen sehr häßlich aus. Seine Freundin zog sich zurück; mein Onkel wußte nicht, ob die Ablenkungen des Lebens an der Universität der Grund dafür waren oder ob sie ihn abstoßend fand. Das eine war so schlimm wie das andere. Man bemühte sich, einen Platz an einer ausländischen Universität für ihn zu finden, aber noch vor dem Ende des Herbstsemesters ging er eines Nachmittags in den Stall und erschoß sein Pferd und sich selbst.

So kam es, daß Tanja zu uns zog, meinem Vater den Haushalt führte und sich um mich kümmerte.

Wir wohnten weiter in dem Haus, in dem ich geboren war; meine Eltern hatten es gleich nach der Hochzeit von der Mitgift meiner Mutter gekauft. Das Haus stand in einem Garten an der Hauptstraße von T. Unsere Wohnung und die Praxis meines Vaters waren in dem einstöckigen Flügel untergebracht, der parallel zur Straße lag. Der andere Flügel, im rechten Winkel zu unserem gelegen, mit Eingang zum Hof, war vermietet: Im Erdgeschoß wohnten ein Gymnasiallehrer und seine Frau, im ersten Stock Pan Kramer, der Besitzer einer Schreibwarenhandlung, mit Frau und Tochter Irina, die zwei oder drei Jahre älter als ich war. Bis die Deutschen kamen, spielten Irina und ich nie zusammen; mein Vater fand das unpassend.

Wie jeder Mann in Polen, sobald er sich rasieren muß, wurde auch Vater Kramer mit Pan angeredet; nur Diener, Bauern und Arbeiter hatten keinen Anspruch auf diese Ehrensilbe. Mutter Kramer hieß für jeden außer der Familie und engen Freunden Pani Kramerowa oder Pani Renata. Wäre Irina erwachsen geworden, hätte man sie Panna Kramerówna oder Panna Irina oder auch, weil die polnische Sprache für Essen und Trinken und für Namen Diminutive bevorzugt, Panna Irka genannt.

Unser Wohnzimmer lag hinter dem Sprechzimmer meines Vaters; die Patienten gingen, wenn sie an der Reihe waren, durch eine große, weiße Polstertür zur Untersuchung zu ihm hinein. Neben der Tür stand ein riesiger weißer Kachelofen. Der fahle Riese mit den breiten Schultern, der mich in meinen nächtlichen Alpträumen heimsuchte, kam manchmal durch diese Tür oder aus der Nische zwischen Kachelofen und Wand, wo Feuerholz und ein paar Spielzeuge verstaut waren. Dann schrie ich laut und erstarrte vor Angst, und es nützte gar nichts, daß mein Kindermädchen die Tür öffnete und mich in die vertraute Umgebung des Sprechzimmers trug, die Nische hinter dem Ofen leer räumte und alle Holzscheite und alle Spielzeuge, die Sandschaufeln und Holzautos einzeln auf dem Teppich vor mir ausbreitete, damit ich sehen konnte, daß nichts hinter ihnen versteckt war, ein Riese schon gar nicht. Mein Entsetzen wuchs nur, ich schrie immer lauter, aber es half alles nichts: Man mußte eine Pferdedroschke losschicken und Tanja oder meinen Vater aus dem Restaurant oder Café holen lassen, in dem sie gerade saßen.

An diese Zeit der Ungeheuer und anderer Ereignisse meiner Kindheit habe ich die ersten eigenen Erinnerungen – andere als die schöngefärbten Geschichten aus unserem idyllischen Leben, die Tanja mir später während der Kriegsjahre erzählte. Ich erinnere mich, daß Tanja und mein Vater abends meistens ausgingen. Mein Vater war früh mit seinen Hausbesuchen fertig. Dann spielte er mit mir, bis es Zeit für die Verabredung mit seinen beiden jüdischen Kollegen und deren Frauen war; sie gingen zusammen zum Essen oder zum Kaffeetrinken. Das Kaffeehaus galt als wienerisch und war in T. eine sehr beliebte Einrichtung. Man kam nie zu früh oder zu spät, um dort einen Freund vorzufinden. Man blieb eine Weile oder ging auch in ein anderes Café oder in ein Restaurant mit Tanz. Manchmal begleitete Tanja meinen Vater. Häufiger aber ging sie mit Bern aus, dem reichsten jüdischen Rechtsanwalt in T., einem eingefleischten Junggesellen. Anders als mein Vater war Bern ein Bonvivant, der sich viel auf seine beinahe unbegrenzte Fähigkeit, Tokajer und Wodka zu konsumieren, zugute hielt. Er war auch ein hervorragender Tänzer. Wenn er abends kam, um Tanja abzuholen, versuchte sie manchmal, mich von meiner Angst vor dem drohenden Alleinsein abzulenken, und bat ihn, das Grammophon aufzuziehen; dann legten sie eine Platte auf und führten mir seine Spezialtänze vor, langsamen Walzer und Tango.

Im Sommer traf sich mein Vater nach der Mittagsruhe mit Bern, dem katholischen Chirurgen und dem einen oder anderen seiner jüdischen Kollegen zum Tennis. Tanja und ich sahen oft bei den Spielen zu. An anderen Nachmittagen gingen wir zum Strand – ein Uferstreifen, der jeden Sommer sorgfältig mit einer dicken Schicht von weißem Sand bedeckt wurde. Man mußte Eintritt zahlen, um den Strand benutzen zu dürfen, und kam dann in den Genuß von Liegestühlen, Sonnenschirmen und Umkleidekabinen. Nur unerschrockene Schwimmer wagten sich in die Strömung im Fluß; alle hielten den Kopf über Wasser und schwammen geruhsam. Männer wie Frauen trugen weiße Gummihauben. Wer etwas zimperlich war, mein Vater zum Beispiel, zog auch weiße Badeschuhe an, die wie Ballettschuhe aussahen und dazu gedacht waren, die Füße vor spitzen Steinen und vor der Berührung mit dem glitschigen Grund zu schützen. Als ich vier Jahre alt war, gaben mir Tanja und mein Vater abwechselnd Schwimmunterricht. Zu ihrer Erleichterung war ich ein gelehriger Schüler.

Tanja gab sich zwar große Mühe, meinen Ruf nicht zu beschädigen, aber es sprach sich in T. doch herum, daß ich ein schwieriges, ja ein rechtes Sorgenkind war. Die Amme blieb nach dem Tod meiner Mutter ein ganzes Jahr bei mir – sie noch länger zu behalten wäre gegen Tanjas, wahrscheinlich auch gegen meines Vaters Prinzipien gewesen –, aber gleich nachdem sie fort war, stellte man fest, daß ich nicht essen wollte. Die Mahlzeiten wurden zu Willensproben zwischen Tanja und mir, und alle sahen dabei zu, die Köchin, das Dienstmädchen, das Kindermädchen, und wenn es besonders kritisch wurde, kam sogar die Waschfrau. Meistens blieb Tanja Siegerin. Ich rächte mich dann später, indem ich alle die Mischungen aus Delikatessen und lebenswichtigen eisen- und vitaminhaltigen Nahrungsmitteln, die man mir aufgeschwatzt hatte, wieder ausspuckte. Auch der Nachttopf stellte ihre und meine Entschlußkraft auf eine harte Probe. Ich war wie alle zur Sauberkeit erzogenen Kinder jener Zeit früh geübt, nicht in die Hose zu machen, und das Saubersein war mir Herzenssache. Als ich drei war, kostete es große Mühe, mich dazu zu bringen, meinen Kot auszuscheiden; man mußte den Topf mitten in die Küche stellen, mich draufsetzen und bitten und drohen; und wieder waren die Zuschauerinnen versammelt, die meine Niederlage im Kampf gegen die Essensaufnahme mitangesehen hatten – jetzt warteten sie auf das Gegenteil. Tanja hatte einen Vorrat hilfreicher Beschwörungsformeln. Los jetzt, eins, zwei, drei, wir helfen dir dabei. Mach, Maciek, mach. Wenn das alles nicht half, mußte ein Einlauf her. Ich ekelte mich vor meinem eigenen Geruch.

Ein Kinder-Kardiologe diagnostizierte eine Unregelmäßigkeit in meinem Herzschlag. Ein zweiter Spezialist bestätigte den Befund. Ein dritter fand nichts. Mein Vater nahm das beunruhigende Geräusch selbst nicht wahr, hielt es aber für falsch, die Meinung zweier Kapazitäten zu mißachten. Daß ich dürr und nervös war, konnte niemand übersehen. Der Alptraum vom Riesen kam immer häufiger. Ich schrie das ganze Haus zusammen. Kein Kindermädchen war dem Kampf, den es tags mit mir und Tanja und nachts allein mit mir ausfechten mußte, länger als ein paar Monate gewachsen. Diese Kindermädchen hießen alle Panny: lauter brillentragende junge Damen aus verarmten, aber relativ assimilierten jüdischen Familien, die sich Geld zu ihrer Ausbildung verdienen wollten. Tanja schenkte ihnen Schals und Hüte und zeigte ihnen, wie sie Make-up benutzen und Dauerwellen legen sollten, die das Beste aus ihrem Typ machten und doch dezent und unauffällig blieben. Sie schalt die Mädchen, wenn sie Laufmaschen in den Strümpfen hatten, und korrigierte sie am Klavier. Unscheinbar und verkrampft, wie sie waren, konnten diese jungen Damen mir gut vorlesen und mich lesen lehren. Sie waren Tanja dankbar und bedauerten sie (daß eine so außergewöhnliche Persönlichkeit ihr Leben in T. vergeuden mußte, nur weil sie sich für die Familie aufopferte!) und gingen wieder, versehen mit Empfehlungsbriefen meines Vaters.

Dann kam Zosia, auf Rat des katholischen Chirurgen. Er hatte mir ein Geschwür am Oberschenkel aufgeschnitten und danach mehrere Hausbesuche bei uns gemacht, um die Wunde zu versorgen. Ich weiß, was Maciek fehlt, sagte er meinem Vater: Der Junge muß unsere heilige polnische Erde berühren. Ich weiß wohl, niemand liebt unser Land mehr als Sie und unsere anbetungswürdige Panna Tanja, Sie sind beide echte Polen. Aber daß Sie Ihren wunderbaren Sohn diesen Stadtjüdinnen anvertrauen, ist ganz falsch, das ist skandalös. Gebt ihn einer der Unseren. Die sind das Salz der Erde. Er wird Kraft aus ihr ziehen.

Mein Vater konnte sich diesen Argumenten nicht verschließen, zumal die hochrangige Stellung seines Kollegen ihnen zusätzliche Überzeugungskraft verlieh. Es war die Zeit, in der ein romantischer Nationalismus aufkam. Mein Vater hatte eine schöne Baritonstimme und sang gern: Marschlieder, die die Heldentaten von Piłsudskis Armee verherrlichten, schmetterte er ebenso begeistert wie Arien von Verdi. Wenn er einen Abendspaziergang mit mir machte, blieben die Leute stehen und rühmten mein polnisches Aussehen: Ein echter blonder Sarmate, sagten sie. Arisches Aussehen war damals in T. noch nicht in Mode. Gegenstand nostalgischer Rückbesinnung war eher das Schwarze Meer, denn von dort waren die sarmatischen Kriegerhorden mit dem Schwert in der Hand gekommen und hatten unser heiliges Polen besiedelt. Jedenfalls war die Stelle des Kindermädchens mal wieder unbesetzt, und der Chirurg hatte eine Kandidatin, die sofort einspringen konnte.

Zosia war die älteste Tochter des Hilfsstationsvorstehers

von Drohobycz, einem fünfzig Kilometer von T. entfernten Städtchen. Dieser Bahnbeamte war früher Feldwebel in der Kompanie des Chirurgen und danach sein Patient gewesen. Zosia hatte die ersten Klassen des *gimnazjum* absolviert und half nun in einer Konditorei aus. Sie brauchte eine Stelle.

Ihre goldene Schönheit erfüllte mich mit Staunen. Ich muß sagen, bei ihrem Anblick hüpfte mir buchstäblich das Herz. Tanja war natürlich größer und ihr Haar beinah genauso bernsteinfarben wie das von Zosia. Und ich liebte den Duft von Tanjas Parfüm und Puder, ihre Pelze, mit denen ich spielen durfte und deren Herkunft sie mir immer gern erklärte, ich mochte ihre gepflegten Hände, die in langen blassen Fingernägeln endeten. Zosia wiederum war weich und fest zugleich, und sie warf den Kopf zurück und lachte bei allem, was sie oder sonstjemand sagte. Kaum waren wir allein – das Einstellungsgespräch hatte offenbar schon ein paar Tage vor ihrer Ankunft stattgefunden, denn ihre Koffer und Bündel lagen bereits in ihrem Zimmer –, da hob sie mich mit Schwung hoch, ließ mich auf ihren Schultern reiten, sagte, ich solle mich an ihren Zöpfen festhalten, und rannte mit mir eine Runde durch den Garten. Die Himbeerbüsche hingen voller Früchte. Sie stopfte erst sich, dann mir den Mund voll mit Himbeeren und sagte, so süße habe sie den ganzen Sommer noch nicht gegessen. Sie meinte, die Vögel müßten ja großen Respekt vor meinem Vater haben, daß sie diese guten Beeren nicht anrührten, und als ich ihr erklärte, daß die Büsche immer mit Musselin zugedeckt würden, außer wenn die Köchin Himbeeren pflücken wollte, lachte sie hell auf.

Von da an war es abgemacht, daß ich auf ihren Schultern reiten und mich an den Zöpfen festhalten durfte, die sie um den Kopf gesteckt trug, aber eigens für mich herabließ, wenn ich etwas Gutes getan hatte. Als gute Tat galt: mehr als ein Drittel von dem zu essen, was auf meinem Teller lag, besonders, wenn Zosia nur ganz wenig dabei hatte helfen müssen; in vollem Galopp hinter ihr her um den Rasen zu rennen; im Kniehang an der Turnstange im Hof zu baumeln; nach dem Mittagsschlaf nicht zu weinen und abends sauber und fertig angezogen zu sein, wenn mein Vater mich zum Abendspaziergang abholte oder Zosia und mich zu seinen späten Hausbesuchen mitnahm.

Mein Vater nahm immer dieselbe Pferdedroschke. Er hatte Vertrauen zu dem Kutscher, der seine Droschke besonders sauberhielt und Pferde hatte, die nicht müde wurden, wenn wir zu einem Patienten außerhalb der Stadt fuhren. Ich saß immer bei meinem Vater und hielt seine Hand. Zosias Platz war gegenüber auf dem Notsitz neben der schwarzen Arzttasche meines Vaters; sie klemmte meine Beine zwischen ihre Knie. Wenn wir zu einem Bauernhaus kamen, bat sie um ein Glas frische Buttermilch für mich, während mein Vater mit dem Patienten beschäftigt war. Wenn ich es austrank, durfte ich zur Belohnung die Scheune ansehen und mich mit dem Vieh und den Hühnern unterhalten. Bei der Gelegenheit lernte ich, wie man eine Kuh freundlich stimmt – man muß sie ganz langsam am Kopf kraulen –, wie man Körner für die Hühner richtig streut und daß man um angekettete Hunde besser einen großen Bogen macht.

Wenn es um wichtigere Dinge ging, gab es noch andere Abmachungen und Belohnungen. Der Riese kam jetzt fast jede Nacht und beugte sich über mich. Ich hatte Angst, zu Bett zu gehen. Tanja las mir vor, wenn sie nicht ausging; oft lehnte sie Einladungen für den frühen Abend ab, damit sie mir noch, wie versprochen, ein Kapitel zu Ende vorlesen konnte.

Wenn Tanja fort war, rief ich Zosia. Sie ließ die Tür zwischen ihrem und meinem Zimmer immer offen und hörte mich sofort. Selig wartete ich auf das Tappen ihrer nackten Füße. Sie sang mir vor, und wenn ich versprach, nach zehn Liedern einzuschlafen, dann lachte sie und löste ihre Zöpfe, und ich durfte mit dem offenen Haar spielen. Sie saß auf einem Kinderstühlchen und neigte den Kopf übers Bett, so daß ihre Haarflut sich auf meiner Decke ausbreitete. Ich konnte meine Finger darin vergraben oder mir die ganze Haarpracht übers Gesicht ziehen. Sie hatte sehr dickes Haar, das leicht nach Seife duftete. Zosia selbst roch nach einer Mischung von Seife und frischem Schweiß; sie neckte mich, weil ich kaum schwitzte, und zeigte mir, wie feucht ihre Achselhöhlen nach unseren Wettrennen im Garten waren. Wenn ich mein Versprechen nicht halten konnte, sagte ich es ihr. Dann seufzte Zosia und küßte mich und seufzte wieder, oder sie lachte. Ich sei ihr Scheusal, ihr Ungeheuer, ihr Alptraum, sagte sie, und dann verhandelten wir weiter über Lieder oder Streicheln. Wenn ich mich für Streicheln entschied, durfte ich ihren Hals und ihre Ohren berühren. Dann steckte sie ihre Hände unter meinen Schlafanzug und strich mir über Brust und Bauch und Beine, bis ich endlich einschlief – dabei seufzte und lachte sie die ganze Zeit, weil ich so dünn und so kitzlig war und weil ich sie zu sehr liebte.

Mein Vater machte sich allmählich große Sorgen wegen der nächtlichen Erscheinungen. Hörte ich etwa Erlkönigs melodiöse Schmeichelreden? Wir beschlossen den Riesen zu suchen und zu stellen. Zusammen luden wir den Browning, den mein Vater in einer verschlossenen Schreibtischschublade aufbewahrte. Er zeigte mir, wie man eine Kugel in die Kammer legt. Gut bewaffnet durchsuchten wir das ganze

Haus, Zimmer für Zimmer. Die Schränke wurden geöffnet, wir stöberten hinter Mänteln und Kleidern und drehten die Wäsche in den Schubladen um und um. Der Geruch von Mottenkugeln stieg uns in die Nase, so daß wir niesen mußten. Uns war nicht klar, welche Gestalt der Riese bei Tag annahm und wo er seinen Schlafplatz hatte. Den vermieteten Flügel des Hauses mochten wir nicht durchsuchen, das wäre zu peinlich gewesen; außerdem durften wir den Mietern nicht auch noch Angst einjagen – die Lage war für uns schon schwierig genug. Schließlich blieb nur noch der Keller mit den Fässern voll Sauerkraut und Eingelegtem, mit Kisten voll Kartoffeln und Rüben und mit riesigen leeren Lederkoffern. Die sahen wir Stück für Stück durch, ich leuchtete mit der Taschenlampe, mein Vater hielt den Revolver im Anschlag. Tanja, die von Anfang an erklärt hatte, daß wir nichts finden würden, blieb derweil im Garten und las. Sie hatte wieder mal recht: Am Tag war der Riese unsichtbar. Mein Vater fühlte mir die Stirn und schärfte Zosia ein, sie solle mich ganz ruhig halten. Ich war erhitzt und begann zu fiebern und bekam nach ein paar Tagen Keuchhusten.

Seit meiner Geburt besuchten meine Großeltern mütterlicherseits uns jedes Jahr zu den jüdischen Feiertagen in T. In diesem Herbst lagen die Feiertage sehr früh. Meine Großeltern waren noch nicht von ihrem Landgut bei S., einer Stadt nördlich von T., nach Krakau in ihre Winterwohnung zurückgekehrt. In S. hat Metternich einmal eine Nacht zugebracht; in seinen Memoiren schreibt er, er habe die natürliche Schönheit des Ortes und der Gegend sehr bewundert, die Freude sei ihm aber verdorben worden, weil so viele Juden dort lebten. Die Großeltern wollten Tanja etwas entlasten und mehr Zeit mit mir verbringen, deshalb entschlossen sie sich, nicht erst nach Krakau zu fahren, sondern gleich von ihrem Sommersitz zu uns zu kommen, obwohl mein Vater ihnen versichert hatte, ich sei nicht in Gefahr. Ich durfte aufstehen und sie an der Tür begrüßen. Sie kamen in ihrer alten, breiten, offenen Kutsche. Der Kutscher, mein Freund, saß auf dem Bock. Das Gepäck folgte in einem zweispännigen Planwagen nach. Weil wir keine Ställe hatten, wurden die Pferde nach S. zurückgeschickt; ich weinte vor Enttäuschung. Mein Großvater rieb mir seinen Schnurrbart gegen die Backe, klopfte mir auf den Rücken, mußte selbst ein bißchen weinen und sagte, ein Mann wie ich müsse wirklich eine eigene Kutsche haben; Jan werde die Pferde wiederbringen, sobald ich gesund genug sei, sie in Trab zu halten und jeden Tag auszufahren: Wenn ich wollte, könnte ich auch selbst kutschieren lernen.

Mein Großvater war sehr groß, hielt sich ganz aufrecht und trug stets schwarze Kleidung; sein Schnurrbart war noch schwarz und sein Haar weiß und ganz kurz zum »Igel« geschnitten, einer damals unter polnischen Herren beliebten Frisur. Wenn der Großvater kam, konnte er eine ganze Welt ungeahnter Möglichkeiten eröffnen. Seine Tochter Tanja war sein Liebling, und in ihren Augen war er der Mann aller Männer. Ein einziges Wort von ihm, und sie brach die unantastbaren Regeln, die sonst für meinen Tagesablauf und mein Verhalten galten. Mein vorsichtiger, methodischer, sanftmütiger Vater hielt insgeheim meinen Großvater für einen gütigen Kentauren. Und der alte Herr fühlte sich auch wirklich auf einem Pferderücken wohler als auf dem Erdboden. Weil mein Vater den Mythos vom edelsten der Kentauren mochte (Menschen, die ihm nahestanden, verglich er gern mit Figuren aus

Büchern: meine Großmutter, die ständig Konfitüren und Marmeladen einkochte, war für ihn die Gräfin Schtscherbatzkaja, und wenn Bern Tanja wieder einmal zu Indiskretionen verleitete, sah mein Vater ihn als Rodolphe) und weil er die Familienordnung achtete, setzte er Großvaters sehr eigenwilligen Vorstellungen von Hygiene in unserem modernen, nach wissenschaftlichen Erkenntnissen geführten Haushalt kaum Widerstand entgegen. Mein Vater vertraute also seinen kleinen Maciek dem edlen Kentauren Chiron an.

So kam es, daß mein erster Ausflug nach der Genesung unter Großvaters Regie stattfand. Er machte mich mit den Wonnen des *miód* bekannt, eines polnischen Honiglikörs, den mein Großvater für ein ganz unübertreffliches Heil- und Kräftigungsmittel hielt. Die Kutsche wartete vor dem Tor. Wir stiegen ein, er ließ sich in die üppigen schwarzen Lederpolster sinken, barhäuptig (ganz gegen die Konvention), eine gelbe Zigarette im Mundwinkel, und ich saß auf dem Bock. Jan knallte mit der Peitsche, und die Reise zum ersten der Weinkeller, die mein Großvater schätzte, begann; er fand, man könne *miód* nur in Kellerlokalen richtig genießen, nirgendwo sonst, in einem Café am allerwenigsten. Die dunstgeschwängerte Luft in einem guten Keller, schwer vom Duft nach Essen, Eingelegtem und Bier, wirke schon für sich genommen wohltätig auf die Lunge, meinte er und sah sofort erste Heilerfolge bei mir. Dann bestellte er eine Karaffe *miód* und zwei Gläser und schenkte mir einen Fingerhut voll ein. Seine Idee dabei war, daß wir uns die Arbeit teilten: Ich nippte, und er besorgte den Rest. Zu unserem Pakt gehörte noch etwas: das Essen von zwei Paar Kochwürsten. Mit einer Wurst mußte ich fertig werden, während mein Großvater drei verdrückte. Er zeigte mir, daß *miód* und Würste besser rutschten, wenn man Meerrettich dazu nahm – für mich bestimmte er den roten, mit roter Bete gemischten, er aß den scharfen weißen, der einem das Wasser in die Augen trieb. Im zweiten und dritten Keller wurde dieselbe Arbeitsteilung praktiziert, allerdings mit der Variante, daß er manchmal Hering und Wodka für sich bestellte. In dem Fall konnte ich einen harten Honigkuchen bekommen, den ich dann in mein Glas *miód* stippte.

Und tatsächlich wurde ich kräftiger und hustete kaum noch, so daß mein Großvater sein Versprechen einlösen konnte, mich das Kutschieren zu lehren. Tanja durfte auch mitkommen; sie sei seine zweitbeste Schülerin, sagte er, ich sollte der beste sein. Sobald wir die Stadt hinter uns gelassen hatten und auf einer schnurgeraden, weißen Landstraße angekommen waren, die von abgeernteten Roggen- und Weizenfeldern gesäumt war und sich endlos hinzog, bis man fern am Horizont Baumreihen erkennen konnte, zügelte Jan die Pferde, zog die Bremse an, und dann kletterte Tanja neben mich auf den Kutschbock. Großvater kam auch, Jan mußte das Zaumzeug noch einmal nachsehen und sich nach hinten setzen; dann gab Großvater Tanja die Zügel in die Hand und löste die Bremse. Tanja berührte die Pferde leicht mit der Peitsche, und wir schaukelten im Zuckeltrab los. Großvater begleitete die Fahrt mit Kommentaren zu Tanjas gelungenem Start und der ausgreifenden Gangart der Pferde. Und endlich kam ich an die Reihe. Großvater nahm mich zwischen seine Beine. Tanja war ganz rot und glücklich über ihre Übungsstunde und blieb neben uns sitzen; die Pferde fielen in Schritt. Großvater gab mir die Zügel in die Hand und erinnerte mich an die Hauptsache: aufpassen, daß die Pferde nicht einschlafen! Aber kaum hielt ich die Zügel, blieben die Pferde nach wenigen Schritten einfach stehen. Allgemeine Heiterkeit; auch Jan lachte mit und rief dann den Pferden ein Kommando zu, worauf sie sich wieder in Gang setzten. Jetzt zeigte mir mein Großvater, wie man die Zügel so faßt, daß sie den Pferderücken nicht berühren, erklärte mir, daß man die Hände ganz ruhig halten und die Augen immer auf die Straße voraus richten muß und sie nie, um gar keinen Preis, abschweifen lassen darf. Wenn wir uns einer Straßenkreuzung oder einem Dorf näherten, war es Zeit für eine Lektion im Wenden oder Anhalten der Pferde. Manchmal kauften wir einer Bauersfrau im Dorf frische Eier oder weißen Kuhkäse ab. Sie bekreuzigte sich, wenn sie mich als Kutscher sah, und wünschte uns Gottes Segen.

Die Ferien waren zu Ende. Die Regensaison begann. Großmutter wollte die letzten Tage vor ihrer Abreise noch nutzen, um unser Haus in Ordnung zu bringen. Sie kaufte neue Kleider für Zosia, die sie nun ihr großes Enkelkind nannte, inspizierte Tanjas Pelze, hatte eine lange Unterredung mit Tanja über Bern, aber auch über die Köchin und deren verschwenderischen Umgang mit Kalbfleisch, und schließlich kochte sie Obst und Gemüse für den Winter ein. Die Marmeladen und Kompotte waren gleich nach Jom Kippur fertig gewesen; jetzt mußte man Gurken einlegen und das Sauerkraut ansetzen.

Im Haushalt führte Großmutter ein strenges Regiment. Sie achtete genau darauf, daß man Gewürze weder sparte noch verschwendete. Gelassen überwachte sie von ihrem Sessel am Küchentisch die Arbeit; ihre langen Röcke berührten fast den Boden. Ich saß auf ihrem Schoß. Das Weißkraut war schon geschnitten und stand in weißen Emailbottichen bereit. Jetzt mußte es gesalzen und mit Pfefferkörnern und Lorbeerblättern bestreut und dann gestampft werden. Das war der Augenblick, auf den ich wartete. Die Köchin schichtete das Kraut in Holzfässer, und dann hoben die Jüngsten und Hübschesten, Zosia und das Zimmermädchen, ihre Röcke bis zum Knie, kletterten in ein Faß und trampelten mit bloßen Füßen auf dem Kraut herum, um das Wasser herauszupressen. Zwar gestattete mir auch die penible Kleiderordnung des Strandbades oft den Anblick von Frauenbeinen, aber die Körper dieser beiden Frauen in unserer Küche boten ein anderes Bild als Tanja und ihre Freundinnen. Wenn ich ihnen zusah, empfand ich eine Mischung aus Beklemmung und Erhebung; so ging es mir auch, wenn ich Zosias Gesicht und Hals streicheln durfte. Meine Großmutter, deren Beobachtungsgabe selten versagte, fand, daß ich ein Schlawiner sei, der über kurz oder lang noch meine Großmutter samt Tanja für ein Paar schöner Beine verkaufen würde – das Ebenbild meines Großvaters sei ich, nur schlauer.

In Wirklichkeit sah Tanja ihrem Vater ähnlich, und Bilder von meiner Mutter zeigten dieselben kantigen Gesichtszüge, dieselbe gespannte und aufrechte Haltung. Meine Großmutter soll eine Schönheit gewesen sein, aber sie war überall rund, ganz anders als ihre Töchter. Ihr einst schwarzes Haar war silberweiß geworden, sie wusch es nur mit Regenwasser, damit es in seiner ganzen Fülle erhalten blieb, und sie trug es in einem schweren Knoten. Ihre großen braunen Augen blickten müde. Sie hatte eine kleine, wohlgeformte Nase; den schmalen roten Mund, der nie mit Lippenstift in Berührung gekommen war, umspielte ständig ein sanftes, etwas leidendes Lächeln. Sie trug schwere Halsketten, Armbänder und Ringe, mit denen ich unter ihrer Aufsicht spielen durfte. Obwohl sie von hohem Reiz war, hatte mein Großvater Affären mit anderen Frauen nicht lassen können und war dabei nicht einmal diskret vorgegangen. Seine Amouren überschritten die Grenzen des normalen Krakauer Nachtlebens, er liebte auch Bäuerinnen von seinem Gut, in einer schlimmen Phase vor dem Tod meines Onkels sogar Studienfreundinnen von Tanja und meiner Mutter. Meine Großmutter tat nicht so, als sei sie ahnungslos. Sie machte zwar keine Szenen, aber sie verzieh ihm nicht. Sie war bitter, gefaßt und häufig krank. Leber, Nieren und Herz waren angegriffen, aber was ihr im einzelnen fehlte, wußte nur mein Vater. Im Umgang mit Tanja war sie launisch und anspruchsvoll. Sie ließ die Tochter deutlich spüren, wie sehr sie unter der Enttäuschung litt, daß Tanja immer noch unverheiratet war. Insgeheim aber behagte es meiner Großmutter, daß Tanja keinen Ehemann fand; das bedeutete nämlich, daß sie meinem Vater und mir erhalten blieb. Großmutter gab meinem Vater keine Schuld am Tod meiner Mutter; sie hielt ihn für den besten aller möglichen Ehemänner und Väter. Sie hätte es gern gesehen, wenn er, der Tradition entsprechend, Tanja geheiratet hätte; andererseits wollte sie dem guten Mann aber ein solches Schicksal nicht wünschen. Tanja war die Tochter ihres Vaters, das sagte schon genug; aber Tanja war außerdem eine Intellektuelle, und das war in den Augen ihrer Mutter noch schlimmer. Meine Großmutter war nicht sehr intelligent; und Intelligenz bei anderen, sogar bei Tanja, machte sie nervös.

Mein Großvater nutzte unsere letzten gemeinsamen Tage dazu, mich mit zwei neuen Freizeitbeschäftigungen vertraut zu machen: mit Feuerspringen und Messerwerfen. Beim Feuerspringen spielte Zosia eine wichtige Rolle. Sie und ich häuften, genau nach Großvaters Anweisungen, abgeschnittene Zweige von den Himbeerbüschen und vertrocknete Stauden zu Stapeln auf, die in einer geraden Linie, immer exakt im Abstand einer Sprungweite, hintereinander stehen mußten. Mein Großvater zündete die Stapel an: Auf sein Zeichen hüpften Zosia und ich Hand in Hand darüber, und wenn wir es geschafft hatten, sanken wir einander ganz außer Atem in die Arme. Mein Großvater wartete, bis das Feuer hoch aufloderte. Dann hob er die Hand zum Gruß und sprang mit großen Sätzen in die Flammen, überwand ein Feuer nach dem anderen und tauchte am Ende unversehrt und triumphierend wieder auf.

Mit dem Messer spielten wir ganz bedächtig und allein. Mein Großvater wollte, daß ich sehr respektvoll mit Messern umging. Er zeichnete mit der Messerspitze ein Quadrat auf den Boden und in das Quadrat kleine Kreise. Wir stellten uns ein paar Schritte entfernt von dem Quadrat auf, die Beine etwas gespreizt und gut ausbalanciert, und warfen abwechselnd Großvaters schweres, vielbenutztes Taschenmesser so, daß es sich mit der Spitze möglichst nah am Zentrum eines jeden Kreises in die Erde bohrte.

Noch drei weitere Jahre sprang ich mit meinem Großvater im Herbst durchs Feuer; nach dem Warschauer Aufstand dann spielte ich das Spiel wieder, mit anderen Kameraden, auf den hartgefrorenen Feldern von Masowien. Zu der Zeit stand ihm ein gewaltsamer Tod nahe bevor. Aber in jenem goldenen Herbst 1937, während meine Großmutter sich um das Kofferpacken kümmerte und ängstlich Zugfahrpläne studierte, war ich seine Hoffnung, der kleine Mann, dem er all sein Geheimwissen weitergab, der Erbe seiner Höfe und Wälder und seiner zerbrochenen Träume.

Mit der Zeit aß ich besser. Mein Vater sagte, guter Appetit sei häufig eine Folge langer Fieberkrankheit. Ich fand Geschmack an neuen Gerichten. Großmutter machte im Küchenofen kleine Toasts; mit langen Zangen hielt sie das Brot übers Feuer. Auf den Toast packte sie ein Stückchen Enten- oder Hühnerleber, das sie schon auf die gleiche Art gegrillt hatte. Nachdem sie und mein Großvater nach Krakau heimgekehrt waren, übernahm Zosia das Grillen. Wenn sie mir die vierte oder fünfte Morgenportion zubereitet hatte, lachte sie und fing an, mich wie ein Huhn auf dem Markt abzutasten, ob ich schon Fett angesetzt hätte. Mein Vater hielt es für das beste, meine gesundheitlichen Fortschritte prüfen zu lassen. Wir fuhren nach Lwów, der nächstgelegenen Universitätsstadt, um einen Lungenspezialisten zu konsultieren. Er trug einen Bart, ein Pincenez und einen grünen Augenschirm. Als ich ihn fragte, ob er mich möge – damals eröffnete ich meine Unterhaltungen mit Fremden immer mit dieser Frage –, bat er Tanja, mich daran zu erinnern, daß Kinder nur sprechen sollten, wenn sie gefragt werden. Das Stethoskop des Professors war sehr kalt, und das Abhören nahm kein Ende; dann wurden Tanja und ich ins Wartezimmer gebeten, während mein Vater die Meinung des Kollegen hörte. Nach der Unterredung kam er strahlend zu uns. Die Kapazität hatte befunden, daß meine Lunge völlig frei sei, daß ich mich aber wie ein verwöhntes kleines Mädchen benähme. Ich sollte soviel wie möglich an der frischen Luft sein – dann würde mein Kopf so frei werden wie meine Lunge. Auf diesen Rat hin verlangte mein Vater eine Änderung meines Tagesablaufs. Solange das Wetter noch sonnig und trocken war, ging ich nun jeden Morgen mit Zosia zum Schlittenfahren. Lesen, Klavierstunden und dergleichen konnten bis zum Nachmittag warten. Eine herrliche Zeit brach an. Auf der anderen Seite von T., hinter dem Bahnhof, war ein Hügel, der zum Fluß hin abfiel. Ein Pferdeschlitten brachte Zosia, mich und den Rodelschlitten jeden Morgen dorthin und holte uns am Nachmittag wieder ab. Wir rodelten von der höchsten Stelle aus die steilste Bahn hinunter; zuerst lenkte Zosia, und ich saß auf ihrem Rücken. Dann zeigte sie mir, wie man lenkt, indem man sich zur Seite lehnt oder den Stiefel durch den Schnee zieht, und sie griff nur ein, wenn wir auf eine Baumgruppe zurasten. Wir waren ganz allein; die größeren Kinder mußten in die Schule, und für die Kindermädchen, die kleinere Kinder hüteten, war der Rodelplatz zu weit weg. Zosia sagte, das sei unser Reich; ich war dort König und sie die Königin. Wir bauten Schneemänner und setzten ihnen Kronen aus Goldpapier auf, die wir von zu Hause mitgebracht hatten.

Tanja und mein Vater freuten sich über das Resultat dieser Unternehmungen: Ich sah stabiler aus, und ich wuchs. Ich redete nicht mehr vom Riesen und war schon nach einer einzigen Einschlafgeschichte von Tanja bereit, gute Nacht zu sagen und die Augen zu schließen. Bewegung und gutes Essen allein erklärten diese Wendung nicht. Seit mein Fieber gesunken war, fand mein Vater es nicht mehr notwendig, jede Nacht in mein Zimmer zu kommen und meinem Atem zu lauschen. Zosia hatte mir gesagt, ich könne in ihrem Bett schlafen. Sie sei ganz sicher, daß kein Riese auf die Idee käme, dort nach mir zu suchen. Also schlich ich nach Tanjas letztem Gutenachtkuß auf Zehenspitzen in Zosias Zimmer. Sie lachte oder knurrte gefährlich wie ein Riese, bis ich unter ihr großes dickes Federbett kroch. Unsere alten Abmachungen galten immer noch: Ich durfte mit ihrem Haar spielen und ihr das Gesicht und den Hals streicheln. Ich konnte auch die Arme um sie legen, und dann streichelte sie mich, bis ich einschlief. Wenn ich dann meinte, der Riese sei im Anmarsch, weckte ich sie schnell. Sie war ganz warm und feucht vom Schlaf, oft war ihr das Nachthemd nach oben gerutscht, und wenn sie mich an sich drückte, spürte ich ihre nackten Beine und ihren Bauch. Sie redete liebevoll auf mich ein: Riesen und böse Zwerge seien Feiglinge. Einen kleinen Jungen, der ganz allein sei, würden sie vielleicht plagen. Aber jetzt sei ich schon groß, hätte sie und müßte nie mehr allein sein. Ich sagte dann, ich hätte immer noch Angst, und zupfte an ihrem Hemd, um möglichst viel von mir ganz dicht bei ihr, eingehüllt in ihren Geruch und ihre Wärme, unterzubringen. Dann lachte sie. Ein Schlawiner sei ich, der sich benehmen müsse. Aber zugleich kitzelte sie mich, bis ich ganz sicher war, daß der Riese in dieser Nacht nicht mehr käme, und das wirkte Wunder, so daß wir verabredeten, von nun an würde sie immer, sobald ich zu ihr ins Bett gekommen sei, ihr Hemd hochschieben oder mich darunterschlüpfen lassen, und ich konnte sie anfassen, soviel ich wollte, nur mußte ich versprechen, sie nie, niemals zu kitzeln, sie aber durfte mich kitzeln, soviel sie mochte. An diesen Pakt hielten wir uns. Oft blieb ich wach, wenn sie eingeschlafen war, lag ganz still, machte die Augen zu und strich ihr über Brüste und Bauch. Ihr nacktes Hinterteil preßte sich an meine Beine. Mein Herz klopfte wild – dann schlief auch ich ein. Und obwohl die Angst sich heute noch in mir regt, wenn ich an die Tür zum Sprechzimmer meines Vaters und den weißen Kachelofen dahinter denke, ist mir der Riese doch nie mehr im Traum erschienen.

Im März kam es zum Anschluß Österreichs. Mein Vater hörte die BBC-Nachrichten, die Namen und Orte nannten. Sein Bild von der Stadt seiner Jugend zerfiel. Hitler in der Kärntner Straße! Überraschend und ganz unverständlich sagte Vater die Kreuzfahrt im Mittelmeer ab, die er mit Tanja und mir im Sommer hatte unternehmen wollen. Er sagte, die Zeit sei nicht danach, sich so weit von zu Hause zu entfernen. Tanja und er stritten miteinander. Sie erklärte, jetzt sei genau die richtige Zeit, Polen zu verlassen, solange es noch möglich sei; es hieß, man könne Visa für Australien und Brasilien bekommen. Mein Vater sagte, vielleicht sei es richtig, wenn meine Großeltern und Tanja gingen. Sie könnten mich auch für eine Weile mitnehmen, so lange, bis sich alle wieder beruhigt hätten; danach könne ich dann zurückkommen. Aber sein Platz sei in Polen, dazu fühle er sich verpflichtet. Tanja sagte, er sei ein Narr. Könne er sich denn meinen Großvater in Australien als Familienoberhaupt vorstellen? Wenn wir ins Ausland gingen, dann brauchten wir ihn.

Meines Vaters Uniformen wurden aus dem Schrank geholt. Er inspizierte sie und ließ zwei Paar Hosen enger nähen – er hatte Gewicht verloren, weil er wegen seiner Nierensteine Diät halten mußte. Er und Tanja stritten über einen geeigneten Ort für unsere Sommerferien. Mein Vater wollte mich zu den Großeltern aufs Land schicken. Tanja sagte, sie käme nicht mit; er müsse mich schon selbst dorthin begleiten. Das aber war unmöglich, weil er die Aufgaben des katholischen Chirurgen hatte übernehmen müssen, der schon zu Manövern abkommandiert war. Sie einigten sich schließlich auf M., einen beliebten Kurort, etwa zwei Stunden von T. entfernt, der berühmt für seine Schlamm- und Thermalbäder war. Das Wasser würde die Nierensteine meines Vaters kurieren; und an den Wochenenden könne er zu uns kommen. Bern wollte auch mitfahren und auf uns aufpassen, solange wir allein waren.

In M. logierten wir in einem braunen, aus Holz gebauten Hotel, zu dem ein kleiner Park gehörte. Das Kurhaus war nicht weit vom Park, an einer schattigen Allee. Vor dem Kurhaus stand ein Pavillon für das Kurorchester; rechts davon der Brunnen, aus dem man Wasser mit abgeknickten Glashalmen trank. Zosia und ich schliefen im selben Raum. Daneben lag Tanjas Zimmer, zu dem ein großer Balkon mit Liegestühlen und einer Markise gehörte. Wenn mein Vater kam, nahm er irgendein freies Zimmer in unserer Nähe. Zosia trug blaue Baumwollröcke und weiße Blusen; so wollte es Tanja, die keine Kindermädchentracht an ihr sehen mochte. Ich hatte Matrosenanzüge an und trieb wohl ständig einen Reifen vor mir her. Tanja hatte noch nie so elegant wie jetzt ausgesehen: Sie erschien in langen cremefarbenen Faltenröcken mit blau abgesetzten Matrosenblusen (sie behauptete, die blauen Kanten seien passend zu meinen Anzügen gewählt), Kleidern aus weißer, blauer oder grauer Rohseide und trug dazu kleine helmartige Strohhüte. Bern war oft bei uns. Er hatte ein Automobil, dessen Verdeck man abnehmen konnte: einen Škoda. Er fuhr selbst. Tanja behauptete, daß er zu schnell fahren würde, und Zosia und ich mußten ihr in die Hand versprechen, nichts zu verraten. Mein Vater durfte nicht wissen, welchen Gefahren wir auf unseren Fahrten durch die Wälder um M. ausgesetzt waren. Samstags kam mein Vater mit dem Zug, traurig, müde und in der Hoffnung auf ein paar schöne Tage. Auf unseren Spaziergängen nahm er mich an die Hand und bat mich darum, neben ihm zu sitzen, wenn wir zum Kuchen- oder Eisessen in ein Café gingen.

In den letzten Augusttagen kam er mitten in der Woche: Tanja und Bern wollten gerade nach Lwów zu einer Kabarettvorstellung fahren, die besonders sehenswert sein sollte und nicht verpaßt werden durfte. Es war das erste Mal, daß Tanja mich mit meinem Vater allein ließ. Er bat mich, gleich, wenn ich aufgewacht sei, in sein Zimmer zu kommen. Er habe mir einiges zu erzählen. Er eröffnete mir, daß er der Vertraute eines englischen Spions namens Alan war, der von einem Chinesen namens Tung Ting die wahre Geschichte vom Raub der letzten chinesischen Kaiserin erfahren hatte. Die Geschichte war sehr verwickelt und schien gar kein Ende zu nehmen; er erzählte sie mir von da ab jeden Sonntagmorgen in Fortsetzungen.

Auf einmal war der August vorbei. Wir fuhren wieder nach T. Gespräche über Deutschland verdrängten alle anderen Unterhaltungen. Zum ersten Mal hörte ich das Wort »Wehrmacht«. Über die polnische Armee machte man Witze: Wie oft kann ein und derselbe Panzer an Rydz-Śmigły vorbeifahren, wenn er eine Parade abnimmt? Antwort: So oft, wie unser einziges Flugzeug während dieser Parade über seinem Kopf kreisen kann. Ein paar Wochen später besetzten die Deutschen das Sudetenland. Wir schnitten uns mutig ein Stück von der Tschechoslowakei ab, ohne daß ein einziger polnischer Soldat dabei sein Leben ließ; Soldaten kamen bekränzt mit Wiesenblumen nach Hause. Beneš trat zurück, und Hácha rückte nach. Nun machte man Witze über Háchas Namen – die letzten Vorkriegswitze, an die ich mich erinnere. Dann kam die Kristallnacht, über die man sich nur verlegen flüsternd unterhielt. Rydz-Śmigły und Beck, die neuen Führer Polens, würden schon wissen, wann die Grenze des Zumutbaren überschritten war: Nationalismus war etwas anderes als Unterklassen-Bestialität. Es gab Themen, die mein Vater und Tanja nicht vor Zosias Ohren erörtern mochten. In solchen Fällen wurden wir beide mit einem unaufschiebbaren Auftrag aus dem Zimmer geschickt. Ein knappes Jahr später kam der September 1939, und alles war vorbei.

II

Seit über zwei Wochen hatte es fast ununterbrochen geregnet. Wir hörten, daß der Fluß über die Ufer getreten war und die Brücke den Fluten vielleicht nicht standhalten könnte. Unser Keller stand unter Wasser. Mein Großvater stellte die Fässer mit eingelegten Gurken und Sauerkraut hochkant und schob Bretter darunter, damit das Wasser nicht an sie herankam. Er leerte die Kartoffel- und Rübenkisten, und wir verstauten alles in Säcken, die er und Tanja dann nach oben trugen und in Küche und Wäschekammer unterbrachten. Auch Säcke mit Mehl und Reis mußten heraufgetragen werden und Beutel mit getrockneten Bohnen; die waren nicht so schwer. Dabei durfte ich helfen.

Später an diesem Tag stand ich im Sprechzimmer meines Vaters am Fenster und sah zu, wie das Wasser, das schon fast so hoch wie der Bürgersteig war, in Richtung des Bahnhofs flutete. Im Haus gegenüber, das dem älteren der beiden jüdischen Kollegen meines Vaters gehörte, hatte sich die SS einquartiert. Im Juni 1941 war Ostpolen von deutschen Truppen eingenommen worden, nachdem Hitler den Molotow-Ribbentrop-Pakt gebrochen und Rußland angegriffen hatte. Als die Russen in den Tagen der Panik unmittelbar vor dem Einmarsch der Deutschen das gesamte Krankenhauspersonal evakuiert hatten, war Dr. Kipper nicht mitgegangen. Familien durften den Evakuierungszug nach Rußland nicht benutzen, und mein Vater und der jüngere jüdische Arzt waren allein und schweigend abgefahren. Ich hatte auf der mit weißem Gummi bedeckten Liege in seinem Untersuchungsraum gelegen, mit dem Gesicht nach unten, weinend, atemlos, unfähig zu sprechen, während er seine Sachen zusammensuchte. Dr. Kipper weigerte sich, ohne seine Frau zu fahren. Der russische Chefarzt nannte ihn einen Deserteur und sagte, er werde ihn exekutieren lassen, aber dazu reichte die Zeit nicht mehr. Dr. Kipper und seine Frau wurden dann ein paar Tage später mit anderen Juden von den Deutschen erschossen. Das geschah am frühen Nachmittag, in dem Gelände auf der anderen Seite von T., wo Zosia und ich immer gerodelt hatten; die Leichen brachten sie aber auf einem Lastwagen wieder in die Stadt und trieben andere Juden zusammen, die den Wagen entladen mußten. Am Morgen desselben Tages war ein großer Teil der katholischen Bevölkerung T.s in den Straßen zusammengelaufen, um die deutschen Soldaten zu empfangen. Es war alles sehr heiter; diese gutgekleideten Krieger auf Lastwagen und Motorrädern mit umgehängten Ledertaschen und Feldstechern waren soviel ansehnlicher als die zurückflutenden abgerissenen, verdreckten russischen Soldaten. Mädchen überreichten den Deutschen Blumen. Sie waren glücklich, daß sie die Russen los waren. Zosia wollte mich auf ihren Schultern reiten lassen und zusehen; aber das verbot Tanja streng. Sie ließ nicht einmal Zosia allein gehen. Daß Juden zusammengetrieben worden waren, daß man Juden erschossen und die Leichen auf die Straße geworfen hatte, machte die Leute mißtrauisch. Man konnte nicht wissen, ob das nur eine Sache zwischen Deutschen und Juden war.

Der Regen wurde heftiger. Schon standen die Bürgersteige unter Wasser. Die SS-Männer stürzten in kurzen Hosen ohne ihre schwarzen Stiefel aus Dr. Kippers Haus und hielten die Karabiner über ihre Köpfe. Eine Weile liefen sie im knietiefen Wasser durcheinander. Dann brüllte der Feldwebel ein Kommando, und alle marschierten hintereinander zum Bahnhof.

Ich ging in die Küche. Tanja kochte. Mein Großvater rauchte. Er hatte sich neuerdings eine andere Sorte Zigaretten zugelegt, die wie ein aus zwei Teilen zusammengesetztes Röhrchen aussahen. In den einen Teil, ein dünnes Papierröllchen, stopfte man den Tabak mit einem kleinen Metallschieber, der die Form einer Brennschere hatte. Dabei mußte man ganz vorsichtig sein, sonst riß das Papier. Großvater zeigte mir, wie man es richtig machte. Das andere Ende war eine Art Zigarettenspitze. Meine Großmutter hatte sich aus Angst vor der Feuchtigkeit in ihren Pelzmantel gehüllt. Sie wollte wissen, was zu machen sei, wenn die Küche unter Wasser stünde. Tanja beruhigte sie; Gott würde uns schützen, in dieser wie in anderen schlimmen Lagen. Und wenn nicht, sei auch nichts verloren, lange könnten wir sowieso nicht mehr in dem Haus bleiben.

Meine Großeltern waren im September 1939 nach T. gekommen. Sie flohen vor den Deutschen und wollten in Zeiten der Gefahr in unserer Nähe sein. Sie wohnten in unserem Haus. Die Beziehung zwischen Mutter und Tochter war gespannt wie immer, und jetzt mußte Tanja alle Hausarbeit so gut wie allein machen. Fast immer schlug sie Großmutters Hilfe aus; sie brauche jemanden, der wirklich mit zupacke, sagte sie, aber keine Belehrungen, wie dies oder jenes getan werden müsse. Großvater ermahnte und verspottete Tanja abwechselnd: Mal sagte er, sie solle bedenken, was für ein Vorbild sie mir gebe, und mal lachte er nur. Dann erklärte er, die beiden Frauen keiften wie zwei Bäuerinnen und Tanja könne sich gratulieren – sie sei auf bestem Wege zu proletarischem Verhalten.

Bis die Russen ihn mitnahmen, hatte mein Vater diesen Familienstreit manchmal mit angehört, aber eingemischt hatte er sich nie. Er sagte nur, er fühle sich mitschuldig daran, daß Tanja immer so müde sei. Denn schließlich hatte er verfügt, gleich nachdem die Russen 1939 gekommen waren, daß wir Zosia behalten würden, wenn sie bereit sei, im Haushalt mitzuhelfen; alle anderen aber müßten wir entlassen. Wir dürften uns nicht mehr wie Großbürger aufführen, erklärte er, vor allem wegen der Großeltern. Gutsbesitzer galten als die übelste Klasse. Eine Denunziation, und schon würden wir nach Sibirien geschickt. Das Totenhaus sei kein gemütlicher Ort für Familien, scherzte er.

Jetzt war Zosia auch weg. Arier durften nicht mehr für Juden arbeiten. Zosia weinte und sagte, mit uns habe das gar nichts zu tun und ich sei schließlich ihr Kind. Sie wollte bleiben. Sie wollte Jüdin werden und zu mir gehören. Aber ihr Vater kam aus Drohobycz und sagte, er wolle Tanja sprechen. Er erklärte ihr, sein Kind dürfe keinem Judenbastard mehr den Hintern abwischen; es sei höchste Zeit, daß das aufhöre. Was geschehen sei, könne man nicht rückgängig machen, das gebe er zu, aber eine Entschädigung sei fällig. Was für eine Zukunft stehe Zosia denn noch offen, bei dem Judengeruch, der an ihr hänge? Zum Glück war mein Großvater nicht im Haus. Tanja sagte zu Zosias Vater, er solle bitte am Bahnhof warten und bei einem nächsten Besuch gefälligst nicht vergessen, den Dienstboteneingang zu benutzen. Dann holte sie ihren Biberpelzmantel und Pelzhut und gab Zosia beides und Geld dazu. Großmutter wollte Zosia auch einen Pelz geben, aber Zosia weinte bitterlich und weigerte sich, ihn anzunehmen; da gab ihr Großmutter statt dessen den Ring mit den kleinen Diamanten, den sie immer am Mittelfinger trug. Dann packte Zosia ihre Sachen zusammen. Sie fragte, ob sie noch auf Großvater warten dürfe, aber Tanja sagte, lieber nicht, der lange tränenreiche Abschied führe nur dazu, daß ich wieder zum Zweijährigen werden und ewig ein Kleinkind bleiben würde.

Tanja hatte mit dem Haus recht gehabt. Ein paar Tage nachdem die Flut zurückgegangen war, stellte sich ein deutscher Offizier vor, fragte sehr höflich, ob Tanja die Eigentümerin des Hauses sei, und erklärte ihr, wir müßten das Haus bis zum Ende des folgenden Tages räumen. Das Haus werde als Gestapohauptquartier gebraucht. Kleider und persönliche Dinge könnten wir mitnehmen – alles andere müsse bleiben. Man werde ein Verzeichnis des Inventars anlegen. Er riet ihr, dabei persönlich anwesend zu sein und sich zu vergewissern, daß alles seine Ordnung habe; dann äußerte er noch, es sei sehr angenehm, in diesem Teil der Welt ein so korrekt gesprochenes Deutsch zu hören.

Unsere Mieter mußten das Haus auch verlassen. Pan Kramer kam zu Tanja und sagte, er habe einen Vorschlag zu machen, der ihm selbst peinlich sei, aber wenn wir es wünschten, könnten wir doch zusammenziehen. Er wisse eine Wohnung am Markt, ein paar Häuser neben seinem Geschäft. Eine bescheidene Wohnung, nicht das, was Tanja gewohnt sei, aber sie war zu haben, und möbliert war sie auch. Die alte Dame, die darin wohnte, war bereit, die Wohnung aufzugeben und zu ihren Kindern zu ziehen. Für Kramers allein war die Miete zu hoch. Da wir schon so lange Nachbarn seien, mache es uns vielleicht nichts aus, mit ihnen zusammenzuziehen. Sie seien sehr ruhig, den größten Teil des Tages im Geschäft, und

Irina und ich könnten zusammen spielen. Mein Großvater wurde gefragt und war einverstanden. Für Juden gab es keine Wohnungen in T. – alle Juden waren auf die Straße gesetzt worden. Den Transport unserer Sachen würde vielleicht der Mann übernehmen, der unsere Pferde in seinem Stall untergebracht hatte; Großvater wollte sich darum kümmern.

Die neue Wohnung lag in einem vierstöckigen Haus. Wir sollten im dritten Stock wohnen, was für Großmutter wegen ihres Herzens mühsam war. Man ging durch eine Einfahrt, die breit genug für einen Pferdewagen war, in einen rechteckigen Hof. Die Wohnungseingänge lagen in allen Stockwerken an umlaufenden Galerien, die miteinander durch Treppen verbunden waren. Unsere Wohnung bestand aus drei Zimmern und einer großen Küche, mit der meine Großmutter sehr zufrieden war. Die drei Kramers sollten in einem Zimmer schlafen; Tanja bestand darauf, daß sie das größte bekamen. Meine Großeltern bewohnten das Zimmer daneben, in dem zwei Betten waren. Tanja und ich nahmen das Wohnzimmer; sie wollte auf dem Sofa schlafen und ich auf einem Faltbett, das wir abends aufschlagen konnten. Wir stellten fest, daß es kein fließend Wasser gab; man mußte es von der Pumpe im Hof holen. Pan Kramer zeigte mir, wie man die Pumpe in Gang setzte: Zuerst pumpte man kurz und schnell, um das Wasser zum Fließen zu bringen, und dann langsam und gleichmäßig, um es in Gang zu halten; so ermüdete man nicht. Irina und ich sollten für das Wasserholen zuständig sein; dabei würden wir lernen, sparsam mit Wasser umzugehen.

Noch etwas stellte sich heraus: Es gab keine Toiletten, nur einen Verschlag in jedem Stockwerk mit einer Art Kasten und einem Emaileimer darin, den alle Mieter benutzen konnten. Den Eimer oder auch einen Nachttopf, etwas anderes gab es nicht. Ausleeren mußte man die Behälter dann im Abtritt auf dem Hof. Man konnte auch gleich den Abtritt benutzen. Ich fragte Tanja, wie sie es halten wolle. Zur Antwort schlug sie mir vor den Augen von Pan und Pani Kramer und Irina heftig ins Gesicht. Sie hatte mich noch nie geschlagen; sie hatte Zosias unmittelbare Vorgängerin sogar entlassen und mitten in der Nacht aus dem Haus geworfen, weil diese Panna mir eine Ohrfeige gegeben hatte.

Diesmal eilte Großmutter mir zu Hilfe. Sie sagte, sie schäme sich für Tanja; wenn Tanja sich so aufführen wolle, könne sie gleich zu Bern ziehen. Großvater brachte beide Frauen zum Schweigen und nahm mich mit zu einem kleinen Spaziergang.

Ich weinte und sah, daß auch ihm die Tränen kamen. Dennoch meinte er, Weinen nütze gar nichts. Alles habe sich verändert. Schwere Zeiten stünden uns bevor. Wenn die Menschen Angst haben und durcheinander sind, dann benehmen sie sich ganz anders als sonst, sagte er. Auch er habe Angst. Er meinte, jetzt müsse ich vor allem sehr genau beobachten und möglichst immer im Sinn behalten, daß Angst die Menschen verändert; das werde mir helfen zu verstehen, was ich zu sehen bekäme. Er wolle mich dabei unterstützen, so gut er könne; aber ich dürfe nicht vergessen, daß Großmutter krank und daß sie beide schon alt seien und daß Tanja mich versorgen müsse, bis der Krieg vorbei sei und mein Vater zurückkommen könne. Dann gingen wir bis zum Ende der Straße, wo ein unbebautes Grundstück mit Kies- und Steinhaufen und ein herrenloses Holzlager waren. Noch etwas weiter weg lag dann der Fluß. Ein paar katholische Jungen, größer als ich, warfen mit Steinen und versuchten Bäume zu treffen. Wir blieben stehen und sahen zu. Sie warfen weit und sehr genau. Das wollte ich auch gern lernen, und ich fragte Großvater, ob er mir dabei helfen könne. Das könne er nicht, gab er zur Antwort – er habe sein Leben lang bedauert, daß er so schlecht werfen könne. Aber etwas anderes, genauso Nützliches, könne er mir zeigen. Wir gingen zum Markt und kauften dickes rotes Gummiband und ein Stück Leder. Dann wanderten wir zurück zu dem Kieshaufen auf dem leeren Grundstück. Mein Großvater schnitt einen tiefhängenden gegabelten Zweig von einem Baum, schälte ihn, fädelte das Gummiband durch zwei Löcher, die er in das Lederstück gebohrt hatte, und befestigte das Gummi dann an der Zweiggabel. Eine Schleuder, erklärte er: Von jetzt an werde bei jeder Gelegenheit damit geübt; aber kein Wort davon zu Großmutter! Und nie auf Häuser zielen, denn sonst würde ich vielleicht ein Fenster einschlagen. Wenn ich genug geübt hätte, wollten wir versuchen, auf Krähen zu schießen.

Am späten Nachmittag kam Bern zu Besuch. Er brachte Großmutter einen Strauß gelbe Astern. Sie dankte ihm und fragte, ob er die Farbe passend zu ihrem neuen Judenstern ausgesucht habe. Zigaretten und Wodka brachte er auch mit und sagte dazu, was für Großvater und was für Tanja sei, wisse er nicht. Darüber lachten alle, und mein Großvater meinte, die Zigaretten müßten wohl für Tanja bestimmt sein; hätte Bern Tanja ein alkoholisches Getränk zugedacht, dann würde er wohl Champagner gebracht haben.

Als die Flasche fast leer war und die Kramers sich in ihr Zimmer zurückgezogen hatten, erzählte Bern, er sei gefragt worden, ob er eine leitende Stellung im Judenrat von T. übernehmen wolle, den die Deutschen einrichteten, und er habe zugesagt. Auf diese Weise könne er vielleicht seine *garçon-*

nière behalten und uns bei allem möglichen helfen, zum Beispiel bei den Lebensmittelkarten. Vielleicht könne er Tanja sogar eine Stelle verschaffen: Arbeitslos zu sein könnte gefährlich werden. Ihm sei es gleich, was die Leute dachten; wenn er den Posten nicht nähme, stellten die Leute in der Kommandantur, die für die Judenfrage zuständig seien, irgendeinen Analphabeten ein, einen gewieften Schieber, der sich nur auf dem schwarzen Markt auskenne. Er könne dann bloß noch in die Wälder gehen, aber es sei schwer, Verbindung mit den Partisanen aufzunehmen, und er wolle auch Tanja und uns nicht ganz schutzlos zurücklassen.

Es stimmte, Bern war jetzt unser einziger Freund, ganz abgesehen davon, was vielleicht zwischen ihm und Tanja vorging. Der katholische Chirurg hatte sich wie mein Vater wieder nach T. durchgeschlagen, als die polnische Front 1939 zusammengebrochen war, aber man evakuierte ihn nicht nach Rußland. Er hatte Tanja immer sehr höflich behandelt, wenn sie ihn im Krankenhaus aufsuchte, aber Tanja meinte, sie sei ihm von Mal zu Mal weniger willkommen. Er hatte ihr unumwunden erklärt, er könne ihr auf keinen Fall eine Stelle im Krankenhaus geben. Wenn mein Vater bloß vor dem Krieg auf ihn gehört hätte und wir alle konvertiert wären, dann sähe die Sache anders aus. Jetzt war es dazu zu spät; er bedauerte, daß wir uns selbst in solche Schwierigkeiten gebracht hätten. Natürlich, eigentlich wären nicht wir verantwortlich, sondern die anderen Juden, die sich nicht als polnische Patrioten fühlen könnten. Leider sei es jetzt aber auch für solche feinen Unterscheidungen zu spät. Was die Medikamente für ihre verehrte Frau Mutter angehe, da sei Kollegialität seine Devise, und er lasse sich nicht von den Deutschen reinreden. Sie könne haben, was sie wolle. Tanja bemerkte wohl, daß er ihr nicht wie sonst zum Abschied die Hand küßte, als sie ein Rezept für Großmutter abholte, und jedesmal, wenn sie die Geschichte erzählte, wies sie ausdrücklich auf diesen Umstand hin.

Bern erzählte, er habe am Telefon von einem Kollegen aus Lwów gehört, die dortige Kommandantur habe dem Judenrat Befehl gegeben, alle Juden in ein Ghetto wie in Warschau und Krakau zu schaffen. Da konnte einem das Lachen endgültig vergehen. Die Menschen würden wie Sardinen zusammengepfercht. Im Vergleich dazu müßte uns das neue Quartier, das wir mit den freundlichen Kramers teilten, geradezu luxuriös erscheinen. Er hoffte, in T. würde es nie soweit kommen. Die Armbinden, die gelben Sterne und die Ausgangssperre hätten wir ja nun schon. Wenn der Judenrat verantwortungsbewußt handelte und wenn unsere lieben Kaffeehaus-Intellektuellen zur Abwechslung einmal nicht die Polen provozierten, dann könnte vielleicht alles so bleiben, wie es war. So hatte Bern noch nie gesprochen, und Tanja und mein Großvater nahmen ihn nicht ganz ernst; sie sagten, er spreche ein sehr modernes Polnisch. Wir hatten die Polen, die katholisch waren, sonst einfach nur Katholiken genannt, denn Polen waren wir schließlich auch, dachten wir. Aber das Wort Ausgangssperre erinnerte alle daran, wie spät es war: Bern mußte gehen. Tanja brachte ihn hinaus und sagte, sie wolle ihn bis zur Ecke begleiten.

Als Tanja wiederkam, äußerte Großmutter, sie sei froh, daß sie krank sei und nicht mehr lange zu leben habe. Eine von vier Schwestern sei sie gewesen, alle gutaussehend, wenn man den Leuten glauben dürfe; und nun sei sie allein übriggeblieben. In ihrer Jugend hätte sie haben können, was sie sich nur gewünscht habe. Dann, als ihr Vater sein Geld verlor, habe mein Großvater die einzige gute Tat seines Lebens getan, nämlich die Schulden seines Schwiegervaters bezahlt. Zwei wirkliche Kinder habe sie gehabt – und beide seien tot. Tanja sei nie ihr Kind gewesen. Und jetzt sehe mein Großvater wohl, was aus Tanja geworden sei; stolz könne er darauf sein. Genau wie seine Weiber sei sie geworden. Das Maß sei nun voll, genug Unglück für ein einziges Leben, und dennoch: Ihr mache es ja nichts aus, in einem so elenden Loch zu leben, einen Judenstern oder eine Armbinde zu tragen oder geschlagen oder erschossen zu werden wie die armen Kippers. Ihr nicht, sie habe schon ein Pogrom gesehen, als sie zehn gewesen sei. Ukrainische Bauern hätten ehrwürdige jüdische Patriarchen an den Bärten gezerrt, jungen Mädchen Gewalt angetan, alle geprügelt. Gott sei Dank seien sie nicht in ihr Haus gekommen, aber sie habe genug gesehen und gehört. Schlimmer könnten die Deutschen auch nicht sein. Schrecklicher als all das aber sei für sie, daß Bern dermaßen schamlose Reden geführt habe. Niemals, in ihrem ganzen Leben nicht, weder damals noch heute, habe sie einen Menschen so sprechen hören. Mein Großvater sagte kein Wort. Tanja sah sehr müde und sehr gefaßt aus. Nach einer Weile sah sie meine Großmutter an und sagte: Du weißt noch nicht, was schamlos ist, du weißt noch nicht, wohin es mit uns kommen wird, warte nur, du wirst es noch erleben, so schnell stirbst du nicht.

Kurz danach fand Bern eine Arbeit für Tanja im Magazin der Wehrmacht. Sie brauchten dort jemanden, der perfekt deutsch sprechen und schreiben und außerdem tippen konnte, und gaben schließlich dem Judenrat den Auftrag, eine geeignete Person aufzutreiben. Arier, die für die Aufgabe qualifiziert waren, schien es in T. nicht zu geben. Diese Entwicklung verbesserte unsere Lage erheblich – wir waren nun die Angehörigen einer in einem kriegswichtigen Betrieb beschäftigten Werktätigen –, aber ich war jetzt viel mir selbst überlassen. Großmutters Krankheit war schlimmer geworden, und Großvater mußte sie pflegen. Weil alles rationiert war, war er jeden Tag viele Stunden unterwegs, um unsere Rationen in den regulären Läden zu kaufen, vor denen man Schlange stehen mußte, und außerdem ließ er seine privaten Verbindungen spielen, so daß er frische Milch und Eier und manchmal Kalbsleber besorgen konnte. Großmutter war leberkrank; sie konnte nur fettarmes Essen vertragen, und Kalbsleber war sehr mager und zugleich sehr kräftigend.

Wenn Großvater und Großmutter mich nicht brauchten, verbrachte ich meine Zeit mit Irina oder den älteren Jungen aus dem Haus. Schule gab es für Juden nicht mehr. Die Jungen und ich spielten Verstecken im Holzlager am Ende der Straße. Dort schien niemand mehr zu arbeiten. Wir bauten uns eine Hütte, in der wir sitzen konnten, wenn es regnete oder wir uns unterhalten wollten. Wir redeten über Frauen; die Jungen erklärten, wie man ihn den Mädchen zwischen die Beine schob, so daß sie bluteten, oder in ihr Hinterteil. In jedem Fall mußte es weh tun. Frauen bluteten sowieso jeden Monat. Sie nahmen Papier, damit es aufhörte, aber manchmal schafften sie es nicht. Das Blut hieß *kurwa. Kurwa mać* oder *kurwy syn,* Mutter oder Sohn aus diesem Blut, waren die schlimmsten Schimpfworte. Man konnte ihn also in eine Frau stecken, wenn sie blutete, das mochten die Frauen, aber es war doch eine sehr schmutzige Sache. Die Jungen wollten wissen, ob ich ihn schon in Irina gesteckt hatte. Einer von ihnen hatte sie in der Latrine gesehen. Sie meinten, ich sollte es versuchen, wenn sie schliefe. Dumm dabei wäre nur, daß die Mutter am nächsten Morgen das Blut sähe. Wir hatten ein Lied, in das man jeweils einen unserer Namen und den eines Mädchens, das wir kannten, einsetzen konnte. So sangen sie das Lied über Irina und mich: ›Maciek, Maciek kommt als Offizier, sagt: Irina, ich mach's mit dir, ich schieb' dir meinen Riesen rein, zwei Meter lang ist der, dann wirst du furchtbar bluten, 'nen Liter oder mehr. Sie schreit, du tust mir weh mit deinem Riesen, da läßt er einen schießen. Sie schreit, jetzt blute ich sehr, er hört schon gar nichts mehr.‹ Singend marschierten wir im Holzlager auf und ab, an der Spitze ging immer der, dessen Name gerade im Lied zusammen mit einem Mädchen genannt wurde, das ihm gefiel oder zu seiner Familie gehörte.

Das leere Grundstück und das Holzlager waren auch Spielplätze vieler katholischer Jungen. Sie spielten Fangball und übten Zielwerfen mit Steinen, wie an dem Tag, an dem Großvater und ich ihnen zugesehen hatten. Wenn sie einen Platz brauchten, auf dem wir spielten, brüllten sie, Juden und anderer Müll müßten verschwinden. Wir fingen an, uns gegenseitig mit Steinen zu bewerfen. Ein- oder zweimal schoß ich mit meiner Schleuder, dann lief ich weg. Die älteren Jungen blieben und kämpften. Ich entdeckte, daß ich gern anderen weh tat, aber Angst davor hatte, daß mir jemand etwas tun könnte.

Eines Tages kamen viel mehr katholische Jungen als sonst und sagten, sie wollten uns umbringen, sie wollten eine Dauerausgangssperre für Juden verhängen. Sie hatten faustgroße Steine und Stöcke mit Nägeln. Von da ab gingen wir zum Holzlager nur noch, wenn die Katholischen in der Schule waren. Wir pinkelten auf die Steine, die sie zum Werfen nahmen. Geschah ihnen ganz recht, wenn sie Judenpisse an den Händen hatten.

Ich las Bücher von Karl May. Bern hatte mir diese Romane gebracht und gesagt, das sei genau der richtige Zeitvertreib, wenn Großvater zuviel zu tun habe. Old Shatterhand fürchtete sich nicht vor Indianern; er mochte sie und verstand sie sehr gut, und trotzdem tötete er sie ohne Erbarmen. Lachend machte Bern mich darauf aufmerksam, daß Old Shatterhand oft fünfzehn Rothäute auf einmal totschoß, obwohl sein 0.45 Colt nur sechs Kugeln hatte. Berns Spott machte mir nichts aus. Wahrscheinlich fand May es einfach überflüssig, jedesmal eigens zu erwähnen, daß Old Shatterhand wieder neu laden mußte. Irina las die Bücher auch gern. Wenn wir spielten, war sie die einzige überlebende Squaw in einem Dorf, dessen Krieger ich gerade alle in die ewigen Jagdgründe befördert hatte. Sie flehte mich dann immer an, ich solle sie verschonen; sie verdiene Strafe für die Verbrechen ihres Stammes, aber sie sei noch sehr jung und wolle nicht sterben. Dann fesselte ich sie, manchmal an den Stuhl, manchmal band ich ihr Arme und Beine an Tanjas Sofa fest. Dann verhandelten wir, ob sie gefoltert werden, zum Beispiel mit den Füßen ins Feuer gesteckt oder mit meinem Lasso ausgepeitscht werden müßte, oder ob sie sofort losgebunden und meine Sklavin werden sollte. Zum Glück sah Irina wie eine Indianersquaw aus. Sie hatte schwarze Haare und schwarze Augen und eine breite Nase. Sehr groß war sie nicht, kaum größer als ich, und ich konnte sie niederringen, wenn wir kämpften.

Irina fand ein Buch mit dem Titel *In der Opiumhöhle,* das ihr Vater ganz hinten in seinem Laden aufbewahrte. Wir lasen es in Tanjas und meinem Zimmer, wo uns keiner sehen konnte: Ein Deutscher, der in China lebt, nimmt Opium. Er raucht es, auf einer niedrigen Couch liegend, nur mit einem seidenen Kimono bekleidet. Die Haut des Deutschen ist vom Opium schon ganz gelb; er ist sehr dünn. Seine chinesische Mätresse kniet neben der Couch, auch sie hat nur einen Kimono an, der ihr jetzt von den Schultern gleitet. Ihre Brüste sind klein, haben aber große Nippel. Der Deutsche hält eine ihrer Brüste und kneift sie fest und erklärt, daß er keine Lust mehr auf sie hat; er will nur noch an seiner Pfeife ziehen und davon träumen, wie sie es früher miteinander getrieben haben. Und er erzählt ihr seine Träume. Doch dann regt sich an einem Abend wieder das Begehren in ihm. Auf einem kleinen Tisch neben der Couch steht ein juwelenbesetztes Kästchen. Er bittet sie, das Kästchen zu öffnen und das Rasiermesser mit dem Elfenbeingriff herauszunehmen. Dann zwingt er sie, sich mit dem Rasiermesser in einen Nippel zu schneiden. Er will, daß das Blut ihm erst auf die Brust und dann in den Mund rinnt. Irina sagte, wir sollten Opiumhöhle spielen. Sie könnte den Morgenrock ihrer Mutter als Kimono nehmen, und mit dem Rasiermesser würden wir nur so tun, als ob. Ihre Brüste waren schon rund wie zwei Kirschen.

Meiner Großmutter ging es viel schlechter, und sie erholte sich erst, als man ihr zur Linderung des Staus Egel und Schröpfköpfe unmittelbar über der Leber setzte. Ihr Zimmer brauchte nicht mehr verdunkelt zu werden, und ich durfte bei ihr sitzen. Sie erzählte Geschichten vom Leben auf dem Land aus der Zeit, als ich im Sommer immer zu Besuch bei ihnen war. Sie wollte wissen, ob ich mich noch an die Kaninchen und die Gans erinnern konnte, die sie eigens für mich gehalten hatte, und ob ich noch wüßte, wie wir Pilze gesammelt hatten. Ihr stand alles noch lebhaft vor Augen: Sie wußte, in welche Richtung wir spazierengefahren waren, als mein Vater uns einmal besuchte, welche Kleider sie mir angezogen hatte, an welchem Tag ich entdeckt hatte, daß mir Himbeerkaltschale gut schmeckte. Sie erzählte mir von meinem Onkel und wie er gestorben war. Sie sagte, meine Mutter habe genau wie er ausgesehen; die beiden waren zu sanft und zu gut, meinte sie. Sie sei froh, daß ich meinem Großvater nachschlage. Wir lebten in Zeiten, die nicht für gute Menschen gemacht wären.

Ich war gern mit ihr zusammen. Irina mußte jetzt fast immer mit in den Laden; ihre Eltern wollten sie bei sich haben, falls man wieder alle Juden aus den Häusern holte. Aus demselben Grund erlaubte mir Großvater nicht mehr, zum Spielen mit den anderen aus dem Haus zu gehen. Wir hatten gerade die erste »Judenaktion« in T. erlebt. Die SS hatte sie durchgeführt, unterstützt von polnischen Polizisten in Zivil und vielen Männern vom jüdischen Ordnungsdienst. Zum Zeitpunkt der Aktion war ich gerade zum Spielen mit den Jungen im Holzlager. Ein paar rannten nach Hause, als das Geschrei anfing, aber ich und mehrere andere hatten zuviel Angst; wir versteckten uns zwischen dem Zaun und einem hohen Bretterstapel und konnten von dort aus alles beobachten. Die Deutschen gingen in ein Haus nach dem anderen und brüllten: »Alle Juden heraus!« Es dauerte eine ganze Weile, dann strömten die Leute allmählich auf die Straße, wo der jüdische Ordnungsdienst dafür sorgte, daß sie sich in Reih und Glied aufstellten. Ich sah meine Großeltern und Pan und Pani Kramer und Irina zusammenstehen. Dann begann die polnische Polizei, alle Papiere zu prüfen und die Leute in zwei Gruppen aufzuteilen. Meine Großeltern, Kramers und einige andere mußten beiseite treten, die zweite Gruppe wurde zu den Lastwagen getrieben, die inzwischen am Ende der Straße angekommen waren. Eine Frau, die ich nicht kannte, brach plötzlich aus der Schlange vor einem Lastwagen aus und rannte zum anderen Ende der Straße, wo große Zementröhren aufgestapelt waren. Sie kroch in eine davon und wollte nicht mehr herauskommen, trotz der Kommandos der Deutschen. Eine Weile war alles ganz still. Dann erschienen zwei Männer vom Ordnungsdienst und stocherten mit langen Stöcken beharrlich so lange in der Röhre herum, bis sie auf Händen und Knien am anderen Ende herausgekrochen kam. Dort empfingen die Deutschen sie mit Schlägen und Fußtritten und schafften sie schließlich auf den Lastwagen, der schon überfüllt war, und fuhren ab. Der Ordnungsdienst und die polnische Polizei blieben und befahlen den Juden, die noch auf der Straße standen, alles aufzuräumen.

Als ich nach Hause kam, sagte mein Großvater, es sei richtig gewesen, daß ich mich versteckt hatte, weil ich nicht bei ihm und Großmutter war, als es passierte, aber das allerwichtigste für mich sei, jetzt nicht allein zu bleiben. Diese Razzia habe sich gegen Juden gerichtet, die keine Arbeitspapiere vorweisen oder sich nicht als Angehörige von Werktätigen ausweisen konnten. Wenn sie mich allein erwischt hätten, dann wäre ich wahrscheinlich auch mitgenommen worden, weil ich ohne Papiere gewesen sei und niemand für mich eingetreten wäre; folglich hätten Großvater und Großmutter mitgehen müssen, um mich nicht allein zu lassen. Aber es sei doch unsinnig, sagte ich, daß sie mit mir hätten gehen müssen, wenn es richtig war, daß ich mich im Holzlager versteckt hatte, statt zu ihnen zu laufen. Doch Großvater erklärte mir, sie hätten ihr Leben schon gelebt, sie wären auch bereit zu gehen, wenn ich bei Tanja bleiben könnte. Nur eines müßten wir möglichst verhindern: daß ich allein weggeschafft oder allein zurückgelassen würde, wenn man sie und Tanja holte.

Tanja tauchte unmittelbar nach dem Ende der Razzia auf, in großer Angst und Sorge. Sie hatte von der Aktion erfahren, als sie schon in Gang war. Die Deutschen in ihrem Büro hatten sie sofort nach Hause geschickt, damit sie sich vergewissern konnte, daß wir in Sicherheit waren, und hatten ihr zudem eine Bescheinigung ausgestellt, die sie uns bringen sollte, eine schriftliche Anordnung, uns in Ruhe zu lassen. Reden könnten wir später – sie müsse jetzt schnell wieder an die Arbeit gehen. Das war inzwischen ganz typisch für Tanja: Sie sagte immer, reden würden wir, wenn sie aus dem Büro zurück sei. Sehr bald, nachdem Tanja ihre Stelle bekommen hatte, brachte sie schon eine Schreibmaschine mit nach Hause und übte jeden Abend nach der Arbeit. Sie sagte, wenn sie schnell und fehlerfrei Schreibmaschine schreiben könne, würde sie unabkömmlich. Sie saß am Tisch in unserem Zimmer und tippte Seite für Seite einen deutschen Roman ab. Dann mußte Großvater ihr aus dem Roman vorlesen, damit sie üben konnte, nach Diktat zu schreiben; er sollte schnell lesen, und sie versuchte mit dem Schreiben nachzukommen. Eines Tages sagte sie, nun sei es genug – sie sei die beste Schreibkraft, die die Deutschen hätten. Sie erhielt einen Spezialausweis, so daß sie die Sperrstunde nicht einhalten mußte, und oft arbeitete sie bis spät in die Nacht. Manchmal mußte sie die ganze Nacht durcharbeiten und kam erst morgens, nur um sich umzuziehen.

An diesem Abend aber kam sie früh nach Hause. Sie brachte eine Büchse Pâté, eine Flasche Wodka und Schokolade für Großmutter und mich mit, obwohl Großmutter keine Süßigkeiten essen sollte. Sie hatte auch Dosenschinken für

Kramers und Schokolade für Irina. Als wir nach dem Essen im Zimmer der Großeltern waren, sagte sie, sie wolle uns ein wichtiges Geheimnis erzählen. Sie hatte einen deutschen Freund. Er hatte sich in sie verliebt. Er war kein Nazi, und obwohl er Uniform trug, nicht mal mehr Soldat, weil er bei einem Arbeitsunfall in einer Fabrik einen Arm verloren hatte. Er war für die Organisation des Nachschubs zuständig und sehr geschickt und begabt für diese Aufgabe, deshalb wichtig und einflußreich. Mit viel Glück und falls Großvater sich vernünftig benehme, würde ihr Freund uns in Sicherheit bringen. Er riskierte schon jetzt sein Leben für Juden. Bern habe einen Weg gefunden, zu den Partisanen zu kommen, und dieser deutsche Freund, Reinhard, rüste ihn für die Wälder aus. Er werde Bern sogar ein Gewehr und Munition verschaffen und ihn mit seinem eigenen Wagen zum Treffpunkt fahren. Zur rechten Zeit würden wir Reinhard kennenlernen. Tanja wollte, daß Großvater und Großmutter an mich dächten und sich ausnahmsweise einmal auf das konzentrierten, was wirklich um sie herum geschehe. Was die anderen meinten, sei ihr gleichgültig. Die Juden in T. und überall in Polen seien so gut wie tot, aber sie sei entschlossen, zu leben und uns zu schützen, und dies sei der einzige Weg.

Sie wußten, daß sie nicht laut werden durften – wegen der Kramers, deshalb kamen alle diese Neuigkeiten sehr langsam und leise heraus. Dann schwiegen alle erst einmal, und mein Großvater sagte, Tanja irre sich, das sei nicht der einzige Weg. Wenn die Deutschen Sieger blieben, dann führe dieser Weg nirgendwohin – am Ende würden wir genau wie die anderen umgebracht, nur vielleicht etwas später. Und wenn die Deutschen verlieren sollten, dann wäre es nicht gut, auf diese Weise zu überleben. Geld sei doch genug da, wenn wir Großmutters Schmuck Stück für Stück verkauften; damit könnten wir eine Bauernfamilie bezahlen, damit sie uns versteckte und versorgte, bis der Krieg aus sei. Er wollte sich sofort nach geeigneten Bauern umhören.

Tanja hatte geweint, aber plötzlich hörte sie auf. Wieder sprach sie sehr leise und sehr langsam. Keine Bauernfamilie würde uns alle vier nehmen, sagte sie – wir würden uns trennen müssen. Und wenn uns Bauern aufnähmen, dann nur, um an unser Geld und den Schmuck zu kommen. Danach würden sie uns an die Deutschen verkaufen. Das sei in der Nähe von Lwów schon vorgekommen. Juden hatten Familien gefunden, die sie versteckten, damit sie nicht ins Ghetto mußten, und nach einer Woche bei ihren Rettern waren sie denunziert und erschossen worden. Hinter Kellerwänden zu warten, bis die Gestapo uns hole, sei ihre Sache nicht. Wir könnten Reinhard vertrauen; es bliebe uns auch gar nichts anderes übrig. Reinhard habe ihr erklärt, daß er für uns alle sorgen wolle und daß er ihr auf gar keinen Fall erlauben werde wegzugehen.

Tanja überzeugte uns, und zwischen uns vieren war nun alles offen ausgesprochen. Dann kam Bern, um sich zu verabschieden. Die Situation schien kompliziert, bis Tanja sagte, sie werde dasein, wenn er am nächsten Morgen mit Reinhard aufbreche. Da begriff Bern, daß Tanja kein Geheimnis mehr vor uns hatte, und er sagte, Tanja sei die beste Tochter und Freundin, die man sich denken könne; sie habe Mut, und Reinhard sei wahrscheinlich der einzige anständige Mann in T., Anwesende natürlich ausgenommen, aber alle anderen Juden eingeschlossen. Der Gedanke an Reinhard und die Vorstellung, er könne aus Versehen jemanden wie ihn erschießen, seien das einzige, was ihm den Spaß an der

Jagd auf Deutsche verderben könnte, wenn er erst in den Wäldern wäre. Tanja erzählte uns später, daß sie geholfen hatte, Bern in Decken zu wickeln und wie ein Bündel zu verpacken und ihn unter anderen Bündeln auf dem Rücksitz von Reinhards Auto zu verstecken. Meine Großeltern und ich sahen ihn nie wieder. Großmutter erwähnte ihn noch manchmal und sagte dann, sie hoffe, es gehe ihm gut im Wald; sie sei froh, daß sie nicht mehr mit ihm reden müsse. Großvater lachte nur: Der arme Bern, die Sorge, gute Deutsche erschießen zu müssen, hätte er sich sparen können. Bern würde es nie fertigbringen, jemanden zu erschießen, ganz egal, ob gut oder böse.

Die ganze Zeit warteten wir auf gute Nachrichten, und immer vergeblich. Wir hörten den Wehrmachtssender. Er erzählte uns, daß sie ganz Europa bis hin zur spanischen Grenze erobert hätten. Sie standen vor Moskau, und die britische Armee in Afrika war wie Wachs in Rommels Hand. Sie würden in England einmarschieren. Manchmal erwischten wir BBC-Nachrichten – die auch nicht anders klangen. Mein Großvater machte keine Witze mehr über Napoleon und den Feldmarschall Schnee. Fast jede Woche gab es jetzt Judenaktionen, unter verschiedenen Vorwänden. Immer war die SS in feiner Uniform und mit glänzendschwarzen Stiefeln dabei, dazu polnische Polizisten, die die Juden verstehen konnten und nicht auf ihre Tricks hereinfielen, und schließlich der jüdische Ordnungsdienst, der die Leute mit Knüppeln zur Eile antrieb und ihre Habseligkeiten auf die Straße warf. Jetzt wurden Männer unter dreißig, Männer und Frauen über fünfundsechzig, manchmal auch stellungslose Juden geholt, selbst wenn das Familienoberhaupt Arbeitspapiere hatte. In unserem Haus waren ganze Familien auseinandergerissen worden. Die Kramers überlegten sich, ob sie Irina hinter den Kisten in ihrem Lagerraum verstecken sollten, solange dafür noch Zeit war – was den Nachteil hatte, daß Leute, die man in Verstecken fand, immer zusammengeschlagen und danach manchmal auf der Stelle erschossen wurden.

Das Gebrüll bei den Aktionen hatte man noch lange, nachdem alles vorbei war, in den Ohren. Zuerst kam immer das Kommando: Achtung, Judenaktion; dann brüllten die Deutschen ganz monoton: Alle Juden heraus; die Polen brüllten polnische Kommandos, und der jüdische Ordnungsdienst brüllte polnisch und jiddisch, und die Leute jammerten und weinten laut. Ab und zu kam noch das Gebell von Polizeihunden dazu. Wir rätselten, was wohl mit den Leuten geschah, die weggeholt wurden. Wenn sie auf Lastwagen geladen und aus T. herausgefahren wurden, dann mußte man damit rechnen, daß sie kurz hinter der Stadt in einem Wald erschossen wurden. Das sagten jedenfalls die Bauern, die in der Gegend wohnten. Die anderen, die zum Bahnhof getrieben und in Züge gepfercht wurden, konnten sonstwo landen. Man munkelte von einem Lager in Bełżec bei Lwów, von Fabrikarbeit in Deutschland, von Wehrmachtsbordellen, von Zusammenführung in den Ghettos der großen Städte Lwów, Lodz und Warschau. Tanja sagte, wiederkommen werde keiner von den Deportierten; deshalb sei es nicht wichtig, wo sie stürben. Unsere Papiere garantierten, daß uns niemand ein Haar krümmen werde. Sie hatte recht. Wenn sie oder, falls sie arbeitete, Großvater der Polizei diese Papiere zeigten, hieß es immer, wir sollten ruhig in unsere Wohnung zurückgehen. Die Nachbarn wurden langsam mißtrauisch, sogar Kramers, obwohl Tanja nie mehr etwas zum Essen mitbrachte, ohne ihnen davon abzugeben.

Neue Vorschriften verlangten, daß Juden den Bürgersteig verlassen mußten, wenn ein Deutscher kam. Wer nicht schnell genug war, wurde geschlagen, und manchmal wurden Leute auf der Stelle erschossen. Polnische Jugendliche meinten, man müsse ihnen denselben Respekt bezeigen. Und bald gehörte es zum Straßenbild, daß sie Juden aller Altersstufen mit Rohrstöcken jagten oder mit Steinen nach ihnen warfen. Die polnische Polizei griff nicht ein. Gelegentlich stellte eine Patrouille der deutschen Feldgendarmerie die Ordnung wieder her. Mein Großvater schärfte mir ein, mir diese Szenen gut einzuprägen: Ich könne daraus lernen, was passiert, wenn man in ein kleines Tier verwandelt wird, in ein Kaninchen zum Beispiel. Er bereue jetzt, daß er sein Leben lang nur Jäger gewesen sei. Als Tanja ihn so reden hörte, zuckte sie die Achseln. Für sie war es nichts Neues, daß junge Katholiken Juden mit Rohrstöcken schlugen; als sie noch Studentin war, hatten nationaldemokratische Studenten auf den Gängen der Universität Krakau schon dasselbe Spiel getrieben.

Seit dem Beginn des Winters hatte es Gerüchte gegeben, daß in T. ein Ghetto eingerichtet würde. Nun verdichteten sich diese Gerüchte. Mein Großvater glaubte nicht daran; die paar Juden, die noch da waren, lohnten einen solchen Aufwand nicht, meinte er. Ein paar energische Judenaktionen wären genug, den letzten Rest umzubringen. Tanja berichtete, daß Reinhard die Lage für sehr unsicher hielt. Der Befehl lautete, so Reinhard, alle Juden in Ghettos zu bringen; die Leute, die für die Judenfrage zuständig waren, würden sich nicht mit Überlegungen über ein vernünftiges Verhältnis von Aufwand und Ergebnis aufhalten. Andererseits aber hatte man auch schon Juden aus kleinen Städten in Großstadtghettos geschickt. Das bedeutete, daß wir möglicherweise nach Lwów gebracht würden. Beide Möglichkeiten, Ghetto in T. wie Ghetto in Lwów, beunruhigten ihn sehr. Er meinte, es würde viel schwieriger für ihn werden, uns Erleichterungen zu verschaffen, wenn wir erst einmal im Ghetto wären; er war nicht einmal sicher, ob er uns dann überhaupt noch schützen könnte. Wir vermuteten – obwohl Tanja nichts davon sagte –, daß er auch fürchtete, sie nicht mehr so einfach wie bisher sehen zu können.

Schließlich beschloß er, uns in seiner eigenen Wohnung in T. zu verstecken, bis die Lage sich geklärt hätte. Es war kaum zu glauben, aber er sah eine Möglichkeit, dies ohne große Probleme zu tun, weil er den Besuch seiner Tochter erwartete, die über Weihnachten bei ihm sein wollte. Sie liebte ihn; ihre Mutter war gestorben, als sie noch ganz klein war – und sie würde die Situation akzeptieren. Reinhard vertraute ihr vollkommen, und Tanja versicherte uns, wir könnten das auch. Sein Leben und das seiner Tochter stünden genauso auf dem Spiel wie unsere. Er würde eine größere Wohnung für seine Tochter nehmen, und Tanja und ich könnten mit einziehen. Die Großeltern würden in seiner Wohnung unterkommen. Wir wären alle im selben Gebäude, aber wir müßten immer daran denken, daß wir versteckt seien. Wir dürften die Wohnung so lange nicht verlassen oder uns gegenseitig besuchen, bis er sich eine bessere Lösung überlegt hätte.

Mein Großvater fand nicht den gesamten Plan einleuchtend. Reinhard habe in einem Punkt aber recht: Ins Ghetto dürften wir um keinen Preis gehen. Er sei jedoch nicht bereit, sich in der Wohnung eines deutschen Offiziers hinter dem Sofa zu verstecken, bis dem etwas Besseres eingefallen sei. Es könne ihm nämlich überhaupt nichts Besseres einfallen. Und Tanja habe auch recht: Die Bauern verrieten und verkauften Juden. Großvater wollte uns statt dessen arische Pässe besorgen. Er wußte, wie man sich mit Geld echte oder gefälschte Geburts- und Taufurkunden und alle anderen von den Deutschen erfundenen unsinnigen Dokumente verschaffen konnte. Dann würden wenigstens Großmutter, er und ich nach Warschau gehen und dort in der Versenkung verschwinden können. Wir müßten einen Bogen um alle Katholiken unter unseren Bekannten machen, und wenn uns das gelänge, wären wir nur eines von vielen entwurzelten alten Paaren, die mit ihrem verwaisten Enkelkind das Ende des Krieges abwarteten. Tanja könnte dann nachkommen, sobald Reinhard seine fünf Sinne wieder beisammenhätte.

Die Papiere bekam er, aber sein Plan ließ sich nicht durchführen. Großmutter war zu krank für die Anstrengungen und Gefahren der Reise, und erst recht zu krank, um mich in Warschau versorgen zu können. Tanja fragte meinen Großvater immer wieder, wie er es eigentlich anstellen wolle, uns beide in Warschau über Wasser zu halten. Und sie übermittelte uns eine Botschaft von Reinhard: Der Großvater solle allein nach Warschau vorausfahren und sich dort einrichten. Wir schicken die Großmutter und den Jungen nach, wenn er sie aufnehmen kann und beide reisefähig sind. Diesmal waren sich alle einig, daß Reinhard recht hatte. Wir müßten uns trennen, aber nur für kurze Zeit, uns blieb nichts anderes übrig.

Mein Großvater war so bekannt in der Stadt, daß er auf keinen Fall zum Bahnhof gehen, sich eine Fahrkarte kaufen, in den Zug steigen und einfach abfahren konnte. All das war für Juden verboten. Wenn ihn jemand sah, würde er sofort verhaftet und wahrscheinlich erschossen werden. Reinhard wollte nichts davon hören, daß ein Bauernwagen oder professionelle Fluchthelfer ihn zum Bahnhof von Lwów oder Drohobycz bringen könnten. Eines Nachts, lange nach der Sperrstunde, kam Reinhard mit seinem Auto, um Großvater abzuholen. Er war reisefertig, und wir standen alle zusammen am Hoftor. Wir nahmen Abschied und weinten alle. Dann stieg Reinhard aus dem Auto aus, küßte Großmutter die Hand und nahm Großvaters Koffer. Er war fast so hochgewachsen wie Großvater und trug einen Uniformmantel. Sie wollten nun nach Lwów fahren. Von dort aus konnte Großvater relativ gefahrlos mit dem Zug weiterkommen.

Es war allgemein bekannt, daß die größte Gefahr für Juden, die unter arischem Namen lebten, darin bestand, von der polnischen Polizei entlarvt oder bei der polnischen oder deutschen Polizei denunziert zu werden – zum Beispiel von polnischen Nachbarn, die sich ärgerten, wenn irgendein Rosenduft oder Rozensztajn sich einen ehrlichen polnischen Namen und eine polnische Identität aneignete, oder von unzufriedenen Erpressern. Die Deutschen konnten einen assimilierten Juden nicht von einem Polen unterscheiden, es sei denn, der Jude sah genauso aus wie eine Karikatur in einer Nazizeitung. Juden, die sich als Polen ausgaben, wurden von den Deutschen nur erwischt, wenn die polnische Polizei oder ein Denunziant dabei half oder wenn der Ariernachweis, den der Jude vorzeigte, schlecht gefälscht war. Vielleicht weil die Deutschen auf diesem Gebiet so leicht zu täuschen waren, hatte sich neben den Aktivitäten der polnischen Polizei ein einträgliches Geschäft entwickelt: die Erpressung von Juden. Dieses Geschäft konnte jeder Pole betreiben, der jene mit Worten nicht zu beschreibenden jüdischen Elemente einer

Physiognomie kannte: vielleicht, daß die Ohren eine Spur zu groß oder zu ausgeprägt waren oder die Augenlider ein wenig schwerer, als es einem reinrassigen Slawen anstand. Ebenso fein war das Gespür der Erpresser für Nuancen im Akzent und in der Ausdrucksweise. Auch wenn sie selbst oft wie Slumbewohner sprachen, konnten sie in der Redeweise eines ehemaligen berühmten Rechtsanwalts oder Professors der Altphilologie die unverkennbare, heitere oder traurige Sprachmelodie des Schtedtls wahrnehmen. Wenn kein Geld mehr da war, um den Erpresser noch ein weiteres Mal zu bezahlen, hatte eine Frau immer noch die Möglichkeit, ihn zu verunsichern. Vielleicht konnte sie ihm einreden, sie sei Sarmatin, könne ihre Abstammung über viele Generationen reinrassiger Sarmaten zurückverfolgen, deren Namen alle wie ihr eigener mit dem edlen -ski der Sobieskis und Poniatowskis endeten; das Gegenteil mußte er erst einmal beweisen. Manchmal funktionierte das. Aber Männer konnten sich nicht herausreden und niemanden täuschen. Sehr früh in den Verhandlungen kam die schlichte logische Aufforderung: Wenn Pan kein Jidd, kein *żydłak* sind, dann bitte, haben Sie die Freundlichkeit, Ihre Hosen herunterzulassen? Und wir bitten vielmals um Verzeihung, wenn wir uns geirrt haben.

Deshalb richtete Tanja ihr Augenmerk von nun an auf meinen beschnittenen Penis; der war in dem neuen Leben, das vor uns lag, Großvaters und mein Kainsmal – seltsamerweise sichtbar an Abels Körper. Tanja meinte, er und ich hätten gute Aussichten, die wachsamen Beurteiler jüdischer Kennzeichen zu täuschen, aber nur oberhalb der Gürtellinie. Mein Großvater mit seiner faltenreichen Altmännerhaut könnte bei einiger Umsicht sogar den Hosentest bestehen.

Mit Hilfe von Wundklebstoff war es möglich, so viel Haut um die Eichel zu legen, daß man eine unbeschnittene Vorhaut vortäuschen konnte. Also wurde Großvater mit solchem Klebstoff ausgestattet. Ein Junge oder junger Mann konnte sich so nicht helfen – ob man es mit plastischer Chirurgie versuchte? Tanja machte einen Termin mit einem jüdischen Chirurgen, der Lwów unmittelbar vor der Einrichtung des Ghettos verlassen hatte und nun in T. wohnte. Er hatte tatsächlich derartige Operationen ausgeführt. Man konnte Haut transplantieren. Aber er riet ab. Das Risiko, daß das Transplantat nicht anwuchs, war hoch, und außerdem bestand Infektionsgefahr. Bei einem Kind meines Alters kam dazu noch das Problem des Wachstums. Mein Penis würde länger werden, das Transplantat aber nicht mitwachsen. Schwierigkeiten bei der Erektion wären die Folge. Dieses Argument gab den Ausschlag. Sie beschlossen, mich zu lassen, wie ich war.

Während wir mit solchen Problemen beschäftigt waren, senkte sich eine Art Stille über T. Für Polen wie für Juden gab es weniger zu essen. Andererseits hörten aber auch die Razzien auf. Großvater schickte uns über Reinhard einen Brief. Er hatte eine Unterkunft im Mokotówviertel von Warschau gefunden; wir sollten uns um ihn keine Sorgen machen. Unsere Antwort schickten wir postlagernd, in vorsichtigen Umschreibungen. Kramers gingen kaum noch in ihren Laden – es gab keine Kundschaft mehr. Tanja war ihre einzige Versorgungsquelle. Freundlicher zu ihr wurden sie deswegen nicht, aber sie saßen den ganzen Tag über mit Großmutter in der Küche. Irina und ich lasen und spielten in Tanjas Zimmer. Der Kohleofen wurde nur abends angeheizt; es war also schrecklich kalt. Wir wurden angehalten, unter den Decken auf dem Sofa zu lesen. Irina erlaubte mir nun, sie zwischen den Beinen zu berühren, und manchmal wickelte sie ihre Beine um meine Taille und rieb sich an mir, bis ihr Squaw-Gesicht ganz rot wurde. Wir unterhielten uns darüber, was die Deutschen, wenn sie uns abholten, mit uns machen würden. Schlagen lassen wollten wir uns nicht. Bern hatte erzählt, daß sie die Leute immer erst schlugen und dann umbrachten oder daß sie die polnische Polizei das Schlagen besorgen ließen. Sie schlugen sogar die Frauen, die sie in Bordelle verschleppten. Um dem zu entgehen, könne man einen Deutschen beleidigen: zum Beispiel einem Offizier ins Gesicht spucken. Dann würde man auf der Stelle erschossen. Wir waren nicht sicher, ob wir dazu eine Gelegenheit bekämen: Bei Razzien standen die Deutschen meistens etwas abseits – die Dreckarbeit taten die anderen. Man konnte auch Gift nehmen, aber wir hatten keines. Ich wußte, daß Tanja versuchte, uns welches zu beschaffen, aber das war ein Geheimnis. Ich verriet es Irina nicht.

Tanja war nachts jetzt nur noch selten zu Hause. Sie kam manchmal unerwartet gegen Mittag vorbei: Sie durfte das Büro verlassen, um nach ihrer kranken Mutter zu sehen. Sie erzählte uns, daß Reinhards Tochter Erika angekommen war. Achtzehn sei sie, sehr nett, aber schlecht angezogen, so richtig deutsch. Reinhard bekam die zweite Wohnung; deren Besitzer waren Juden gewesen. Abends, wenn Tanjas Büro geschlossen hatte, brachten sie gemeinsam die Wohnung in Ordnung. Tanja sagte, jedesmal, wenn Reinhard wieder Porzellan oder Kristall mitbringe, müsse sie innerlich lachen; sie frage sich immer, ob das aus unserem Haushalt stamme. Reinhard und sie mußten sich sehr in acht nehmen, damit niemand ihre Freundschaft bemerkte. Solange er sie nur beschützte, regte sich keiner auf, denn sie leistete sehr gute Arbeit; aber auf Affären mit Jüdinnen stand die Todesstrafe.

An einem Spätnachmittag kam Tanja blaß und atemlos an. Großmutter und ich saßen mit Kramers in der Küche. Tanja hatte nichts zu essen mitgebracht, sie zog den Mantel nicht aus und setzte sich nicht hin. Sie stand einfach da, starrte meine Großmutter an und sah bedrückt aus. Ich dachte, daß vielleicht Großvater etwas passiert war, und fragte, ob sie einen Augenblick mit mir in unser Zimmer kommen könne, ich wolle ihr etwas zeigen. Sie folgte mir, schloß schnell die Tür hinter uns, sagte, endlich finge ich an zu denken, und schickte mich wieder in die Küche, um Großmutter zu holen. Als wir alle drei zusammen waren, erklärte sie uns flüsternd, daß am nächsten Morgen vor Tagesanbruch alle Juden aus T. deportiert würden. Reinhard habe es gerade erfahren; wir müßten das für uns behalten, oder wir würden mit unserem Leben bezahlen. Sie werde gleich wieder in die Küche gehen, sich so normal wie möglich benehmen, gute Nacht sagen und zum Büro zurückkehren. Wir müßten uns ganz ruhig verhalten, sollten nichts packen, nur Großmutters Schmuck, ihren Pelzmantel und meinen warmen Mantel mitnehmen und Punkt acht Uhr unten am Tor sein, wie an dem Abend von Großvaters Abfahrt. Reinhard würde uns dort abholen; sie wolle versuchen mitzukommen. Dann küßte sie uns, sagte noch, wir sollten keine Angst haben, und fort war sie.

Beim Abendessen mit Kramers waren wir sehr schweigsam. Großmutter klagte über Leberschmerzen. Sie wolle sich in ihrem Zimmer ausruhen, ich solle mitkommen; mit Irina könne ich ein anderes Mal spielen. Sobald wir aus der Küche heraus waren, suchten wir unsere Sachen zusammen. Großmutter löschte das Licht. Ein paar Minuten vor acht Uhr gingen wir durch den Korridor der Wohnung – die Großmutter sagte: Hilf mir bitte zur Toilette –, dann tasteten wir uns, so schnell wir konnten, im Dunkeln über den Balkon und treppab zum Tor. Das Auto war da, auch Tanja.

Reinhards Wohnung lag, kaum einen Kilometer weiter, im Erdgeschoß eines Mietshauses. Die Vorhänge waren fest zugezogen, und alle Lampen brannten. So viel Licht war ich nicht mehr gewohnt; bei uns hatte es immer Stromsperren gegeben. Im Wohnzimmer hing ein Kronleuchter, und überall auf der Anrichte und allen möglichen kleinen Tischen standen Porzellanfiguren und Tischlampen unterschiedlicher Größe mit Troddeln an den Schirmen. Zum ersten Mal konnte ich mir Reinhard genau ansehen. Er war kahlköpfig. Ich war auf einen leeren Ärmel an seiner Jacke eingestellt, aber Reinhard schien zwei Arme zu haben. Dann aber bemerkte ich, daß er an der linken Hand einen Handschuh trug und daß er mit dieser Hand nicht greifen konnte. Auf dem Eßtisch waren Obst, Kuchen und Wurst angerichtet. Erika kam mit einer Teekanne herein. Sie und Tanja machten viel Wirbel, fragten Großmutter, ob sie bequem sitze, forderten sie auf, von dem Schinken zu nehmen, den Tanja auf einem kleinen Teller brachte – der sei nicht fett, den könne sie unbesorgt essen. Reinhard lehnte sich in seinem Sessel zurück. Er hatte die Jacke aufgeknöpft. Ich sah, daß er weiße Hosenträger trug. Er winkte mich auf den Stuhl neben sich und sagte, in unserem Leben sei ein und dieselbe Frau wichtig. Meine Tante sei sehr schön und sehr gütig, also sollten wir Brüderschaft trinken. Er goß sich sein Glas voll, Cognac sei das, erklärte er mir, und ich sollte einen Schluck trinken, damit ich nach den Aufregungen des Abends wieder zu mir komme. Dann zeigte er mir, was ich zu tun hatte: meinen Arm mit seinem gesunden Arm verschränken, ihm tief in die Augen sehen und mein Glas in einem Zug leeren. Er versicherte mir, mein Deutsch werde im Nu so gut sein wie das Tanjas. Erika solle sich darum kümmern.

Bald war es Zeit zum Schlafengehen. Tanja sagte, für diese eine Nacht würden sie mir ein Bett im Eßzimmer richten, später dann wollten sie ein Feldbett besorgen, so daß ich bei Erika schlafen könnte. Weil ich keinen Schlafanzug hatte, durfte ich in meinen Kleidern schlafen. Tanja küßte mich und sagte, ich hätte mich gut benommen; sie sei stolz auf mich.

Ich glaube, ich schlief sofort ein, nachdem sie gegangen war – und ich träumte nicht. Aber fast ebenso plötzlich war ich wieder wach. Tanja und Reinhard waren im Zimmer und unterhielten sich, laut flüsternd. Dann ging Reinhard hinaus, und ich hörte Tanja weinen, so heftig wie nie zuvor. Ich sprang vom Sofa auf und ging zu ihr. Sie stand am Fenster, den Vorhang hatte sie einen Spaltbreit geöffnet, so daß sie hinaussehen konnte, ohne selbst gesehen zu werden. Ich stellte mich neben sie, und sie kniete nieder und schlang die Arme um mich. Wir blickten auf die lange Allee hinaus, die auf den Bahnhof zulief und T. in zwei Teile trennte. Der Himmel wurde schon hell. Hier und da brannte eine Straßenlaterne. Im Zwielicht sahen wir, wie die Juden von T. in einer endlosen ungeordneten Prozession zu ihrem Zug marschierten. Sie trugen Koffer und Bündel, sogar die Kinder hatten Gepäck. Offenbar war ihnen Zeit zum Packen gelassen worden. Sehr viele Deutsche standen auf den Bürgersteigen. Polnische Polizisten trieben die Leute an. Vom jüdischen Ordnungsdienst war niemand zu sehen. Tanja flüsterte, das liege daran, daß die Ordnungsdienstleute mit zum Bahnhof getrieben würden. An unserem Parterrefenster waren wir den Leuten auf der Straße sehr nahe, aber wir hörten keinen Laut von ihnen. Ich versuchte Kramers und Irina auszumachen, aber da waren so viele Menschen, und es war so schwer, einzelne Gesichter zu unterscheiden, daß ich sie nicht entdecken konnte. Nach etwa einer Stunde war die Allee leer. Sie mußten alle am Bahnhof angekommen sein. Reinhard hatte recht gehabt. Weihnachten 1941 war T. *judenrein.*

III

Die Tür zwischen dem Zimmer von Tanja und Reinhard und meiner Stube stand einen Spaltbreit offen, so daß ich etwas Licht hatte und außerdem die letzten Nachrichten des Tages mithören konnte, die vom Wehrmachtssender ausgestrahlt wurden. Eine zuversichtliche Frauenstimme meldete neue günstige Entwicklungen auf den Kriegsschauplätzen: Überall waren die Deutschen auf dem Vormarsch, von Afrika bis zur Ostfront; rühmend wurde erwähnt, daß die deutschen Soldaten standhaft in der Kälte und dem Schnee der weiten russischen Steppe ausharrten. Wie jeden Abend um elf Uhr wurde »Lili Marleen« gespielt, dann wünschte uns die Nachrichtensprecherin eine gute Nacht. Wir waren in Lwów. Die offene Tür war ein Zugeständnis Reinhards. Erika war wieder nach Bremen zurückgefahren; ich hatte Angst vor dem Alleinsein. Die offene Tür war immer noch besser, als wenn Tanja jedesmal, sobald sie mich schluchzen hörte, hätte aufstehen müssen. Trotzdem: Diese Nachgiebigkeit gegenüber meinen Launen war gegen alle vernünftigen Erziehungsgrundsätze, und Reinhard war froh, sie jeden Abend damit rechtfertigen zu können, daß Radiohören nützlich für mich sei. Zuhören war gut für mein Deutsch und für mein Verständnis der politischen Situation im allgemeinen.

Ich mochte die Lieder im Radio. Sie handelten von Soldaten und den Mädchen, die auf sie warteten oder sie zu Hause willkommen hießen. Erika hatte mir viele Texte beigebracht;

wir sangen die Lieder immer zusammen. Mein Lieblingslied, das wir fast so oft wie »Lili Marleen« hörten, handelte von einem Soldaten auf Posten in einsamer Nacht, der an Hanne und sein Glück denkt; bald wird er wieder in die Heimat ziehn. Er hat viel mitgemacht, aber er verliert nicht den Mut: Denn gibt es auch Zunder und Dreck, das alles, das geht wieder weg. Dann kam der Refrain oder, wie es im Lied heißt, die Parole, die beim Schützen wie beim Leutnant bekannt ist: Es geht alles vorüber, es geht alles vorbei. Doch zwei, die sich lieben, die bleiben sich treu.

Ich versuchte mir diese Vorstellung zu eigen zu machen. Ich liebte Tanja und meine Großeltern, das war klar, und meinen Vater natürlich, auch wenn er mich verlassen hatte und vielleicht überhaupt schon tot war. Daran änderte sich nichts: Wir blieben einander treu. Erika liebte ich beinahe. Bei Zosia war ich mir nicht mehr so sicher – an sie wollte ich lieber nicht denken. Wie der Dreck wieder weggehen sollte, konnte ich mir aber nicht vorstellen. Der Krieg ging sicher eines Tages zu Ende; aber was kam dann? Reinhard war überzeugt, daß Deutschland Sieger bliebe, es siegte ja schon die ganze Zeit. Die gelegentlichen Rückzugsbewegungen der Wehrmacht bei Moskau, auf die gewöhnlich gleich wieder Vormärsche folgten, waren nur die Finten eines Jägers, der einen sterbenden Bären endgültig zur Strecke bringen wollte; keine Streitmacht, nicht einmal die Englands, sei der deutschen Härte gewachsen. Ich glaubte ihm das. Die deutschen Soldaten waren besser, da hatte er recht. Ihre Panzer und Gewehre konnte keiner aufhalten. Aber wenn die Deutschen immer gewannen, waren wir dann nicht ein Stück des Drecks, der wieder weggehen sollte, vielleicht sogar um der Zukunft willen wirklich verschwinden mußte? Wie würde das dann vor sich gehen? Ich legte Tanja meine Fragen vor. Sie schüttelte den Kopf und sagte, noch nie habe jemand Rußland oder England besiegt; wir müßten uns nur lange genug über Wasser halten. Tief im Herzen glaubte ich ihr nicht. Die Soldaten, die an allen Fronten in die Flucht geschlagen wurden, konnten doch nicht plötzlich aufhören, unterlegen und schwach zu sein. Außerdem sah ich nicht, wie wir zu retten waren, selbst wenn der Krieg nicht mit Deutschlands Weltherrschaft zu Ende ginge. Die Gestapo würde uns nie erlauben, ungehindert die Wohnung zu verlassen, die Reinhard uns in Lwów verschafft hatte. Wie sollten wir je in einen Zug nach London oder New York kommen? Die Deutschen würden uns umbringen, sobald sie von Reinhards Tat erführen.

Erika fehlte mir. Sie war ein Teil der Zukunft, selbst wenn wir anderen – Tanja, Großvater, Großmutter und ich – nicht dazugehörten. Als wir noch in T. waren, hatte sie mir von Deutschland erzählt und erklärt, wie stark das Land war. Sie war nicht in der Hitlerjugend, weil sie die Versammlungen und das Marschieren nicht mochte. Ihr Onkel und ihre Tante wollten, daß sie Mitglied wurde, aber Reinhard kümmerte sich darum nicht. Wie alle war sie allerdings beim Arbeitsdienst gewesen. Dazu waren Mädchen und Jungen verpflichtet, zuerst nur während der Sommerferien und dann mindestens ein ganzes Jahr lang. Erika hatte ihr Jahr auf dem Land schon abgedient. Sie hatte auf einem Bauernhof gearbeitet, wo man melken, Heu machen und einen Mähdrescher bedienen lernte. Sie wurden gedrillt wie die Soldaten. Es war herrlich. Nachts schliefen sie in großen, luftigen Scheunen, Mädchen und Jungen in verschiedenen, wenn aber ein Junge ein Mädchen mit ins Heu nehmen wollte, konnte er das tun. Es war ein gesundes Leben. Erika zeigte mir, wie stark sie geworden war; ich befühlte ihre Muskeln, sie waren ganz hart. Sie konnte Reinhards rechten Arm jederzeit herunterdrücken. Seine Generation habe zuviel Zeit in Bierhallen zugebracht, meinte sie. Deshalb sei alles so kompliziert mit Leuten wie Reinhard.

Sie wohnte in Bremen bei ihrer Tante und ihrem Onkel. Die Tante war die Schwester von Erikas Mutter. Seit dem Tod ihrer Mutter, als Erika noch ein Baby war, lebte sie bei Onkel und Tante. Deshalb seien wir beide ganz ähnlich, zwei Waisen, verwandte Seelen. Sie hatte das Gefühl, die Tante liebte Reinhard mehr als ihren Ehemann. Die Wohnung in Bremen war winzig, kein Vergleich mit dieser jüdischen Wohnung in T.: Wenn Reinhard zu Besuch kam und sie Schulferien hatte, mußte er mit Erika in einem Bett schlafen, weil es keinen anderen Schlafplatz gab. Morgens kam dann die Tante zu ihnen ins Bett, sobald der Onkel zur Arbeit gegangen war, und dann machten sie Spaß miteinander. Die Tante versuchte dabei alles mögliche, um Reinhard nahe zu sein. Meine Tante sei ganz anders, sie und meine Großmutter seien vornehm, richtige Damen, von denen man jeden Tag lernen könne. Das mit Reinhard und meiner Tante mache ihr nichts aus; wenigstens sei Tanja nicht die Schwester ihrer Mutter. Sie habe nichts gegen uns: Wir könnten ja nichts dafür, Juden zu sein. In Bremen habe es sehr nette Juden gegeben, zum Beispiel die, für die Reinhard gearbeitet hatte, bevor er nach Essen gezogen sei. Diese Juden seien jetzt in England. Schade, daß wir das nicht auch getan hätten, obwohl – wahrscheinlich machte es nichts aus. Die deutsche Wehrmacht würde bald auch dort einmarschieren. Sie hoffte, Reinhard könnte uns behalten, ohne sich die Finger zu verbrennen.

Wir wußten, daß sie nach Bremen zurückmußte, um sich zum Dienst in der Fabrik zu melden. Die Produktion war jetzt wichtiger als Studieren; das meinte sogar Reinhard. Erika nahm sich aber vor, uns in ihrem ersten Sommerurlaub wieder in T. zu besuchen, wenn der Krieg bis dahin nicht schon vorbei war. In dem Fall sollte Reinhard seine alte Stelle in Essen wieder antreten. Einen Geschäftsführer mit seiner Erfahrung würde man in einer Stadt wie T. nicht mehr brauchen, wenn die Russen geschlagen waren. Sie fragte sich, was aus uns würde, wenn er abreiste. Das war ein Problem, das wir nicht lösen konnten, und jedesmal, wenn wir wieder darüber sprachen, merkte ich, daß Erika uns kaum Chancen gab: Weder glaubte sie, daß Reinhard uns behielte, noch daß wir in irgendeiner Weise an der Zukunft teilhaben könnten.

Erikas bevorstehende Abreise schuf ein anderes Problem, das Reinhard und Tanja vorher wohl nicht bedacht hatten. Wie sollte er erklären, daß die Wohnung nach ihrer Abreise offenkundig weiter bewohnt war? Auch wenn wir alle drei in seine Wohnung ziehen würden, was er nicht wollte, weil nicht genug Platz darin war – würde seiner polnischen Putzfrau denn nicht auffallen, daß die Menge der Nahrungsmittel, die er verbrauchte, den Bedarf eines Junggesellen weit überstieg? Und vielleicht hörte man ja auch Stimmen aus der Wohnung. Er beriet sich lange mit Tanja, meist in ihrem Zimmer, aber manchmal war auch Großmutter dabei, während Erika und ich Rommé mit Zehn spielten. Ich las eine polnische Übersetzung der *Schatzinsel*. John Silvers Verfolgungsjagd auf Jimmy machte mir angst. Das mußte ja ein böses Ende nehmen. Erika kannte die Geschichte nicht; Reinhard war der einzige in ihrer Familie, der Bücher mochte. Also beschlossen wir, daß ich ihr vorlesen und dabei versuchen würde, den Text ins Deutsche zu übersetzen. Schwierige und langweilige Stellen konnte ich überschlagen. Das gab Erika noch eine Gelegenheit, mein Deutsch verbessern zu helfen, woran Reinhard anscheinend von Tag zu Tag mehr lag. Die Beratungen kamen ins Stocken. Reinhard bat Erika, noch zu bleiben, bis er alles geregelt hätte. Das war ihr sehr recht, wenn es nur nicht zu lange dauerte. Sie war in T. glücklich – sie mochte uns lieber als ihre richtige Familie, aber sie wollte keinen Ärger bekommen.

Die Lösung des Problems, auf die sie endlich kamen, machte niemanden glücklich. Wieder brachen wir das Versprechen, uns nicht zu trennen, aber es ging nicht anders. Reinhard entschied, Großmutter bei sich in T. zu verstecken. Dann sei er weniger einsam, und sie sei so still und brauche so viel Ruhe, daß ihre Anwesenheit nicht auffiele. Er würde der Putzfrau einfach verbieten, die Tür zu Großmutters Zimmer zu öffnen: Dahinter sind militärische Geheimnisse – ein Blick, und Sie werden erschossen. Wenn die Frau fort sei, könne Großmutter sich frei bewegen; abends würden sie zusammen essen. Sie könnte *zrazy* und *naleśniki* für ihn zubereiten, und sie beide würden es sich gemütlich machen. Tanja und ich aber sollten nach Lwów ziehen, wo er eine Wohnung für uns bereithielt. Wir müßten die arischen Papiere benutzen, die Großvater uns besorgt hatte. Lwów war geeigneter als Warschau: Es war so nahe, daß er uns mindestens einmal in der Woche besuchen konnte. Wir müßten uns allerdings in der Stadt vorsehen, weil manche Leute in Lwów Tanja kannten. Unter diesem Gesichtspunkt wäre Warschau sicherer. Sobald es Großmutter aber besserginge und wir uns in Lwów eingewöhnt hätten, würde sie zu uns kommen. Alles sollte nur vorübergehend sein und mußte sofort getan werden, solange Erika noch da war, die in weniger als einer Woche wieder in Bremen sein mußte. Wir machten, was Reinhard sagte. Als wir uns von Großmutter verabschiedeten und nach Lwów gingen, verloren die Deutschen gerade die Schlacht um Moskau.

Tanja und ich begannen unser Leben dort wieder in einer ehemals jüdischen Wohnung voller Spiegel und Teppiche, die Reinhard hatte entsiegeln lassen. Die Mesusa hing noch am Türpfosten. Die meisten Kleider der Vorbewohner waren fort; sonst wirkte die Wohnung, als wären die Leute ganz geordnet ausgezogen, nur eben in Eile. In einigen Büchern stand der Name der Familie. Tanja kannte die Leute nicht, was, wie sie sagte, die Sache leichter machte. Ich fand eine Sammlung Zinnsoldaten und Artillerie. Sie war besser und vollständiger als die, die ich in unserem alten Haus in T. gehabt hatte. Offenbar hatte sie einem älteren Jungen gehört. Ich beschloß, daß alle diese Truppen Wehrmacht und SS sein sollten; sie sahen wie Sieger aus. Meine alten Soldaten waren mehr wie die zerlumpte russische Armee gewesen, die sich in sechs Monaten den ganzen Weg von T. bis nach Moskau hatte zurückjagen lassen.

Reinhard schaltete das Radio immer gleich nach »Lili Marleen« aus. Dann lachten und redeten er und Tanja noch eine Weile im Bett. Meine Lampe war gelöscht, aber ich konnte nicht einschlafen. Reinhard sagte, kein Wunder, ich sei zu wenig an der frischen Luft. Ich fixierte den schmalen Lichtstreifen, der durch die Tür auf den Boden fiel, und horchte. Ich war eifersüchtig auf Reinhard. Mir kam es so vor, als sei Tanja nie schöner gewesen. Ihr Gesicht war ruhig und sanft. Sie trug das Haar lang. Das sei der Stil ihres neuen

Friseurs, sagte sie, des Monsieur Guerre. Vielleicht wirkten die Haare wegen der Länge dunkler, sie schimmerten wie mit der Hand polierte Kastanien. Tanja hatte nur sehr wenige Kleider, die sie schonte und nur anzog, wenn Reinhard kam. Wenn wir allein in der Wohnung waren, trug sie nur Negligés und dazu passende Pantoffeln. Sie lachte: Reinhard schenke ihr soviel Damenwäsche, aber er vergesse die Kleider und Röcke; aber das sei schon recht, ihr mache es nichts aus, wie eine ausgehaltene Frau ausstaffiert zu sein, wenn sie mit mir allein sei. Aber wenn er kam, empfing sie ihn unweigerlich in einem Kleid oder Rock und Pullover, nur so zum Spaß, und nahm sich dann viel Zeit mit dem Umziehen, bis sie endlich in den spitzenbesetzten Gewändern erschien, die er so gern an ihr sah. Sie sagte, das sei die Form eines Sklavenaufstandes, die sie sich gerade noch leisten könne. Endlich ging das Licht in ihrem Zimmer aus. Ich lag still in meinem Bett, bis die beiden und ich einschliefen.

Ein Dienstmädchen hatten wir nicht; man konnte nicht wissen, wie neugierig und schwatzhaft so jemand war. Tanja ging immer gleich morgens einkaufen, daß wir etwas zum Essen hatten. Sie beeilte sich, damit das Risiko, erkannt zu werden, gering blieb und wir nur möglichst kurze Zeit getrennt waren. Mit Reinhard gingen wir nie aus; ein deutscher Offizier mit einer Polin und einem Kind wäre zu sehr aufgefallen. Tanja meinte, alle im Haus sähen sie schief an, angefangen mit der Hausmeisterin, aber das sei ganz gut so: Sollten die Nachbarn nur über die Deutschenhure und ihren Bastard tratschen, auf diese Weise würden sie jedenfalls von der Judenfrage abgelenkt.

Ich ging nur abends mit Tanja aus dem Haus, immer später, je länger die Tage wurden, weil wir uns vor Anbruch der

Dunkelheit nicht auf die Straße wagten. Wir hasteten durch schlechtbeleuchtete Straßen und sahen nur gelegentlich in ein Schaufenster. Tanja fand das herrlich, solange es kalt war – ideale Bedingungen für unseren Abendspaziergang, behauptete sie. Alle unsere arischen Freunde säßen jetzt beim Essen oder beim Kartenspiel und hätten keine Zeit, Dreckjuden zu jagen. Zu dieser Stunde gehöre die Stadt der Unterwelt, der alten wie der neuen. Ich litt unter ihren bitteren Witzeleien. Sie machten uns nur noch einsamer, dachte ich. Ich mochte den Gedanken nicht, ein Krimineller zu sein. Und wenn wir schon Kriminelle sein sollten, dann hätten wir davon doch wenigstens profitieren müssen, wie die Piraten in der *Schatzinsel*. Aber weit entfernt davon: Angst hatten immer nur wir, aber niemand fürchtete sich vor uns.

Der Frühling kam, und Tanja und ich waren nicht mehr die zwei einsamen Gestalten, die nachts ungesehen auf hartgefrorenem schmutziggrauem Schnee über ungeräumte Gehsteige schlitterten. Wir mußten uns nun mehr in acht nehmen. Um auch jetzt nicht erkannt zu werden, änderte Tanja die Taktik. Wir müßten ganz langsam und gelassen durch die Straßen schlendern – das fiele am wenigsten auf. Sie würde dabei eine Kappe mit kurzem Schleier tragen. Ich schämte mich bei diesen Expeditionen entsetzlich. Reinhard hatte mir im Wehrmachtsladen Kleider besorgt. Sie waren ganz neu, etwas zu groß und von einem Schnitt, der mit meinem Körper nichts zu tun hatte. Ich glaubte, anders als alle anderen Jungen auszusehen, ich kam mir vor wie ein komischer Kasten auf zwei Beinen. Meine Schuhe, knöchelhohe Schnürstiefel, waren besonders peinlich. Aus unerfindlichen Gründen gab es in T. und in Lwów keine langen Schnürsenkel zu kaufen, wogegen sogar Reinhard machtlos war. Also mußte ich meine Schuhe mit Bändern schnüren, die vielfach zerrissen und wieder geknotet waren, und ich konnte sie entweder nur bis zur Hälfte binden, dann sah ich aus wie ein Bettler, fand ich, oder ich konnte versuchen, die scheußlichen Knoten durch die Ösen zu zwängen, dann dauerte es endlos, bis ich die Schuhe bis oben geschnürt hatte. Ich wußte, jeder sah diese Knoten; sie verrieten, daß ich ein Ausgestoßener war.

Tanja unterhielt sich jetzt viel mit mir, und nicht nur über Benimmregeln oder Verstöße dagegen. Sie wollte, daß ich die Sache mit Reinhard verstand. Es sei sehr wichtig, daß ich ihm liebenswürdig begegne, wenn er uns besuche. Er sei ein guter, schlichter Mann. Er wollte eigentlich nur ein bißchen Freude im Leben haben, war dabei aber in eine Situation geraten, in der er nur noch bei ihr Freude empfand. Sie hoffte, ihn so glücklich machen zu können, daß ihm das genug war. Als die Freundschaft mit ihm begann, wollte sie für uns das Leben in T. etwas leichter machen; sie hatte noch nicht erkannt, daß Reinhard uns retten könnte. Jetzt glaubte sie ihn zu lieben, und wohl so sehr, wie sie überhaupt lieben könne. Es sei schwer, Vergleiche zu ziehen: Sie habe vielleicht immer ein Herz aus Stein gehabt, nur Großvater und mich habe sie wirklich lieben können, und wir beide hätten das gar nicht gemerkt. Als sie zu meinem Vater und mir nach T. gekommen sei, habe sie am Anfang noch geglaubt, sie könne sich vielleicht dazu bringen, meinen Vater zu lieben oder ihn wenigstens in sie verliebt zu machen, aber dann habe sie gemerkt, daß er knausrig und pedantisch sei und mit Zeit, Liebe und Geld so sparsam umgehe wie mit Augentropfen. Er habe sehr gut zu meiner Mutter gepaßt, die in ihrem kurzen Leben nichts besonders richtig und nichts besonders falsch gemacht habe, worin sie übrigens Großmutter sehr ähnlich gewesen sei. Nach einer Weile habe sie, Tanja, sich dann an die Rolle der vollkommenen Tante gewöhnt, nur Bern habe sie manchmal daran erinnert, daß das Leben auch Spaß machen könne. Der Krieg habe ihr jetzt aber eine geradezu glänzende Karriere eröffnet. Nun könne sie die perfekte, selbstlose Tante spielen, die zur Kurtisane geworden sei, um ihrem kleinen Neffen das Leben zu retten; eine richtige Kleinstadt-Esther sei sie nun.

Wir fingen an, die Unterrichtsstunden regelmäßiger durchzuführen. Tanja wollte erreichen, daß ich keine Fehler mehr im Deutschen machte. Es war ihr arg, wenn Reinhard mich korrigieren mußte. Während unserer Spaziergänge konnten wir nicht deutsch sprechen, aber wir nahmen uns fest vor, es zu Hause immer zu tun, außer wenn wir andere Unterrichtsfächer behandelten. Tanja mochte Arithmetik nicht; sie behauptete, sie habe das Einmaleins vergessen. Ich konnte die Übungsaufgaben in meinem Buch selbst lösen, und Reinhard sah sie dann nach. Das lag ihm, und es war wohl auch klug, ihm Gelegenheit zu geben, mir etwas zu erklären. Geographie hatte Tanja auch vergessen. Aber sie kannte und liebte polnische Literatur, vor allem polnische Poesie. Sie hielt das Deklamieren für den wichtigsten Weg zum Verständnis: erst beim Sprechen eines Gedichts offenbare es seine ganze Schönheit, aber nur, wenn die Verse gut gesprochen würden. Sie glaubte auch, daß man Gedichte immer wieder neu betrachten müsse. Deshalb sollte man sie auswendig lernen. Wenn man ein Gedicht wirklich auswendig wisse, dann könne man es rezitieren, ohne je die Lippen dabei zu bewegen, so wie ein Priester beim Brevierlesen – im Gehen, beim Anziehen, vor dem Einschlafen. Das Gedicht würde dann den ungenutzten Raum im Kopf füllen.

Tanja bewunderte besonders den Stil und Inhalt von Mickiewicz' Dichtung. Sie beschloß, sein mittelalterliches Epos *Konrad Wallenrod* mit mir zu lesen, das Thema sei subversiv, gerade passend für uns. Ich sah bald ein, warum: Konrad ist gerade Großmeister des Deutschherrenordens geworden, der ganz Ostpreußen erobert hat und nun droht, das heidnische Litauen zu zerschlagen und zu unterwerfen. Die Zeit zum letzten Schlag gegen die Litauer ist gekommen. Die Ordensritter sind ungeduldig und offenbar unüberwindlich, nichts kann den Sieg der Deutschen und des Kreuzes mehr aufhalten. Aber Konrad führt – wie wir – die anderen hinters Licht: Er heißt nicht Wallenrod und ist kein Deutscher, er ist Litauer. Die Ordensritter hatten ihn entführt, als er ein Kind war, und ihn als einen der Ihren aufgezogen, die er jetzt verraten wird. Er will die Schlacht so gegen alle Regeln der Kriegskunst führen, daß der Orden lebensgefährlich geschwächt wird, die Ritter gedemütigt werden und Litauen am Ende frei ist. Natürlich finden ein paar Ordensherren die Wahrheit heraus und töten Konrad, aber er stirbt glücklich, denn er hat, wie Samson, sein Volk gerächt.

Leider klangen die Wehrmachtsberichte im Radio für das Reich keineswegs ähnlich bedrohlich. Deutsche Truppen hatten den Kaukasus erreicht und waren nach Stalingrad vorgedrungen. Sie standen an der Wolga. Afrika war weit weg und für Europa unwichtig; jedem englischen Durchbruch dort folgte eine Niederlage. Die Amerikaner verbluteten auf den Atollen im Pazifik. Die Räumung des Ghettos von Lwów war keine Radiomeldung wert gewesen. Reinhard sprach jetzt von Konzentrationslagern, in denen Menschen offenbar zu sterben hatten. Wir fragten uns, ob wir womöglich die letzten Juden in Lwów waren.

Reinhard machte sich Sorgen um meine Großmutter. Sie fürchtete Gelbsucht zu haben, und er nahm das auch an. Sie war sehr müde und fühlte sich elend. Reinhard hatte schon alle Heilmittel versucht, die Tanja gewissermaßen als Hüterin der Heilkunde meines Vaters vorschlug, aber nichts hatte geholfen. Man brauchte einen Arzt, aber Reinhard wollte sich dem katholischen Chirurgen von T. nicht ausliefern. Vielleicht könnte man Großmutter nach Lwów bringen, wenn es ihr nur etwas besserginge. Er machte sich auch um Bern Sorgen. Ein Mensch, den er noch nie gesehen hatte – er wußte nicht einmal, ob dieser Mann Jude oder Pole oder einfach ein *agent provocateur* war –, war in die Wohnung gekommen, angeblich mit einer Botschaft, daß Bern und seine Freunde in einer verzweifelten Lage dringend Reinhards Hilfe bräuchten. Reinhard warf den Mann hinaus, aber einfach ignorieren konnte man den Zwischenfall nicht. Er konnte nur bedeuten, daß Bern geredet hatte. Wenn er geredet hatte, hieß das, daß vielleicht auch andere zum Reden gebracht worden waren. Wenn möglich, wollte er mit uns nach Palästina auswandern! Dieser Satz wurde sein liebster Spruch.

Daß außer uns noch andere Juden in Lwów waren, zeigte sich kurz danach, als Tanja und ich unseren Abendspaziergang machten. Ein Mann kam auf uns zu und redete schnell und aufgeregt: Tanja solle keine Angst haben und vor allem keine Angst zeigen. Er habe etwas Interessantes zu berichten. Tanjas Gesicht erstarrte, und sie umklammerte meine Hand; man hatte uns ja beschrieben, daß Erpresser sich auf diese Weise auf der Straße an Juden heranmachten. Dieser Mann jedoch behauptete, mit ihm sei es anders. Er kenne Bern. Er kenne meinen Vater. Er habe Tanja früher oft gesehen, auch wenn sie sich nicht an ihn erinnere. Er sei selbst Jude und versuche, genau wie wir, in Lwów zu überleben. Ob Tanja ihm nicht etwas Geld geben könne, Gott solle es ihr und ihrem kleinen Neffen lohnen. Der Mann behauptete, arische Papiere zu haben, die ein Vermögen gekostet hätten, und er bezahle seinen ehemaligen Hausmeister dafür, daß der seine Frau verstecke – jetzt sei fast nichts mehr von seinem Geld übrig. Leider sehe seine Frau nicht arisch genug aus; sie könne die Papiere nicht benutzen. Tanja sagte, wir seien auch arm geworden, aber sie wolle tun, was sie könne. Sie werde einen Umschlag für ihn hinterlegen; er müsse ihr nur sagen, wo, dann werde er ihn morgen an der bezeichneten Stelle finden. Sie einigten sich auf den Spalt hinter einer Gipsfigur im Eingang zur Post. Hertz – er bat uns, ihn bei seinem richtigen Namen zu nennen – lobte Tanja für ihre Umsicht: Panna, Sie haben ganz recht, daß Sie nicht mit mir gesehen werden wollen, könnte ja sein, ich werde beschattet; dann würden wir drei Vögel im selben Netz gefangen. Aber Panna muß sich keine Sorgen machen, daß wir den Kontakt verlieren. Ich weiß schon, wo Sie und der reizende Junge wohnen.

Wir verabschiedeten uns. Tanja bog um die nächste Ecke, dann um eine zweite, bis wir eine Bank fanden. Wir setzten uns. Sie legte meine Hand auf ihre Brust, um mir zu zeigen, wie heftig ihr Herz klopfte. Sie sagte, jetzt säßen wir in der Falle; daß der Mann Jude war, änderte nichts. Er roch förmlich nach Gemeinheit. Er würde vor nichts zurückschrecken, würde uns auspressen bis aufs Blut und dann verkaufen. Wir müßten eigentlich sofort die Wohnung verlassen, am besten aus Lwów weggehen, aber sie könne es Reinhard gar nicht sagen. Das hätte gerade noch gefehlt, ausgerechnet jetzt nach der Nachricht von Bern. Sie wollte dem Mann Geld geben, nicht zuviel, aber auch nicht zu wenig. Gäbe sie ihm zu wenig, käme er sofort wieder, wir müßten aber unbedingt Zeit gewinnen. Sie würde den Umschlag noch heute abend an die verabredete Stelle legen. Sie wollte dem Mann keine Gelegenheit geben, ihr morgen vor der Post aufzulauern, sie womöglich noch einem anderen Banditen zu zeigen; er sollte nicht zusehen, wie sie das Geld deponierte. Sie nahm mich an die Hand und stürmte nach Hause – ich kam kaum mit. Ihre Nachttischschublade war voller Geldscheine. Sie zählte ein dünnes Bündel ab, legte dann ein paar Scheine zurück, suchte einen Umschlag und steckte noch etwas mehr als das abgezählte Geld hinein, bevor sie den Umschlag zuklebte. Und erneut liefen wir im Sturmschritt zum Postamt, aber auf einem Umweg. Immer wieder blieb Tanja vor einem Schaufenster stehen, sah hinein oder strich ihren Mantel glatt. Ich merkte, daß sie die Straße hinter uns beobachtete. Aber niemand war uns gefolgt.

Nachdem sie den Umschlag hinter die Gipsfigur gesteckt hatte, gingen wir heim, jetzt ganz langsam. Wir setzten uns in die Küche, und Tanja machte heißen Kakao für uns beide. Sie weinte. Sie sagte, wir wären nun ganz verlassen; sie könne Reinhard nicht anrufen, sie könne Großvater nicht anrufen, noch drei Tage bis Samstag, bis Reinhard endlich käme. Großvater hätte uns nicht allein lassen dürfen. Dann erklärte sie mir, das schlimmste sei, daß sie sich jetzt mit dem miesesten Erpresser auf eine Stufe gestellt habe; mein Großvater würde sich ihretwegen schämen. Dieser Mann Hertz war bestimmt nur ein armer Jude, der um sein Leben kämpfte und seine Frau zu retten versuchte. Und sie sei schon so verängstigt und gedemütigt, daß sie überhaupt kein Vertrauen und kein Mitleid mehr aufbringen könne. Sie sei es eigentlich, vor der Hertz und überhaupt jeder anständige Mensch fliehen müßten.

Mitleid ist der Hölle nicht fremd. Die Hölle fließt über vor Selbstmitleid. Eindeutig genug ist das Bild der gemeinen Verbrecher, die sich außerhalb der grünen Wiese, verde smalto, *des Versammlungsplatzes der alttestamentarischen und intellektuellen Elite, aufhalten müssen. Heulend und zähneknirschend erleiden sie die grausigen Strafen, die die höchste Weisheit,* somma sapienza, *im Verein mit der ersten Liebe,* primo amore, *über sie verhängt hat. Manchmal fühlen sie sich arg getäuscht: Wäre man nur dem letzten üblen Rat nicht gefolgt, hätte man doch etwas eher bereut, dann müßte man nicht bis in alle Ewigkeit immer wieder diese unerträgliche Pein erleiden, die nur noch schlimmer werden kann, wenn sich nach dem Jüngsten Gericht Körper und Seele vereinen. Weniger eindeutig und deshalb interessanter ist das Selbstmitleid Dantes und seines Führers aus Mantua.*

Vergil wie seine Schicksalsgenossen vom verde smalto *haben die schwermütigen ruhigen Augen,* occhi tardi e gravi, *die im Deutschen Reich als untrügliches Kennzeichen der jüdischen Rasse gelten. Vergil aber muß nicht fürchten, daß Barbariccia oder sonst ein Teufel ihn aufspießen wird; ihn wird niemand in die Jauchegruben, die* Malebolge *für Verbrecher, werfen. Wenn er seine Lage mit der Situation anderer Verdammter vergleicht, könnte er eigentlich zufrieden sein. Aber ganz im Gegenteil – beim bloßen Gedanken daran weicht ihm schon alle Farbe aus dem Gesicht, er ist* tutto smorto: *Er und seinesgleichen leiden daran, daß sie ein Le-*

ben voller Sehnsucht ohne Hoffnung leben; senza speme vivemo in disio, *sagt er.*

Dantes Fähigkeit zum Selbstmitleid ist vergleichbar überwältigend, obwohl er allerhöchste Protektion genießt. Gleich zu Anfang erfährt er von einer über jeden Zweifel erhabenen Autorität, daß er nur ein Durchreisender im Inferno ist und nicht zurückkommen muß. Für den Fall, daß dies dem Leser entgangen ist, wird wieder und wieder auf diesen Punkt hingewiesen. Und trotzdem hört Dante nicht auf zu jammern und zu klagen. Er allein muß die Strapazen der schauerlichen Reise auf sich nehmen: Der Gestank bringt ihn schier um, das brutale Licht- und Klangspektakel schokkiert ihn, und die Vorhersage, daß er künftig im Exil wird leben müssen, stürzt ihn in tiefen Kummer.

Das Mitleid mit anderen, die in der Hölle leiden, wird im allgemeinen unterdrückt: Als Dante die Zauberer rückwärts durch ihr Tal gehen sieht, weil ihre Gesichter ihnen ins Genick gedreht sind und sie nicht mehr nach vorn blicken können, weint er aus Kummer darüber, daß diese Entstellung eine Verzerrung unseres Bildes ist. Selbstmitleid schimmert durch diese Traurigkeit. Vergil weist ihn sofort zurecht: Wer ist wohl noch verworfener als einer, der Mitleid hat mit den von Gott Verdammten? Mitleid mit den Reichen und Berühmten, obschon theoretisch genausowenig zu rechtfertigen, entgeht der Zensur eher: Brunetto Latini, Farinata und Ulixes zum Beispiel werden weit freundlicher behandelt. So ähnlich reagieren zartbesaitete Antisemiten, wenn sie die Demütigungen und erst recht den finanziellen Ruin eines jüdischen Angehörigen der oberen Zehntausend unendlich bedauerlicher finden als den Tod eines armen Teufels von Kürschner aus Tarnopol, den man erschossen und in das Massengrab ge-

worfen hat, das er selbst hatte mitschaufeln müssen. Als Dante den unglückseligen Filippo Argenti im Schlamm versinken sieht, triumphiert er so sehr, daß Vergil sich nicht beherrschen kann und ausruft: Gebenedeit sei die Mutter, deren Sohn zu solch heiligem Zorn fähig ist.

Aber die Macht der Dichtung kann sogar die Hartherzigkeit des Dichters überwinden. Als die beiden Dichter sich weiter durch das lichtlose Inferno schleppen und ihre Füße auf die schattenhaften Körper der Leidenden setzen, die wie lebendige Leiber wirken, sopra lor vanità che par persona, *da übertönt eine Frage alle anderen: Wer überhäuft sie mit diesen furchtbaren Strafen und Qualen, und warum zerstört unsere Schuld uns so?* Perchè nostra colpa sì ne scipa?

Am nächsten Morgen, einem Freitag, war ich in unserer Küche. Ein großer heller Raum, weiß gestrichen, mit einem quadratischen Tisch in der Mitte. Der Herd, der mit Kohle geheizt wurde, war, wie in jener Zeit alle Küchenherde in Polen, ein schwarzer Eisenkasten, ungefähr so groß wie ein Tisch. Jede Köchin war stolz darauf, wenn sie mit dem Herd richtig umgehen konnte; es war schon eine Kunst, ihn mit Kleinholz anzuheizen, unterschiedliche Wärmezonen zu schaffen und das Feuer vom Frühstück den ganzen Tag über nicht ausgehen zu lassen. Bevor wir das Personal in T. entlassen mußten, hatte Tanja die Köchin gebeten, ihr zu zeigen, wie man den Herd heizte. Jetzt gab sie ihre Erfahrung an mich weiter. Es machte mir Spaß, das Feuer in Gang zu setzen und uns Kaffee zu kochen – wir tranken echten, keinen Ersatzkaffee. Den Milchtopf setzte ich auf die kühlere Stelle der Herdplatte, damit nichts überkochte; es war schwierig, angebrannte Milch von der Herdplatte so säuberlich abzuputzen, daß Tanja zufrieden war. Ich hatte auch eine heiße Zone auf der Platte, die ich zum Toasten benutzte. Meine besondere Erfindung – Tanja zeigte sich ganz beeindruckt – war das ohne Uhr weichgekochte Ei. Ich fand heraus, daß man Vier-Minuten-Eier machen konnte, indem man Eier in kaltes Wasser legte, das Wasser zum Kochen brachte und die Eier im selben Moment herausnahm – ein absolut sicheres Verfahren. Tanja frühstückte gern im Bett. Wenn Reinhard nicht bei uns war, machte ich Frühstück und packte alles auf ein Tablett, das groß genug für zwei war. Dann aßen wir Seite an Seite zusammen im Bett.

Ich wollte gerade die Milch vom Feuer nehmen, da sah ich, wie eine riesige Spinne sich am Faden von der Decke herabließ, ihren Faden immer weiterspann und sich mit großer Schnelligkeit auf den Kasten mit Feuerholz neben dem Herd zubewegte. Die größte Spinne, die ich je gesehen hatte: Ihre langen, knotigen Beine waren ständig in Bewegung, knickten ein und streckten sich wieder. Ich hatte ein Geschirrtuch in der Hand, um damit den heißen Milchtopf anfassen zu können, schlug aber statt dessen mit dem Tuch nach der Spinne. Sie krabbelte wieder nach oben, um mir zu entkommen, aber ich war schneller. Ich zerquetschte sie an der Wand. Als ich das Handtuch wegzog, sah ich, daß ich einen schwarzroten Fleck gemacht hatte. Außerdem war die Milch übergekocht und lief über die Herdplatte. Ich nahm den Topf schnell vom Herd, füllte ihn wieder und wollte eben die Platte sauberreiben, da kam Tanja in die Küche. Sie hatte die verbrannte Milch gerochen und fragte, wie ihrem Küchenchef das habe passieren können. Sie sah frisch und rosig und ausgeschlafen aus; sie nahm mich in die Arme, und ich erzählte ihr von der Spinne. Sie sah sich den Fleck an und sagte seltsam leise: Eine

Spinne am Freitag ist ein schlechtes Zeichen – wenn man sie umbringt, trifft Unglück ein.

Reinhard hatte mir zum Geburtstag einen Materialbaukasten geschenkt, mit dem ich Bleisoldaten gießen konnte. In dem Kasten waren drei eiserne Gußformen, eine für Infanteristen, eine für Kavalleristen und eine für Pferde, dazu ein kleiner Schnabeltopf, in dem man das Blei schmelzen konnte, sowie Pinsel und Farben. Ich stellte mir die Formen immer auf dem Küchentisch bereit, schmolz das Blei auf dem Herd, goß es in die Formen und legte sie dann schnell in eine Schüssel mit kaltem Wasser. Kurz danach konnte ich das erkaltete Blei aus den Formen lösen und die Soldaten oder Pferde anmalen. Manchmal nahm ich neues Blei, manchmal schmolz ich aber auch zerbrochene oder unansehnlich gewordene alte Bleisoldaten wieder ein. Nach dem Frühstück wollte ich ein ganzes Regiment gießen und alle Soldaten weiß anmalen – zur Tarnung für Kämpfe im Schnee. Wenn Reinhard dann am Samstag kam, würden wir die Schlacht bei Stalingrad aufbauen. Ich hatte jetzt so viele Soldaten, daß ich beide Armeen bestücken konnte; vorher hatte ich für Russen und Engländer Pappsoldaten genommen. Bleisoldaten konnte man besser aufstellen. Die Feldhaubitze, die Reinhard mir gegeben hatte, funktionierte auch durchschlagender, wenn man sie auf Bleisoldaten richtete. Sie hatte eine Feder, die zurückschlug und Trockenerbsen so kräftig abschoß, daß die Soldaten reihenweise umfielen.

Das Wetter war an jenem Tag wunderbar sonnig, noch lag kein Herbstfrost in der Luft. Tanja kam vom Einkaufen nach Hause und sagte, es sei ein Jammer, an so einem Tag erst abends spazierenzugehen, aber wir müßten uns an die Regeln halten. Je schöner das Wetter, um so mehr Leute wären unterwegs, die uns erkennen könnten. Dann aber machte sie sich allein auf den Weg. Sie wollte an der Post vorbeigehen und nachsehen, ob der Umschlag jetzt fort sei. Sie kam ganz ratlos zurück: Der Briefumschlag war noch da.

Unser Abendspaziergang führte uns zuerst an der Post vorbei. Jetzt war der Umschlag fort. Tanja sagte, sie sei ganz erstaunt über ihre eigene Neugier; natürlich habe Hertz das Geld ohne schriftlichen Dank genommen, das könne man ja nicht erwarten. Wir gingen länger als sonst durch die Stadt, sahen uns diesmal wirklich Schaufenster an, statt nur so zu tun, als ob, damit Tanja die Straße hinter uns beobachten konnte. Tanja sagte, jetzt sei wohl die Zeit der jüdischen Feiertage; merkwürdig, nicht mehr genau zu wissen, wann sie anfingen. Sie fragte, ob ich mich noch an die Besuche meiner Großeltern in T. erinnerte; wie Großvater immer auf allen vieren mit mir durch die Wohnung getobt oder im Garten herumgaloppiert sei, ganz gleich wie müde oder wie fein angezogen er war. Sie oder meine Mutter oder mein Onkel hatten nie so mit ihm spielen dürfen. Tanja bedauerte, daß er mich nie in die Synagoge mitgenommen hatte; in ordentlichen Familien wurden sogar jüngere Knaben als ich an hohen Feiertagen mitgenommen und durften bei den Männern sitzen. Jetzt würde ich nie mehr hören können, wie der Schofar zum Beginn des neuen Jahres geblasen würde. Das war immer der Augenblick in der Synagoge, auf den mein Großvater sich am meisten gefreut hatte. Der Gottesdienst näherte sich dann nämlich dem Ende, und danach konnte Großvater endlich seinen Homburg absetzen und sich eine Zigarette anzünden. Alles das war verloren. Aber Tanja wollte mir wenigstens beibringen, was ein Jude zu tun hat, wenn sein Tod kommt: den Kopf bedecken, notfalls nur mit den Händen, und dann mit lauter Stimme beten: *Sch'ma Israel, Adonai elocheinu, Adonai echad.* Höre, Israel, der Herr, unser Gott, der Herr ist Einer. Ein Jude, der das ruft, stirbt nicht allein, er ist im Tod verbunden mit allen, die gewesen sind und noch sein werden.

Am nächsten Morgen erwarteten wir gegen neun Uhr Reinhard – wie gewöhnlich. Er fuhr immer früh aus T. ab, um den ganzen Samstag Zeit für Tanja zu haben, aber diesmal war er um elf Uhr noch nicht da. Tanja sagte, sie sei besorgt, aber tun könne man nichts: Ein Anruf von der Post aus war undenkbar. Wenn Reinhard abgefahren war, ginge Großmutter nicht zum Telefon. War er noch da, dann mußte er dafür einen schwerwiegenden Grund haben, und das Telefon würde vielleicht im ungünstigen Augenblick klingeln. Wir konnten nichts tun, als geduldig zu warten. Einkaufen gehen wollte Tanja später.

Der Tag zog sich quälend langsam hin – so etwas war noch nie passiert. Sie beschloß, mit mir Mickiewicz zu lesen. Ich wollte gern mit ihr mein neues Lieblingsgedicht studieren: Es handelte von dem jungen Obristen einer Einheit polnischer Füsiliere, die gegen die Russen kämpfen. Eine tödliche Kugel trifft den Obristen, und seine Soldaten tragen ihn in eine bescheidene Waldhütte. Es ist Zeit, Abschied zu nehmen von seinem Pferd, von Koppel, Säbel und Sattel. Der Priester kommt mit den Sterbesakramenten. Bauern drängen ins Zimmer, um den Helden auf einer rostigen Bettstatt liegen zu sehen. Plötzlich fällt es ihnen wie Schuppen von den Augen: Dieses schöne Gesicht, diese Brust gehören keinem Mann. Der Obrist ist eine litauische Jungfrau! Als ich das Wort »Brust« vor Tanja laut lesen mußte, errötete ich. Ich wollte an sie nicht so denken wie an Zosia und Irina, aber immer gelang mir das nicht. Ich wünschte mir sehr, ihre Brust zu sehen oder sogar anzufassen, aber nicht durch die Bluse, wenn sie zum Beispiel wollte, daß ich fühlte, wie ihr Herz hämmerte. Da fiel mir ein, daß Reinhard heute wohl nicht nach Lwów kommen würde. In diesem Fall erlaubte sie vielleicht mir, in ihrem Bett zu schlafen. Dann konnte ich die Arme um sie legen und so tun, als wäre sie die Heldenjungfrau und ihre Brust in meiner Hand.

Unsere Lektion wurde unterbrochen, weil es an der Tür Sturm klingelte. Reinhard konnte es nicht sein, der hatte einen Schlüssel. Niemand klingelte an unserer Tür, nur die Hausmeisterin, wenn sie den Müll holte. Aber die kam nie um diese Zeit. Das Klingeln bedeutete Gefahr. Tanja sagte: Geh in dein Zimmer, mach die Tür zu und bleib da, ich hatte doch recht mit Hertz, ich hab' es ja gewußt. Ich hörte ihre Schritte, hart und schnell, dann die Wohnungstür, dann einen lauten Schreckensruf, dann knallte die Tür zu. Sie weinte und sprach polnisch. Die Gestapo war es also nicht. Ich machte meine Tür gerade so weit auf, daß ich Hertz sehen und hören konnte. Er sagte: Panna Taniu, Panna Taniu, jetzt ist keine Zeit zum Weinen, jetzt müssen Sie tapfer sein und sich beeilen. Bitte, trauen Sie mir doch. Sie haben gar keine Wahl, bitte, ich will Ihnen doch helfen. Aber Tanja weinte und schrie, ging auf die Knie und schlug mit den Fäusten gegen den Boden und sagte: Ich will keine Hilfe, ich will, daß alles zu Ende ist, nehmen Sie den Jungen mit, ich gebe Ihnen mein ganzes Geld, lassen Sie mich in Ruhe, ich bleibe hier. Hertz redete weiter auf sie ein und beruhigte sie. Allmählich verstand ich, was er erzählte.

Die Untergrundbewegung hatte Verbindungsleute, meistens Juden, die Kontakt zu jüdischen Partisanen in den Wäldern hielten. Hertz gehörte gewissermaßen dazu. So bekam er Nachrichten, manchmal aus den Wäldern, jetzt aber aus T. Bern und die Männer, die mit ihm in die Wälder gegangen waren, hatten Pech gehabt: Sie waren herumgeirrt, ohne die jüdische Gruppe zu finden, der sie sich hatten anschließen wollen. Sie trafen auf polnische Partisanen, die aber nichts mit ihnen zu tun haben wollten. Polnische Partisaneneinheiten waren manchmal sehr judenfeindlich; es war ihnen recht, wenn jüdische Partisanen in die Hände der Wehrmacht fielen. Am Ende taten Bern und seine Freunde in den Wäldern nichts anderes, als sich zu verstecken und Bauernhöfe in der Umgebung auszuplündern, um sich etwas zum Essen zu verschaffen. Das wurden die Bauern leid; deshalb halfen sie den Deutschen, Bern und seine Leute in eine Falle zu locken. Als sie vor ein paar Tagen wieder in »ihr« Dorf eindrangen, warteten Soldaten in jeder Hütte. Mehrere Partisanen, auch Bern, wurden gefangengenommen. Die Deutschen hatten sie danach so bearbeitet, bis sie redeten. Jedenfalls war heute im Morgengrauen die Gestapo zu Reinhards Wohnung gekommen. Sie brachen die Tür auf, aber er war zu schnell für sie. Als sie ihn fanden, hatte er die alte Dame gerade erschossen, setzte sich nun neben sie und jagte sich vor den Augen der Gestapo eine Kugel in den Kopf. Ein polnischer Polizist, der dabei war, hatte dies so berichtet. Für Panna Tanja und den Jungen bestünde also keine unmittelbare Gefahr – in T. sei niemand mehr am Leben, der Panna Tanjas Aufenthaltsort kenne.

Dennoch riet Hertz uns, spätestens am nächsten Tag die Wohnung zu verlassen. Die Gestapo könnte bei der Durchsicht von Reinhards Papieren und Unterlagen eine Spur finden. Es wäre deshalb auch besser, neue arische Pässe mit anderen Namen zu besorgen und nach Warschau zu gehen. In Warschau könnte man besser untertauchen als in Lwów. Er ließ sich unsere Papiere zeigen. Sie seien nicht schlecht, befand er, aber wenn Tanja Geld habe, könne er uns etwas ganz Ausgezeichnetes verschaffen, echte Pässe, keine Fälschungen, für eine Mutter und ihren Sohn. Seiner Meinung nach war es falsch, daß Tanja sich als meine Tante ausgab. Eine junge Tante allein mit ihrem neunjährigen Neffen mußte Verdacht erregen. Jeder würde sie für eine Jüdin halten, die es nicht geschafft habe, Ausweise für Mutter und Sohn zu bekommen, und deshalb die Tanten-Geschichte erfunden habe. Besser, sie gebe sich als Witwe mit Kind aus, am besten als Frau, deren Ehemann den Rückzug der polnischen Armee nach Osten mitgemacht habe und nun entweder tot oder in einem russischen Offizierslager sei. Die Geschichte würden ihr Polen und Deutsche abnehmen. Sie war zwar komplizierter als die Behauptung, der Ehemann sei in einem Gefangenenlager in Deutschland, aber ein Ehemann in einem deutschen Lager konnte zu Problemen mit der deutschen Polizei führen.

Tanja war fast unnatürlich ruhig geworden. Sie nahm Hertz' Hand und küßte sie; sie habe ihm mehr zu danken, als er ahne, sagte sie. Wir würden seinem Rat folgen, nur wolle sie die Wohnung noch heute verlassen; die Hausmeisterin sei samstags nachmittags nie da. Wir könnten uns unbemerkt hinausstehlen, jeder nur mit einem kleinen Koffer. Sie fragte, ob Hertz ein Quartier wisse, einen vorläufigen Unterschlupf. Er wußte etwas – ein Haus, in dem möblierte Wohnungen vermietet wurden. Das Haus mache zwar keinen guten Eindruck, und die Wohnungen seien sehr klein; gewöhnlich würden sie an gewisse Damen vermietet. Tanja solle der Vermieterin sagen, sie habe die Adresse im Bahnhofsrestaurant bekommen. Wir seien auf der Durchreise von Sambor nach Krakau, der Junge habe unterwegs Fieber bekommen, wahrscheinlich würden Masern daraus, weshalb sie die Reise unterbrochen habe. Sie müsse nun abwarten, bis die Masern zum Ausbruch kämen oder das Fieber sinken würde. Diese Geschichte gab Tanja die Möglichkeit, so lange wie nötig zu bleiben. Die Vermieterin würde zufrieden sein mit den Ausweisen, die wir hätten. Aber wenn Tanja sich in der folgenden Woche an der Post mit ihm treffe, dann hoffe er die neuen Papiere zu haben. Er fand es besser, nicht zu uns in die Wohnung zu kommen. Warum sollte eine Fremde mit einem kranken Kind, die nur auf der Durchreise in Lwów Station machte, Besuch bekommen?

Das Haus, dessen Adresse uns Hertz genannt hatte, ähnelte unserem Gemeinschaftsquartier mit Pan und Pani Kramer in T. Es hatte an der Hofseite ebensolche durch Treppen verbundene Galerien und eine breite Hofeinfahrt. Auch die Pumpe im Hof fehlte nicht, aber sie war nur ein Überbleibsel aus vergangenen Zeiten: Dieses Haus hatte in allen Zimmern fließend Wasser. Die Wohnung, die die Vermieterin Tanja anbot, lag gleich hinter der ersten Galerie, mit direktem Zugang zum Hof. Sie hatte eine Küche, ein kleines Wohnzimmer mit künstlichen Blumen auf einem Tisch in der Ecke sowie ein Schlafzimmer mit breitem Bett. Die Toilette hatte Wasserspülung, und in der Küche stand ein brauner Zinkbottich, den man, wenn man baden wollte, mit heißem Wasser füllen konnte. Die Fenster gingen alle auf die Galerie, die Wohnung betrat man durch die Küche.

Tanja hatte Brot und Schinken für unser Abendessen mitgebracht, auch an Kaffee und Seife hatte sie gedacht. Wir setzten uns zum Essen; es war unsere erste Mahlzeit seit dem Morgen. Ich hatte großen Hunger. Als wir fertig mit Essen waren, sagte Tanja, wir würden bald nach Warschau fahren und Großvater suchen. Vielleicht könnten wir ja bei ihm wohnen, aber rechnen dürften wir damit nicht. Wir beide müßten uns an den Gedanken gewöhnen, ganz allein zu sein: Tanja und Maciek allein gegen die Welt. Eine leichte Lektion sei das nicht, aber die Welt würde sie uns schon einbleuen. Und dann sagte sie: Jetzt ist es genug Philosophie für einen Samstagabend, die zwei Musketiere brauchen Ruhe. Sie deckte das Bett auf. Die Laken waren gewaschen; das, was darunter war, sollte uns nicht kümmern.

So schlossen wir Bekanntschaft mit Wanzen. Tanja spürte sie zuerst. Plötzlich setzte sie sich im Bett auf und sagte, irgendwas sei seltsam, es jucke sie am ganzen Körper. Als sie das Licht anknipste, sahen wir sie: Längliche rote Tupfen krabbelten über das Laken und flüchteten sich in den Spalt zwischen Matratze und Kopfteil. Andere rote Tupfen rannten an der Wand entlang, einige liefen nach oben und verkrochen sich hinter dem Bild mit einem Hirsch und Hunden; andere flohen nach unten und versteckten sich zwischen den Ritzen in den Dielen. Mit Flöhen kannten wir uns aus. Die waren in Polen allgegenwärtig: Wenn mein Vater aus der Ambulanz der Klinik oder von Krankenbesuchen bei gewissen Patienten nach Hause gekommen war, zog er sich im Untersuchungszimmer sofort ganz aus und gab dem Zimmermädchen seine Kleider. Sie klopfte dann alles vor der Küche mit einem Teppichklopfer aus – genauso wie sie einmal im Monat damit auf die Teppiche einschlug, bis sich kein einziges Stäubchen mehr in die Lüfte erhob. Dies war die beste Methode, Flöhe aus Kleidungsstücken zu vertreiben, die man nicht waschen konnte; fast so gut jedenfalls, wie wenn man Flöhe mit der Hand fing. Tanja brauchte eine Weile, bis sie dieses Ungeziefer, das biß, aber nicht hüpfte, identifizieren und benennen konnte. Offenbar mochten die Wanzen das Licht nicht – deshalb beschlossen wir, die Lampe nachts brennen zu lassen. Tanja hielt dies für ein ziemlich komisches Zeichen: daß wir nämlich dabei waren, immer tiefer zu sinken. Wenn die Deutschen uns nicht erwischten, würden die Läuse kommen.

Die Papiere waren weder in der nächsten noch der übernächsten Woche fertig. Der Herbst war vorbei, der Winter kam und verging, und wir warteten immer noch in dem dubiosen Haus mit seinen merkwürdigen Bewohnern und flüchtigen Besuchern. Tanja ging sowenig wie möglich aus, und nur dann, wenn sie Essen einkaufen oder Hertz Geld bringen und seine Entschuldigungen entgegennehmen mußte; immer in Sorge, nicht bemerkt zu werden, und ängstlich, mich allein zu lassen. Ich verließ die Wohnung überhaupt nicht. Endlich brachte Hertz unsere neuen Ausweise. Obwohl inzwischen soviel Zeit vergangen war, riet er Tanja wieder, die Stadt zu verlassen. Er hielt es für ausgeschlossen, daß die Gestapo eine Angelegenheit wie die unsere nicht weiterverfolgte – wenn der geringste Hinweis auf Tanja auftauchte, würde die Gestapo über kurz oder lang auch in Lwów nach ihr suchen. Daß Reinhard seine Wochenenden dort zugebracht hatte, war gewiß bekannt. Hertz brachte Tanja auch ein Geschenk mit: zwei Kapseln Zyanid. Es sei gut, das zu haben, sagte er. Im Notfall müsse man nur das dünne Glas zerbeißen, und dann sei man die Deutschen samt allen anderen Sorgen los.

Unser Aufbruch war nun nur noch eine Frage der Zeit und

genauer Planung. Tanja schrieb meinem Großvater einen kurzen, eher nichtssagenden Brief, in dem nur stand, daß er uns bald erwarten könne; kein Wort von dem, was passiert war. Das Foto der Frau in Tanjas neuen Papieren sah ihr einigermaßen ähnlich, nur die Frisur stimmte nicht: Die Haare auf dem Bild waren kurz und sehr wellig. Tanja ging zum Friseur und ließ sich die Haare schneiden und locken. Sie kaufte einen schwarzen Mantel für sich und einen grauen Mantel und eine Mütze für mich. Sie zerbrach sich den Kopf, wie wir unser Geld und Großmutters Schmuck aus der Stadt schmuggeln sollten. Hertz schärfte ihr ein, sehr vorsichtig zu sein. In den Zügen wären so viele Schwarzmarkthändler, daß die polnische Polizei und sogar die Feldgendarmerie häufig Gepäck und Handtaschen der Reisenden durchsuchten. Tanja entschloß sich am Ende, mir den Schmuck auf Bauch und Brust zu kleben und Banknoten und Goldstücke am eigenen Körper zu tragen. Wir übten das so lange, bis alles ganz glatt anlag und bei einer Kontrolle nicht auffallen konnte. Der Schmuck mußte sowieso in Watte gewickelt werden, damit die scharfen Kanten nicht in meine Haut schnitten. In den neuen Papieren hieß ich nicht mehr Maciek und Tanja nicht mehr Tanja – von jetzt an war ich Janek. Die neuen Namen mußten wir auch einüben, um sicherzugehen, daß wir keinen Fehler machten.

Dann waren wir soweit: Mehr konnten wir nicht tun, fanden Tanja und Hertz. Hertz bot an, die Fahrkarten für uns zu kaufen und sie Tanja am Bahnsteig zu geben. Damit würde sich die Zeit verkürzen, die wir auf dem Bahnhof zubringen mußten. Auf Hertz' Vorschlag wollten wir den Nachtzug nehmen; er meinte, auch die Gestapo müsse irgendwann mal schlafen. Nun konnten wir nur noch warten, daß der Nachmittag zu Ende ging. Tanja und ich saßen im grauen Märzlicht in der Küche und spielten Siebzehnundvier um Streichhölzer. Plötzlich stand Tanja auf, schnappte nach Luft und zeigte auf die Stiegen vor dem Fenster. Zwei Gestapomänner in Uniform und ein dritter Mann in einem Zivilmantel mit Gürtel, aber mit schwarzen Reithosen und hohen schwarzen Stiefeln wie die anderen, kamen die Treppe hoch. Tanja hielt den Finger an die Lippen und flüsterte mir zu, schleunigst ins Schlafzimmer zu laufen, die Tür offenzulassen und mich dahinter zu verstecken. Ich sollte genau zuhören. Falls die Männer sie mitnähmen oder auf das Schlafzimmer zugingen und sie einen Schrei ausstoßen würde, sollte ich sofort das Zyanid nehmen. Nimm es in die Hand, sagte sie, und steck die Hand in die Hosentasche.

Mir war, als verginge viel, viel Zeit, bis sie endlich vor unserer Wohnung standen. Ich hörte, wie sie an anderen Türen klopften, die auf die Galerie gingen, ich nahm gedämpftes Murmeln wahr. Endlich pochten sie an unsere Küchentür. Von meinem Standort aus konnte ich sehr gut verstehen, was sie sagten. Sie prüften Tanjas Papiere und sahen sich in der Küche um. Sie sprachen nicht polnisch; Tanja antwortete in ungehobeltem gebrochenem Deutsch und redete die Männer mit du an. Sie schimpfte, weil sie sie erschreckt hätten, sie sei ganz vertieft in ihre Patience gewesen. Der Mann in Zivil sagte, sie suchten eine Frau mit einem kleinen Jungen. Die Frau solle schulterlanges Haar tragen. Sie zeigten Tanja ein Foto. Sie wußten, daß Frau und Kind hier im Haus wohnten – das hatte die Vermieterin der polnischen Polizei gemeldet. Tanja sagte, da hätten sie eher kommen müssen. So eine Frau sei in der Nachbarwohnung gewesen, da, wo sie vergeblich geklopft hätten. Die und der Junge seien schon vor Monaten eingezogen. Aber jetzt seien sie wohl in der Stadt; sie habe die beiden auf der Galerie gesehen.

Dann unterhielten sich die Männer miteinander, ich konnte aber nicht verstehen, was sie sagten, und dann wollte der Mann in Zivil noch einmal Tanjas Ausweis sehen. Diesmal prüften sie länger. Tanja mußte sich an die Tür stellen, wo das Licht besser war, damit man ihr Gesicht mit dem Foto, das die Männer mitgebracht hatten, und mit dem Paßfoto auf der Kennkarte vergleichen konnte. Der Mann in Zivil fragte, ob sie einen kleinen Jungen oder sonstjemanden bei sich in der Wohnung habe. Tanja schlug das anhaltende Gelächter an, das sie immer hören ließ, wenn sie sich über Leute lustig machte, die nicht ihre Freunde waren, und sagte, sie könnten ja nachsehen, wenn sie es genau wissen wollten. Sie habe wirklich zuviel mit erwachsenen Männern zu tun, kleine Jungen könne sie nicht auch noch um sich haben, und jetzt sei sie allein, wenn man von den drei Männern hier absehen wolle. Aber bald würde ein Freund von ihr kommen, ein richtiger Mann, keine Frau und kein kleiner Junge, und lange Haare hätte der auch nicht. Wenn sie warten wollten, würden sie es schon sehen. Die Deutschen lachten nun auch und sagten, vielleicht kämen sie wirklich wieder, um sie zu überraschen, wenn sie am allerwenigsten mit Besuch rechnete. Danach redeten sie noch einen Moment hin und her, und dann hörte ich sie gehen; die Tür knallte, auf der Galerie hörte man Getrampel, dann gingen schwere Schritte treppab.

Tanja blieb in der Küche, bis die Schritte sich entfernt hatten. Ich hatte mich in meinem Versteck hinter der Tür nicht gerührt; die Kapsel hielt ich noch in der Hand. Dann stürzte sie plötzlich ins Zimmer und sagte, beeil dich, wir müssen sofort hier weg. Die kommen bestimmt zurück und suchen die Frau in der Wohnung nebenan. Sie werden mit der Vermieterin reden, und wenn die Schlampe zu Hause ist, dann nutzt sie die Gelegenheit und zeigt uns an.

IV

Tanja und ich kamen am 30. März 1943 morgens in Warschau an; Geld und Schmuck hatten wir sicher an unseren Körpern verwahrt. Während wir in unserem mit Menschen und Gepäck vollgestopften Abteil fest schliefen – eine Mischung aus Angst und Müdigkeit ist das stärkste Schlafmittel –, hielten die Bomben der Royal Air Force zum zweiten Mal innerhalb von drei Tagen die Bevölkerung von Berlin wach. Als wir am Vormittag in Warschau nach der Unterkunft in der Nähe des Bahnhofs suchten, die Hertz uns empfohlen hatte, wußten die Berliner, die aus den Luftschutzkellern in der Nähe ihrer Wohnungen hervorkamen, daß ihre durch Bombenkrater und rauchgeschwärzte Häuserfassaden entstellte Stadt sich wieder erholen würde.

Hertz' Adressenkatalog war offenbar unter einem einheitlichen Gesichtspunkt zusammengestellt. Wir wurden von einer Vermieterin empfangen, die erstaunt schien, daß eine Mutter mit Kind in ihrem Etablissement zur Untermiete wohnen wollte. Nachdem Tanja ihr versichert hatte, es sei kein Irrtum, genau dieses Haus habe ihr ein treuer Kunde in Lwów empfohlen, gab uns die Vermieterin, eine gewisse Pani Jadwiga, ein Zimmer, unter der Bedingung, daß wir nicht länger als eine Woche blieben; sie vermiete nur an Durchreisende, eine Kochgelegenheit gebe es nicht, die Toilette sei auf dem Flur, und wir müßten sie mit den Damen teilen, die im selben Stock wohnten; mich solle Tanja besser immer im

Zimmer halten, damit ich keinem im Weg wäre. Die Miete mußte die eine Woche im voraus bezahlt werden. Das Zimmer, das wir bekamen, war größer als das Schlafzimmer, das wir in Lwów zuletzt gehabt hatten, auch war das Bett breiter, und im Zimmer standen zwei kleine rote Plüschsofas sowie ein paar mit rotem Plüsch bezogene Stühle auf einem schmutzigen Teppich. Wir stellten unsere Koffer ab und gaben einen Brief an Großvater auf: Er solle doch bitte, wenn möglich, zum Hauptportal des Doms kommen, wo wir vom übernächsten Tag an jeden Mittag um zwölf Uhr auf ihn warten wollten. Tanja kannte sich in Warschau nicht aus. Die Kirche war der einzige bei gutem Wetter wie bei Regen geeignete Treffpunkt, der ihr einfiel.

Wir waren sehr hungrig und hatten beide keine Lust, Essen zu kaufen und mit aufs Zimmer zu nehmen. Tanja beschloß, mit mir im Bahnhofsrestaurant zu essen; nur dort fielen wir nicht auf, desorientiert und fremd wie wir waren. Aber zuerst mußten wir einen Stadtplan von Warschau kaufen. Den studierten wir beim Essen, weil Tanja sagte, wir müßten den Straßenverlauf sofort lernen, damit wir uns in der Stadt bewegen könnten; wenn wir ständig nach dem Weg fragten, würden wir viel zuviel Aufmerksamkeit erregen. Dann gingen wir auf dem Weg, den sie sich eingeprägt hatte, zum Sächsischen Garten und saßen dort lange in der schwachen Nachmittagssonne auf einer Bank. Eine Frau und ein kleiner Junge, die sich eine Stunde oder länger in einem Park aufhielten, konnten nicht ungewöhnlich sein. Wir gingen auf einem Umweg zu unserer Unterkunft zurück, über die Nowy Świat zur Aleje Jerożolimskie. Dann waren wir so müde, daß uns Plüschsofas und Bett lockten – zum Bahnhof wollten wir nicht wieder zurück. In der Nähe gab es einen Metzgerladen und eine Bäckerei. Gegenüber vom Haus fanden wir eine *mleczarnia,* wo man Milch und Käse kaufen konnte. Wir schoben ein Sofa an den Tisch, aßen Brot und Wurst, tranken Milch, lösten dann endlich die Päckchen mit Geld und Schmuck ab, die bis jetzt an unseren Körpern geklebt hatten, und gingen zu Bett. Tanja sagte, sie wolle keinen Blick auf die Laken werfen; es sei ihr egal, wie sie aussähen.

Den Stadtplan von Warschau nahmen wir mit ins Bett. Tanja hatte beschlossen, daß wir ihn in jeder freien Minute studieren müßten, ein Planquadrat nach dem anderen, bis wir ihn auswendig könnten wie ein Gedicht. Wir sollten uns gegenseitig abfragen, und am besten fingen wir damit sofort an, denn nichts prägt sich mehr ein als die Dinge, die man unmittelbar vor dem Einschlafen lernt. Als wir vom Abfragen genug hatten, sagte Tanja, sie wisse, daß ich schläfrig sei, aber wir hätten so viele Schwierigkeiten vor uns, daß sie einfach darüber reden müsse. Sie könne es nicht ertragen, alle Probleme schweigend und allein zu wälzen. Vielleicht wisse ja Großvater für alles eine Lösung, aber trotzdem müßten wir zuerst selbst über die Probleme nachdenken.

Was sollten wir – als erstes Beispiel – mit dem Schmuck und den Goldmünzen und den vielen Banknoten anfangen? Wir konnten sie doch nicht immerfort, auf die Haut geklebt, mit uns herumschleppen, das war zu unbequem; außerdem kam es vor, daß Leute bei Ausweiskontrollen gefilzt wurden. Wenn die polnische Polizei uns dann mit unseren Schätzen erwischte, würde sie uns den größten Teil davon abnehmen, wenn wir aber den Deutschen in die Hände fielen, würden die uns der Gestapo übergeben. Andererseits konnten wir aber auch keine Wertgegenstände in dieser oder sonst einer Unterkunft lassen, oder doch? Dann war es auch die Frage, ob man die Goldmünzen oder den Schmuck verkaufen sollte, wenn wir kein Bargeld mehr hatten. Tanja konnte sich nicht vorstellen, einfach in ein Juweliergeschäft zu gehen und ein paar Ringe oder ein Armband auf den Ladentisch zu legen. Dabei würde man sie betrügen. Wir brauchten einen zuverlässigen Hehler; so einen könnte uns Großvater wohl besorgen. Wo aber sollten wir hin, wenn die Woche hier abgelaufen war? Vermutlich würde Großvater auch da Rat wissen. Vielleicht könnten wir mit ihm irgendwohin ziehen. Auf jeden Fall benötigten wir aber eine plausible Erklärung dafür, daß sie hier mit mir einen Platz zum Leben suchte. Wir konnten sagen, was Hertz uns vorgeschlagen hatte. Zum Beispiel: Frau eines polnischen Offiziers, Arzt im Zivilberuf, jetzt Kriegsgefangener in einem russischen Lager, der Rest der Familie 1939 bei Bombenangriffen umgekommen oder vielleicht nach Sibirien deportiert. Aber warum hätten wir dann Lwów verlassen? Weil sie Lwów nach so vielen Verlusten nicht mehr ertragen könne, das sei nervlich nicht auszuhalten. Ungefähr so mußte es gehen. Aber dieser Teil der Geschichte war noch nicht ausgereift, fand Tanja. Sie würde abwarten, wie ihre Zuhörer reagierten, ja vielleicht probierte sie die Geschichte an der Vermieterin aus. Und für mich müßten wir uns auch etwas überlegen, wenn gefragt würde, warum ich nicht in die Schule ginge. Daß ich das nicht tun würde, war zwischen Tanja und mir klar. Kein fremder Blick durfte auf meinen Penis fallen, und alle Orte, an denen das möglich war, mußten gemieden werden – öffentliche Toiletten und die Schule sowieso, man konnte nie wissen, was für üble Spiele sich Schuljungen ausdenken mochten. Begründen konnte man mein Fernbleiben vielleicht mit meinem angeborenen komplizierten Herzfehler. Ich mußte privat unterrichtet werden – was übrigens als zusätzlicher Grund für unseren Aufenthalt in Warschau dienen konnte. Privatunterricht war verboten. Möglicherweise waren in Warschau leichter als in Lwów Lehrer zu finden, die das Risiko auf sich zu nehmen bereit waren. Weiter konnten wir unsere Fragen und Antworten nicht treiben. Tanja löschte das Licht. Wir wollten jetzt schlafen.

Unsere Ruhe wurde von den inzwischen wohlbekannten roten Besuchern unterbrochen. Es waren stattliche Großstadtwanzen, weit aktiver und einfallsreicher als ihre Vettern in Lwów. Sie begnügten sich nicht damit, über die Laken zu huschen und Wände hinauf- und hinabzukrabbeln, sie ließen sich einfach von der Zimmerdecke auf das Bett und auf uns herunterfallen und kamen in Schwärmen aus dem Plüsch der Sofas und Stühle. Wir sahen sie sogar über den Fußboden laufen, immer dicht an den Wänden entlang. Als Tanja Licht machte, kehrten wieder Ruhe und Ordnung ein. Aneinandergeschmiegt schliefen wir ein. In den folgenden Nächten, als wir nicht mehr ganz so müde waren und kribbeliger auf die Insektenkolonien reagierten, mit denen wir den Lebensraum teilten, ließen wir das Licht brennen und legten uns mit verbundenen Augen schlafen. Tanja nannte das die Warschauer Blindekuh-Variante.

Der Kampf gegen die Wanzen wurde zu einem Leitmotiv unserer Tage und Nächte in Warschau. In Pani Jadwigas Etablissement konnten wir nichts tun – außer den Wanzen die Nacht zum Tag zu machen. Unser Aufenthalt dort war zu kurz. In den Quartieren, die wir danach bezogen, stand mehr auf dem Spiel: Schlaflose Nächte waren auf die Dauer schlimmer als Alpträume, und der Kampf wurde vielfältiger. Es gab natürlich Nächte, in denen wir im Lampenlicht wach blieben oder uns von den Wanzen überfallen ließen, weil wir gegen so viele und so hartnäckige Feinde nicht mehr ankamen. Am Tage aber gingen wir zum Angriff über. Tanja streute übelriechendes Pulver auf die Matratze, unter die Matratze und an den Wänden entlang. Wir gossen kochendes Wasser auf Stellen, wo wir Nester vermuteten. Wir setzten das Bett den desinfizierenden Sonnenstrahlen aus, wenn Größe und Lage des Fensters es zuließen. Der Kampf gegen die Wanzen bewirkte eine vorübergehende Besserung unserer Lage, hatte für mich aber noch einen zusätzlichen Reiz, von dem ich Tanja nichts erzählte: Ich sah ihn als ein Kriegsspiel, in dem ich wenigstens in begrenztem Rahmen Jäger und Aggressor sein konnte; ich war wie die SS, die in den Wäldern die Partisanen oder sehr bald auch im Warschauer Ghetto rebellische Juden vernichtete. Manchmal mußte die SS Geheimaktionen durchführen – so auch wir. Unsere Vermieterinnen nahmen es übel, wenn man andeutungsweise von Wanzen in ihren Räumen sprach; und wir konnten es uns nicht leisten, sie zu verstimmen. So gesehen, entsprach unsere gute Erfahrung mit chemischen Vernichtungsmitteln der des Deutschen Reiches: Mord mit Hilfe von Chemie war am leichtesten zu vertuschen. Kochendes Wasser und nächtliche manuelle Vernichtung flüchtender Wanzen schlossen beträchtliche Risiken und Probleme ein. Das eine konnte dazu führen, daß wir beschuldigt würden, Eigentum durch Verschütten von Flüssigkeit beschädigt zu haben. Das andere hinterließ häufig rote Blutflecken auf der Tapete. Wir mußten mit List und Lügen vorgehen, wenn wir unsere Wasserattacke durchführten. Manchmal konnten wir ungesehen den Topf mit kochendem Wasser aus der Küche schmuggeln, die wir mit der Vermieterin und den anderen Untermietern gemeinsam nutzten; andernfalls behauptete Tanja, sie brauche das heiße Wasser für eine Wärmflasche. Einmal hatten wir ein Quartier, in dem wir unentdeckt und ungestört arbeiten konnten: Wir durften uns Tee oder Kaffee auf einem Spirituskocher im Zimmer zubereiten, und wir kochten soviel Wasser, wie wir brauchten. Nachts war ich der Hauptscharfrichter flüchtender Wanzen. Ich wurde es schnell leid, eingetrocknetes Blut von Wänden und Laken mit den Fingernägeln abzukratzen, was eklig und ineffizient war, aber wenn ich versuchte, die Flecken mit einem nassen Lappen zu bearbeiten, machte ich sie oft noch schlimmer. Das Verfahren, das ich schließlich bis zur Perfektion beherrschte, schützte die Wände. Ich versperrte der Wanze mit der linken Hand den Weg an der Wand, wischte sie mit der rechten von der Wand auf den Boden und zertrampelte sie dort.

Tanjas Erkundungen ergaben bald, wie Großvater es später bestätigte, daß Juden mit arischen Pässen wie wir offenbar keine Möglichkeit hatten, in der Hauptstadt oder auch in Praga, der Vorstadt auf der anderen Weichselseite, eine eigene Wohnung zu mieten. Vielleicht gab es Wohnungen in Warschau, möglicherweise hätten wir sie sogar bezahlen können, aber man machte sie nur ausfindig, wenn man Verbindungen zu Polen hatte, und solche Verbindungen wollten wir ja gerade vermeiden. Deshalb blieb Leuten wie uns nichts anderes übrig, als Zimmer zur Untermiete in geräumigen oder weniger geräumigen Wohnungen zu nehmen, die alten oder weniger alten Damen mit beschränkten Mitteln gehörten. Diese Damen lebten nicht notwendig in schäbigen Häusern; im Gegenteil, Wohnungen in Mietshäusern unterhalb eines gewissen Niveaus bürgerlicher Ansprüche wären zu klein und deshalb ungeeignet für das Geschäft der Untervermietung gewesen. In den Wohnungen, die wir kennenlernten, waren immer ein oder zwei Zimmer, den Salon wohl mitgerechnet, der Vermieterin vorbehalten, und die anderen, in schönen Vorkriegszeiten vielleicht für Kinder vorgesehenen Räume, die auf einen langen Korridor gingen, wurden jetzt untervermietet. Diese Räume waren alle gleich möbliert: ein Bett, manchmal schmal, manchmal ziemlich breit (bei zwei Betten hätte es nicht genug Platz für andere Möbel gegeben), ein Tisch, ein paar Stühle, ein Schrank, ein Regal, ein Waschtisch. Bestenfalls am Ende des Korridors gab es ein Badezimmer mit fließend Wasser und eigenem Gas- oder Ölboiler, das alle Mieter benutzten. Daneben war dann, auch zur allgemeinen Benutzung, eine kleine Kammer mit einer Toilette. In Stoßzeiten, morgens, wenn die Untermieter aufwachten, und abends, wenn sie sich für die Nacht rüsteten, kam es vor der Toilette leicht zu unschönen Streitereien, wer denn der nächste in der Reihe der Benutzer war. Unsere Absicht war es, Unannehmlichkeiten aus dem Weg zu gehen. Wir hatten immer einen Nachttopf im Zimmer und konnten höflich jenen den Vortritt lassen, die dringendere Bedürfnisse anmeldeten.

Die Wirtinnen in den Warschauer Gemeinschaftswohnungen verpflegten ihre Mieter nicht. Man mußte sich selbst versorgen, bewahrte die Lebensmittel, so gut es ging, im Zimmer auf – Eisschränke waren damals allgemein nicht üblich –, kochte in der Küche und aß entweder in einem Gemeinschaftsraum mit den anderen am Tisch oder im eigenen Zimmer, was vom Status der Unterkunft und von der Neigung der Mieter zur Eigenbrötelei abhing. Und wer waren diese Untermieter? Graue unverheiratete Büroangestellte, Witwen und Witwer, deren Wohnungen zerbombt waren, und schließlich die Leute mit falschen Identitäten: Juden mit arischen Papieren.

Meine Existenz war ein ständiges Problem, für das sich keine befriedigende Lösung finden ließ. Kinder waren in diesen Etablissements eine Seltenheit; sie erregten Aufmerksamkeit und beschworen damit Gefahr herauf. Fragen der Art, die Tanja und ich geprobt hatten, mußten beantwortet werden, bevor sie aufkamen, damit neugierige Wirtinnen und Mituntermieter gar nicht erst die Spur aufnahmen, die zur Wahrheit führen mochte: Warum hat die Familie die junge Frau nicht aufgenommen, warum muß sie statt dessen mit ihrem kleinen Jungen an diesem Ort ein einsames, fragwürdiges Leben fristen? Arm sind sie offenbar nicht, sonst könnte sie doch die Miete nicht bezahlen, die wir kaum aufbringen, die wir arbeiten, oder wir, die immerhin eine kleine Rente haben. Arbeitet sie denn? Nein. Und welche Rente haben eigentlich junge Leute wie sie? Ob die beiden am Ende Juden sind? Das müßte sich doch feststellen lassen. Mal sehen – ja, Fallenstellen macht Spaß.

Noch lagen die Tage und Nächte vor uns, die uns lehren sollten, Geschicklichkeit in solchen Situationen zu entwickeln. Am dritten Tag nach unserer Ankunft in Warschau sahen wir endlich meinen Großvater. Er wartete am Dom auf uns. Wie immer barhäuptig, trug er einen kurzen schwarzen Ledermantel, den ich noch nie an ihm gesehen hatte. Wir umarmten uns, er musterte mich, hob mich hoch, gab mir einen Kuß und sagte: Gewachsen ist er ja, aber er ist immer noch mein kleiner Mann. Tanja hakte sich bei ihm unter und zog uns alle ins Innere der Kirche. Sie war fast leer. Wir setzten uns auf eine Bank vor einem Seitenaltar, und sie erzählte, was geschehen war. Großvater weinte nicht, aber er schien in sich zusammenzusinken. Jetzt sah ich, wie sehr er sich verändert hatte. Sein Bart war so weiß wie sein Haar, jedenfalls an den Stellen, an denen er nicht gelb vom Nikotin war, sein Hals war faltig geworden, und sein Hemdkragen sah abgetragen und wie vom Rauchen vergilbt aus. Die Finger an der rechten Hand waren fast braun; offenbar benutzte er keine Zigarettenspitze mehr. Großvater schwieg lange – dann sagte er: Reinhard war ein guter Mann. So viel Geistesgegenwart und so viel Mut kann man sich nur wünschen. Wenn Großmutter noch begriffen hat, was vorging, dann hat sie Reinhard in ihren letzten Gedanken bestimmt gesegnet. Großvater war stolz auf Tanja: Nun käme es darauf an, daß wir drei am Leben blieben. Jetzt, wo Amerika in den Krieg eingetreten sei und die Engländer endlich Berlin bombardierten, hätten wir allen Grund, uns Mühe zu geben.

Er erzählte uns, daß er ein Zimmer mit Küchenbenutzung in Mokotów bewohnte. Die Wirtin war eine freundliche alte Kokotte, die er mochte, und das Zimmer war durchaus nicht schlecht. Aber er konnte sich nicht vorstellen, daß wir zu ihm ziehen würden. Erstens bezweifelte er, daß die Wirtin noch ein Zimmer vermietete. Aber deutlicher fiel ins Gewicht, daß die einzigen anderen Untermieter dort eine junge Frau in Tanjas Alter und ihr Sohn, etwas jünger als ich, waren. Die beiden waren mit Sicherheit Juden; an der Frau war einiges seltsam, wahrscheinlich bleichte sie sich das Haar, damit es nicht so rot aussah, und ihre Augen waren irgendwie zu sanft. Ob sie seine Situation kannten, wußte er nicht genau. Man sollte nicht mehr Juden als unbedingt notwendig unter einem Dach versammeln, das potenzierte die Gefahr, und diese jüdische Dame könnte wirklich bedrohlich werden; sie wirkte sehr zerfahren. Ihretwegen hätte er ausziehen mögen, wenn die Wohnung nicht sonst so günstig wäre. Er wollte mit der Vermieterin sprechen, sie hätte gewiß etwas Empfehlenswertes. Die Vermieterinnen in dieser Sparte kannten sich untereinander.

Ich war enttäuscht, daß er nicht nach einer Unterkunft suchen wollte, in der wir alle drei zusammen wohnen konnten, aber Tanja gab ihm recht. Sie glaubte, wir seien sicherer ohne ihn und er ohne uns. Wenn wir drei zusammenlebten, würden wir auffallen: Man würde uns immer wieder fragen, was uns zugestoßen sei, daß wir zur Untermiete in Warschau wohnen müßten, warum wir keine Familie und keine Freunde hätten – und die Antworten darauf würden immer schwieriger werden. Wir mußten unbedingt vermeiden, Aufmerksamkeit zu erregen, auch wenn der Preis dafür noch so hoch war. Das war ein weiteres Leitmotiv unseres Lebens.

Großvater beruhigte uns: Mit der Polizei hatte er gar keine und mit Erpressern nur unerhebliche Probleme gehabt, viel verlangt hatten sie nicht von ihm. Gewöhnlich, so erzählte er, bekam er es mit einem verkommenen Jugendlichen zu tun, der ihm eine Weile auf der Straße nachging, dann um Feuer bat und sagte, Pan kommen mir so bekannt vor, wie wär's mit etwas Bargeld? Dieses Gesindel war ganz unverkennbar. Wenn es jemanden ansprach, merkte man sofort, was los war, wie bei Zuhältern in den alten Zeiten. Damit die Wirtin sich über die Herkunft seines Geldes nicht wunderte, hatte er ihr erzählt, er handle auf dem Schwarzmarkt mit Ledermänteln, die derzeit sehr in Mode seien; deshalb trüge auch er so ein seltsames Kleidungsstück. Sein angeblicher Schwarzmarkthandel machte es nötig, daß er jeden Tag mehrere Stunden außerhalb der Wohnung zubrachte. Daß er also jeden Tag einen Ort finden mußte, zu dem er sich hinschleppen konnte, das hatte ihn wahrscheinlich davor bewahrt, verrückt zu werden; aber er war so einsam. Er kannte eine *mleczarnia*, wo er oft saß und Käsepiroggen aß und Tee trank. Tanja beruhigte er, daß sie sich keine Sorgen zu machen hätte, wenn sie ein Schmuckstück verkaufen müßte. Es gäbe da einen intelligenten Juwelier, der mit allem handelte – Diebesgut, jüdische Diamanten und Goldmünzen eingeschlossen. Der Mann verstünde etwas von wertvollen Dingen. Wenn Großvater Bargeld brauchte, stattete er dem Juwelier einen kurzen Besuch ab. Er verriet uns, daß er immer ein paar Ringe an den Körper geklebt bei sich trug für den Fall, daß er einmal nicht zur Wohnung zurückgehen könnte; den übrigen Schmuck hielt er unter einem Dielenbrett versteckt, das er mit dem Messer gelockert hatte. Wie man das anfing, wollte er Tanja zeigen, sobald wir einen Platz für uns gefunden hätten. Wie Großvater so sprach, erschien es uns allmählich nicht mehr ganz unmöglich, uns Überlebenstechniken anzueignen. Tanja und er verabredeten, daß wir uns am nächsten Tag am selben Ort wieder treffen wollten, aber früher als heute. Er hoffte, dann schon Adressen von Zimmern zu haben, die wir ansehen konnten. Als wir uns verabschiedeten, weinte er auf einmal bitterlich, als löste sich seine Erstarrung endlich. Tanja und ich weinten mit ihm.

Von einem Augenblick zum anderen wischte sich Großvater die Tränen ab, erhob sich, richtete sich zu seiner ganzen Länge auf und sagte: Meine lieben Kinder, Gott wird uns trösten, dies ist Sein Haus, laßt uns noch einmal für die Seele eurer geliebten Mutter beten. Er nahm Tanja und mich beim Arm und führte uns zum Seitenaltar. Dort schob er uns in eine Bank, ließ uns knien und flüsterte: Los, schlagt ein Kreuz, legt die Hände übers Gesicht und betet. Ich wußte, wie man das machte – Zosia hatte mir vor langer Zeit gezeigt, wie man sich bekreuzigt; und jetzt schlugen wir immer ein Kreuz, wenn wir an einer Kirche vorbeikamen. Wir verharrten in dieser Stellung, bis Großvater flüsterte, wir sollten uns noch einmal bekreuzigen, aufstehen und ihm folgen. Er deutete auf zwei Männer in einiger Entfernung, die den Dom verlassen hatten und sich auf das andere Ende des Rynek zubewegten. Dieses Paar hielte er für echte Polizisten, sagte er, nicht die üblichen Dummköpfe. Er hatte sie bemerkt, als sie dicht neben uns standen und uns sehr aufmerksam und genau betrachteten. Daß sie auf das Theater mit dem Gebet hereingefallen waren, fand Großvater verwunderlich; sehr wahrscheinlich wollten sie nur nicht dabei gesehen werden, wie sie Leute aus dem Dom abführten, auch wenn die Kirche kaum besucht war. Es sei dies sein Fehler gewesen: Er hätte niemals zulassen dürfen, daß wir so lange in der Kirchenbank saßen und redeten. Das hatte ja auffallen müssen.

Am Ende der folgenden Woche hatten wir in der Wohnung von Pani Z. in einer Seitenstraße der Długa eine Bleibe gefunden. Diese Dame entpuppte sich als die Witwe eines Arztes. Tanja erfuhr – sie hatte das Zimmer gerade gemietet – bei einer Tasse Tee von der unglücklichen Koinzidenz der Berufe der verstorbenen Ehemänner. Sowie sie anfing, ihre Geschichte auszuprobieren, daß sie nämlich die Frau eines Arztes aus Lwów und ihr Mann in einem Offizierslager in Rußland sei, erklärte ihr Pani Z., sie habe natürlich für die Familie eines Kollegen besondere Sympathie. Tanja sagte, sie hätte vor Schreck fast ihren Tee verschüttet, als sie das hörte, und sie sei immer noch überzeugt, daß diese medizinische Verbindung noch sehr ärgerlich werden könnte.

Zweifellos war Tanja fähig, die Frau eines Arztes zu spielen. Sie verstand so viel von Medizin und auch von der finanziellen Seite des Berufs, daß jede Arztfrau oder -witwe damit Anerkennung gefunden hätte; und dazu konnte sie noch auf Anhieb Diagnosen stellen, wie es sich gehörte. Aber wußte man, welche Ärzte in Lwów diese teuflische Zimmerwirtin kannte, wen sie nach Tanjas Ehemann fragen mochte, wenn die Neugier sie überkam? Vielleicht würde sie versuchen, seinen Namen im Ärzteverzeichnis zu finden. Etwas in dieser Art konnte übel ausgehen. Wir wußten ja nicht einmal, welchen Beruf der Mann hatte, dessen Name in unseren Papieren verzeichnet war; diese Information war nicht verlangt worden. Wir wußten nur, daß er Tadeusz hieß. Der Name war in meiner Geburtsurkunde und in Tanjas Paß und Heiratsurkunde eingetragen. Ob es diesen Tadeusz in Lwów oder anderswo je gegeben hatte, wußten wir schon nicht mehr mit Gewißheit. Hertz behauptete, die Papiere seien echt, aber vielleicht hatte man ihm doch nur sehr geschickte Fälschungen verkauft. Möglicherweise hatte er vor Tanja auch nur deren Echtheit behauptet, um ihr größere Selbstsicherheit zu geben für den Fall, daß wir sie der Polizei vorzeigen mußten.

Es gab nur eine Lösung: Wir mußten wieder ausziehen, aber nicht sofort, das konnte Verdacht erwecken. Wir würden uns nach einer anderen Bleibe umsehen, sie mieten und hier in zwei oder drei Wochen ausziehen und dafür Pani Z. eine ganze Monatsmiete bezahlen. Es war unwahrscheinlich, daß sie sofort anfinge, nachzuforschen und Tanjas Angaben zu überprüfen – dieses Risiko mußten wir eingehen. Großvater stimmte dem Plan zu. Er hatte Pani Z. nicht gesehen und uns auch nicht bei ihr besucht. Hätte er das getan, dann hätten wir unsere Verwandtschaft zugeben müssen: Wir drei sahen uns sehr ähnlich, das konnte man kaum leugnen; aber Pani Z. zu erzählen, er sei Tanjas Vater und mein Großvater, wäre auch nicht klug gewesen. Tanjas neuer Mädchenname war anders als sein Name, und er hatte seiner Wirtin nicht gesagt, daß er ein Zimmer für Tochter und Enkel suchte. Tatsächlich hatte er ihr nicht einmal erzählt, daß seine Bekannten sich bei Pani Z. eingemietet hatten. Auch das war eine Vorsichtsmaßnahme: Sollen die doch zwei und zwei zusammenzählen, wenn sie nichts Besseres zu tun haben, er jedenfalls wollte nicht dazu beitragen, daß man uns über seine Zimmerwirtin fand. Er entschied, daß wir uns jeden Morgen treffen sollten, bei Regen im Dom und sonst im Sächsischen Garten, aber nie zweimal hintereinander an derselben Stelle; wo überall, müßten wir dann im Lauf der Zeit genau vereinbaren.

Mittlerweile gewöhnten Tanja und ich uns an den Alltag in einer Gemeinschaftswohnung, prägten uns den Stadtplan von Warschau ein und probten die Unterhaltungen, die wir beim gemeinsamen Mittagstisch führen oder vermeiden mußten. Bei Pani Z. sah man es ungern, wenn die Untermieter sich zum Essen in ihre Zimmer zurückzogen; man fand das unschön und wenig freundlich. Tanja erklärte ruhig und unmißverständlich, daß sie mir immer, wenn meine Gesundheit es erlaubte, in unserem Zimmer Nachhilfestunden geben wollte. Das war ein Grund für unser zurückgezogenes Leben, der nicht kritisiert werden konnte und unsere Kontakte mit Pani Z. einschränkte, ohne daß er allzu viele Kommentare provoziert hätte.

Es gab jedoch außer den Mahlzeiten noch einen anderen besonderen Anlaß, zu dem wir aus dem Zimmer auftauchen und uns zu Pani Z. und den anderen Untermietern gesellen mußten. Seit Mitte April hatte es Kämpfe im Warschauer Ghetto gegeben, und die Untermieter und Pani Z. sprachen seitdem beim Essen von nichts anderem mehr. Juden hatten tatsächlich die Deutschen angegriffen, hatten sogar den SS-Sondertrupp, der die Ordnung hatte wiederherstellen sollen, zum Rückzug gezwungen. Einige behaupteten, daß viele von der SS getötet worden seien. Aber jetzt erteilten die Deutschen den Juden eine letzte Lektion, und jeden Spätnachmittag – das Wetter war sehr mild – stiegen wir alle unter Pani Z.s Führung aufs Dach, scharten uns um sie und bestaunten mit ihr zusammen »unser Feuerwerk«, wie sie es gern nannte. Sie fand, jetzt sorgten die Deutschen in diesen traurigen Zeiten endlich einmal für Unterhaltung. Pani Z. und ihre kleine Schar waren nicht die einzigen; offenbar versammelten sich fast alle Mieter aus dem Haus auf dem Dach, und die Dächer der Nachbarhäuser waren genauso voller Menschen. Kein Wunder: von der Długa aus hatte man fast ungehinderte Sicht auf Zamenhof und das Ghetto, und hören konnte man auch sehr gut.

Die Leute auf dem Dach erklärten uns, daß die Deutschen Artillerie einsetzten. Deshalb explodierten die Häuser im Ghetto und stürzten zusammen. Dann legten sie Feuer, so daß schwarzrote Wolken am Abendhimmel aufstiegen. Sehen konnte man es zwar nicht, aber in dem, was von den Häusern übrigblieb, und in den Löchern, in denen sie sich versteckt hatten, verbrannten Juden. Diese Einäscherung sei noch gut, sagten unsere Nachbarn, sonst wären nämlich wegen der verwesenden Leichen Seuchen im Ghetto ausgebrochen, die dann die Ratten überall in die Stadt eingeschleppt hätten. Ab und zu schloß man auch Wetten darüber ab, wie lange es denn noch dauern mochte, bis das ganze Ghetto ein einziger schwarzer Schutthaufen sei, und ob darin noch Juden am Leben gelassen würden.

Wie die Wetten ausgingen, erfuhren wir nicht. Dazu blieben wir nicht lange genug in dem Haus in der Seitenstraße der Długa. Wir verließen Pani Z.s Wohnung, wie Tanja es geplant hatte, zogen dann zweimal in Mietwohnungen für Durchreisende, und an dem Tag, als die SS die überlebenden Juden aus dem Ghetto trieb, waren wir schon auf der anderen Seite des Sächsischen Gartens bei Pani Dumont. Das tägliche Spektakel betrachteten wir auch weiterhin von den Dächern unserer wechselnden Behausungen, auch von Pani Dumonts Wohnung aus, bis es zu Ende war. Ganz Warschau sah mit uns zu, aber zu solcher Heiterkeit wie bei Pani Z. kam es nie mehr. Die Sache verlor allmählich den Reiz des Neuen, und die Sicht von Pani Z.s Dach war eben besonders gut gewesen.

Pani Dumont hatte ihren verstorbenen Ehemann, um den sie tief trauerte, einen wallonischen Eisenbahnbauer, unmittelbar nach dem Ersten Weltkrieg in Kielce kennengelernt, wohin er mit einem belgischen Bautrupp gekommen war. Warum die Belgier den Polen beim Wiederaufbau ihrer Schienenwege halfen, obwohl sie in ihrem eigenen Land genug zu tun hatten, die Verwüstungen zu beseitigen, die die Deutschen dort angerichtet hatten, das konnte Tanja nicht begreifen, aber so erklärte Pani Dumont die Anwesenheit ihres späteren Mannes in Polen. Sie erzählte uns, daß sie in der Schule gut in Französisch gewesen sei und deshalb ganz selbstverständlich die Gelegenheit genutzt habe, ihr Französisch mit Monsieur Dumont zu üben. Ihre Familie sei sehr gastfreundlich gewesen, und so sei es erst zu einer Romanze, dann zur Heirat gekommen, dann zum Umzug nach Liège, und nach Monsieur Dumonts Pensionierung seien sie nach Warschau gezogen. Dort wurde seine Pension erhöht, und sie konnten sorgenfrei und angenehm leben. 1940 starb Monsieur Dumont. Die Überweisungen der Belgischen Eisenbahn trafen zwar weiterhin ein, aber sie waren nicht mehr viel wert. Deshalb hatte sie sich dazu durchgerungen, Untermieter aufzunehmen. Außer uns wohnten bei ihr noch: eine fromme alte Dame und Witwe eines Klavierlehrers, Pan Stasiek, der Akkordeon und Mundharmonika spielte, und der bebrillte Pan Władek mit dem eingesunkenen Brustkorb. Pan Stasieks Melodien singe ich heute noch; er selbst ist mir aus der Erinnerung entschwunden. Pan Władek wurde mein Freund.

Pani Dumont war eine große und fröhliche Frau. Alle ihre Verwandten lebten in Kielce; in Warschau hielt sie nichts außer der Wohnung und den Einkünften, die sie daraus zog. Ihre Untermieter wurden ihre Ersatzfamilie. Monsieur Dumont hatte keine Kinder haben können, und sie sagte Tanja, daß es ein Segen für sie sei, eine junge Mutter mit Sohn unter ihrem Dach beherbergen zu dürfen. Mit Tanjas Erlaubnis würde sie mir Französischunterricht geben, umsonst natürlich, sobald sich meine Schüchternheit etwas gelegt hätte. Tanja war froh, eine so freundliche und offenbar wohlmeinende Vermieterin zu haben. Andererseits war die Folge von Pani Dumonts herzlichem Verhältnis zu ihren Untermietern, daß wir uns in derselben Schwierigkeit befanden wie bei Pani Z. Wenn wir uns nicht von den anderen absondern und uns damit möglicherweise Pani Dumont zur Feindin machen wollten, mußten wir mehr Zeit in ihrer Gesellschaft zubringen, als Tanja für klug hielt. Zum Beispiel diese Französischlektionen: Würde ich denn wirklich Französisch von der Dame lernen und nicht am Ende über Tanja und mich und unsere Vergangenheit ausgehorcht und schließlich in eine Falle gelockt werden? Sollte Tanja während der Unterrichtsstunden besser bei mir bleiben, so daß sie im Notfall einschreiten könnte? Ich versicherte ihr, daß auf mich Verlaß sei; ich wollte wirklich Französisch lernen – und ich wäre bestimmt vorsichtig. Schlimmer als die endlosen Unterhaltungen am Essenstisch und danach in Pani Dumonts Wohnzimmer konnte es auch nicht werden. Man hatte da zu erzählen, über Bücher konnte man nicht immer reden, und manchmal mußte man bereit sein, über sich selbst zu sprechen. Aber über welches Selbst? Erfindungsgabe und Gedächtnis haben Grenzen, das war das Problem – denn die Lügen mußten konsistent sein – konsistenter als die Wahrheit, so Tanja. Und dann schärfte sie mir ein: Alle werden die Ohren spitzen, vergiß nicht, wir sind für die anderen interessant, interessanter als sie selbst.

Wir hatten uns angewöhnt, Großvater an den Sonntagnachmittagen in seinem Zimmer zu besuchen, sahen ihn also nicht nur im Dom, im Sächsischen Garten oder in seiner *mleczarnia*. Er erzählte seiner Wirtin, Tanja sei die Tochter seines verstorbenen besten Freundes und Nachbarn auf dem Lande. An manchen Tagen konnte ich mit Tanja nicht mitkommen. Ich kränkelte wieder, bekam eine lange hartnäckige Bronchitis, und obwohl ich gar nicht mit anderen Kindern in Berührung kam, machte ich die paar Kinderkrankheiten durch, die ich bis dahin noch nicht gehabt hatte. Außerdem hatte ich meine Unterrichtsstunden. Pani Dumont nahm den Französischunterricht sehr ernst und hatte mir auch eine Lehrerin für die Hauptfächer vermittelt: Pani Bronicka. Die kam, wenn ich nicht krank war, jeden Nachmittag außer Sonntag und gab mir unglaublich viele Aufgaben auf, die ich immer bis zum nächsten Tag machen mußte. Sie war Gymnasiallehrerin und arbeitslos, weil die Deutschen die meisten weiterführenden Schulen geschlossen hatten. Die Lehrbücher, die wir brauchten, brachte sie mit. Die Aufgabe, den Verstand eines Neunjährigen zu formen, der nie zur Schule gegangen war, gefiel ihr sehr. Sie machte sich ans Werk, mir Wissen und Disziplin mit der kompromißlosen anspruchsvollen Energie zu vermitteln, die für erstklassige höhere Lehranstalten üblich war. Privatunterricht zu geben stand unter Todesstrafe, aber Pani Bronicka hatte keine Angst und kein Geld. Sie erklärte mir, Unterrichten sei die Pflicht des Lehrers, damit Kinder die Möglichkeit hätten, zu gebildeten Menschen heranzuwachsen. Von mir verlange sie nur, daß ich meinen Teil der Abmachung erfüllte: ich müsse lernen.

Von Tanja hatte ich lesen gelernt und dann mit ihr über gelesene Bücher diskutiert; daran fand Pani Bronicka nichts auszusetzen. Sie ergänzte aber Tanjas Arbeit, indem sie mit mir Aufsatzschreiben übte: Jeder Aufsatz mußte einen Anfang, eine Entwicklung der Gedanken und ein Ende haben. Über meine Schwerfälligkeit in Arithmetik war sie entsetzt. Am unerträglichsten aber fand sie meinen schwachen Charakter, nämlich meine Angewohnheit, Schmeicheleien zu provozieren. Es geht nicht, daß man sich immer beliebt zu machen versucht und dann gleich nachfragt, ob man es geschafft hat, sagte sie. Sie wünschte, daß ich ruhig und bescheiden danach strebte, ein Mensch zu werden, der Zuneigung verdient. Die Themen für unsere Übungsaufsätze nahm sie aus der Geschichte der polnischen Revolutionen oder, weil wir gerade Sieńkiewicz lasen, aus der Geschichte des langen polnischen Widerstandes gegen die ukrainischen Eindringlinge. Old Shatterhand hatte ausgedient. Der kleine

Ritter Pan Wołodyjowski, der mit dem Säbel zaubern kann, der immer Unglück in der Liebe hat und immer siegreich im Duell ist, war der neue Held meiner Tagträume – wenn ich nicht gerade Oberst meines Bleisoldaten-Wehrmachtsregiments war. Zur selben Zeit organisierte ich meine Bleisoldatenarmee neu. Die deutschen Soldaten, die wir in Warschau sahen, waren wohl Sieger, aber entsprach das der Realität? Wir hörten mit den anderen Untermietern und bei meinem Großvater BBC-Nachrichten. Auch darauf stand die Todesstrafe. In Smolensk, am Dnjepr und in Kiew schlugen die Russen die Deutschen, und vielleicht war auch Stalingrad nicht einfach auf die Unfähigkeit oder Verräterei des Generalfeldmarschalls Paulus zurückzuführen. Ich baute nach und nach einige meiner besseren Regimenter auf der russischen Seite auf. Und Pani Bronicka intensivierte unsere Geographiestunden. Auch sie hörte BBC. Sie brachte einen Globus mit und demonstrierte mir, daß nicht nur die russische Front zählte. Wir durften uns keine Illusionen machen, das Deutsche Reich war erschreckend stark und gefährlich; aber man konnte sehen, daß breite Speerspitzen sich an vielen Stellen tief in seine Flanken gebohrt hatten – es würde schließlich zusammenbrechen wie ein wilder Eber.

Inzwischen brach ich Pani Bronickas Herz. Sie schrieb mir die Hausaufgaben für den nächsten Tag immer mit Bleistift in ein kleines Notizbuch, das sie mir gegeben hatte. Ich radierte die Seitenzahlen aus und verkleinerte das Pensum. Nach ein oder zwei Wochen erwischte sie mich: Sie hatte sich die Aufgaben auch in ihr eigenes Notizbuch eingetragen. Und sagte, es sei ihre Pflicht, meine Mutter zu informieren. Ich versprach ihr, alle Seiten nachzuholen, die ich weggemogelt hatte, nur sollte sie bitte nichts verraten – schließlich gab sie nach. Ich hatte verzweifelte Angst vor Tanja. Sie haßte Betrug, fand ihn nur erlaubt, wenn wir uns anders nicht retten konnten; sie würde sofort Gefahr wittern, würde die Wirkung fürchten, die mein Benehmen auf Pani Dumont und die anderen Untermieter hätte, wenn herauskam, was ich getan hatte. Alle interessierten sich für meine Fortschritte. Pan Władek, der Chemiker war, half mir bei der Arithmetik. Aber kaum hatte mir Pani Bronicka verziehen, fing ich schon wieder mit der Manipulation meiner Aufgaben an, genau wie vorher. Ich trennte sogar mit einer Rasierklinge ein paar Seiten aus meinem Aufgabenheft. Diesmal wurde es Tanja gemeldet, meine Soldaten wurden beschlagnahmt, und Pani Bronicka hielt sie vorläufig unter Verschluß. Tanja hatte es immerhin geschafft, sie so weit umzustimmen, daß sie bereit war, mich weiter zu unterrichten.

Sobald wir allein waren, sagte Tanja wütend, wenn Betrügerei schon in meiner Natur läge, dann sollte ich wenigstens schlau und erfinderisch dabei vorgehen und nicht zu allem Überfluß noch einfallslos und dumm sein. Meine Schande war so groß und Pani Bronicka so sichtbar aufgeregt, daß Tanja nicht umhinkonnte, Pani Dumont alles zu erzählen. Beim Abendessen wurde mein Fall erörtert, und die Untermieter schätzten das Maß meiner Schuld unterschiedlich ein. Am härtesten urteilte Pan Władek: Er befand, angesichts dessen, wie er mir bei den Aufgaben geholfen habe, sei ich nicht nur faul, sondern geradezu durchtrieben. Er lachte und wippte mit seinem Stuhl. Mit aller Kraft boxte ich ihn gegen die eingefallene Brust. Der Schlag warf ihn gegen die Wand. Er hustete, und die Brille rutschte ihm von der Nase. Das war brutal von mir, aber ich wußte sofort: Nicht, was er zu mir gesagt, sondern daß er mich vor Tanja gedemütigt hatte, war der Grund für meine Gemeinheit. Aber ich war nicht ganz so wie mein Held Pan Wołodyjowski; ich hatte Angst. Ich ließ mich auf ein Knie nieder und bat Pan Władek um Verzeihung. Er sagte, mach dir nichts draus – es war mein Fehler. Ich hätte mich nicht über dich lustig machen dürfen, als du unglücklich warst.

Die Frau, die in derselben Wohnung wie Großvater ein Zimmer hatte, Pani Basia, war eindeutig eine Jüdin. Gleich nach unserem ersten Besuch bemerkte Tanja, sie müßte eigentlich Pani Sara heißen. Ihr Sohn hieß Henryk; er war jünger als ich, wie Großvater schon vermutet hatte. Ich fand, daß er auch dümmer als ich war, er hatte keinen Tutor, der ihm Stunden gab, und Pani Basia lernte nicht regelmäßig mit ihm. Seine Sammlung Bleisoldaten war gut, ja besser als meine. Bis man mir meine Soldaten dann wegnahm, brachte ich sie immer mit, wenn wir Großvater besuchten. Später teilte Henryk seine mit mir.

Wir spielten in Großvaters Zimmer. Großvater schien mir immer dünner zu werden, seine Nase wirkte dadurch groß und scharf. Seit Tanja ihm erzählt hatte, was mit Großmutter geschehen war, trug er einen schwarzen Trauerflor am Ärmel seines schwarzen Mantels und nur noch schwarze Krawatten. Tanja machte sich Sorgen, weil er so schweigsam geworden war. Sie sagte, er rede nur noch, wenn ich da sei oder wenn sie das Gespräch auf Luftangriffe bringe. Er hatte die Daten aller größeren Bombardierungen deutscher Städte im Kopf. Am besten fand er es, wenn sie in Wellen kamen, wie bei den drei Luftangriffen auf Berlin im November und Dezember – das ließ ihnen keine Ruhepause. Die Deutschen wußten es vielleicht selbst noch gar nicht, aber sie wurden allmählich zu gejagten Tieren, wie die Juden. Die BBC aber hatte nicht jeden Tag einen Luftangriff auf Deutschland zu melden, der Großvaters Erwartungen entsprach. Der Winter zog sich hin, es war eine traurige Zeit, und obwohl Tanja und Großvater wußten, daß unsere sonntäglichen Besuche nicht klug waren, und sich gegenseitig immer wieder versprachen, wir würden nicht mehr so oft kommen, fanden wir uns Sonntag für Sonntag wieder in Großvaters Zimmer ein und aßen zusammen Kuchen oder kalten Braten oder Fisch oder andere gute Dinge, die Tanja aufgetrieben hatte und von denen sie wußte, daß er sie gern mochte.

An einem dieser Sonntage im Januar 1944, als ich gerade mit Henryk und seinen Soldaten spielte, hörten Tanja und Großvater Unruhe im Korridor. Die Tür zu Großvaters Zimmer war immer geschlossen. Sie hießen Henryk und mich ganz still sein; wir alle horchten jetzt aufmerksam. Es waren Männerstimmen. Die Wirtin antwortete ihnen. Dann Schritte, die auf Pani Basias Zimmer zugingen, dann wieder Stimmen, dann wurde eine Tür zugeschlagen.

Großvater sagte: Ich will nicht hier herumsitzen und so tun, als wäre ich taub. Ich rede mit der Wirtin, ihr drei bleibt hier und seid möglichst ruhig. Einen Augenblick danach kam er wieder und sagte: Ihr müßt Geduld haben. Es ist polnische Polizei in Zivil; sie wissen über Henryks Mutter Bescheid. Aber Pani Maria hat ihnen erzählt, sie hätte Henryk mit Schlittschuhen aus dem Haus gehen sehen. Sie hat sehr laut gesprochen, so daß Pani Basia sie hören konnte. Über uns hat sie nichts gesagt. Wenn Pani Basia nur etwas Geld und etwas Verstand hat, kann sie die Männer bestechen.

Wir saßen ganz stumm da, Henryk weinte ein bißchen. Großvater holte seine Karten hervor und machte Tanja ein

Zeichen. Sie spielten Rommé mit Zehn. Großvater flüsterte: Das hier ist nur eine gemütliche Familienszene; wenn sie hereinkommen, dann ist Henryk ein Freund von unserem Janek; er ist mit Janek zu Besuch gekommen; und du bist die Tochter meines ältesten Freundes, ich habe dich schon über das Taufbecken gehalten, und du hörst jetzt auf zu schniefen und spielst mit deinen Soldaten. Lange Zeit hörten wir nichts, dann wieder Stimmen und Schritte im Korridor. Pani Basia kicherte hysterisch. Großvater öffnete die Tür, sah in den Korridor und sagte dann: Alles in Ordnung, die Polizei ist weg. Wir gingen in Pani Basias Zimmer. Die Schubladen und die Schranktüren standen offen, Kleider lagen auf dem Boden verstreut – die Männer hatten offenbar nach Geld oder Schmuck gesucht. Sie lag quer auf dem zerwühlten Bett. Ihre Beine waren nackt, das Gesicht ganz rot. Als sie uns sah, stand sie auf und ging langsam zu Henryk, dann zeigte sie auf den Tisch, wo eine Flasche Wodka und Gläser standen. Sie wollten alles, Geld, Schnaps, mich, sagte sie, und sie haben bekommen, was sie wollten. Sie haben gesagt, sie würden nicht wiederkommen, die wissen schon, daß ich nichts mehr anzubieten habe, nur wieder mich, und das ist nicht viel wert.

Ich habe Pani Basia und Henryk nicht wiedergesehen. Tanja erklärte Großvater, sie könne das Risiko nicht eingehen, mich erneut in seine Wohnung mitzunehmen; er solle umziehen, denn die Polen kämen vielleicht doch wieder oder schickten ihre Freunde. Großvater weigerte sich. Er sagte: Hier bin ich, und hier bleibe ich, ausziehen will ich nicht, eher heirate ich meine Wirtin, und wenn sie noch so alt und häßlich ist.

Pan Władek fragte mich, was das ewige Lächeln auf meinem Gesicht eigentlich sollte, ich würde ja lächeln, auch wenn es gar nichts zum Lachen gab; und weil Dummheit nicht der Grund dafür sein könne, müsse man annehmen, daß ich ein kleiner Heuchler sei. Wir saßen beim Essen mit Pani Dumont und den anderen Untermietern. Ich wußte darauf keine Antwort. Tanja antwortete für mich: Er macht das, weil er höflich sein möchte. Nein, sagte Pan Władek, Höflichkeit verlangt nicht, daß man sich verstellt, es sei denn, man will vermeiden, die Gefühle anderer zu verletzen. Unser Janek ist ein Heuchler. Und dann fragte er mich: Weißt du, ob Heuchelei eine läßliche oder eine Todsünde ist? Diesmal griff die Witwe des Klavierlehrers ein. Die Frage sei zu schwer. Ich sei noch nicht einmal im Katechismusunterricht, wie sollte ich solche Fragen beantworten können, und es sei nicht recht, daß Pan Władek mich so verwirren wolle. Solange ich keinen kirchlichen Unterricht hätte, müsse ich nur wissen, daß man nie lügen darf. Dabei fällt mir ein, sagte sie dann zu Tanja gewandt, ist es nicht an der Zeit, daß unser kleiner Janek sich auf seine Erstkommunion vorbereitet? Pater P. will selbst eine Klasse übernehmen, Janek könnte im Mai schon soweit sein. Mit Pani Tanjas Erlaubnis wollte sie mich gern dem Priester vorstellen.

Die ganze Tischrunde begrüßte diesen Vorschlag, meine Erziehung einen Schritt voranzutreiben. Nur Pan Władek brummelte vor sich hin, Priester machten aus jungen Menschen Heuchler und Pharisäer; er habe mir ein offenes Gespräch anbieten wollen, aber daß das solche Folgen haben solle, gefalle ihm gar nicht. Als wir vom Tisch aufstanden, jagte er mir nochmals einen Schrecken ein. Er fragte Tanja: Gnädige Frau, erlauben Sie, daß ich ein paar Minuten Janek allein spreche?

Ich war noch nie in Pan Władeks Zimmer gewesen. Es war genauso möbliert wie unser Zimmer, nur daß es noch einen großen Sessel hatte, in dem sich Pan Władek niederließ, nachdem er seine Acetylenlampe angezündet hatte. Er bot mir den Stuhl am Tisch an und sagte, was er angerichtet habe, tue ihm sehr leid; nun müsse er mich um Verzeihung bitten. Manchmal könne er es einfach nicht mehr mit ansehen, wie meine Mutter und ich uns abquälten – er wünsche sich, daß ich auch einmal wenigstens für Augenblicke wie andere Jungen sein könne. Jedenfalls machten wir uns das Leben zu schwer. Niemand müsse vollkommen sein. Ich solle jetzt wieder in unser Zimmer gehen und meiner Mutter ausrichten, sie brauche sich keine Sorgen zu machen. Er sei unser Freund.

Tanja war wütend. Sie sagte, das könne alles nur bedeuten, daß er die Wahrheit erraten habe, und wenn dem so wäre, dann sei sein Verhalten unentschuldbar. Er lenke Aufmerksamkeit auf mich und habe uns genau in die Zwangslage gebracht, die sie habe vermeiden wollen: jetzt müsse ich zur Kommunion gehen. Sie könne nur hoffen, daß sein Manöver kein Versuchsballon gewesen sei, um seinen Verdacht zu erhärten, bevor er uns erpreßte oder anzeigte. Das wollte sie mit Großvater besprechen.

Mein Großvater hörte sich die Geschichte aufmerksam an. Wir saßen in der *mleczarnia* und aßen Käse-*naleśniki*. Er meinte, unser Freund Władek hätte nicht so lange abgewartet, wenn er etwas im Schilde führte, aber taktlos sei er schon. Ich sollte ihm lieber aus dem Weg gehen. Wenn er ein guter Mensch sei, würde er das verstehen und uns nicht übelnehmen. Polen, die halfen, Juden zu verstecken, wurden erschossen; Pan Władek täte besser daran, nichts von uns zu wissen und vor allem nicht andere merken zu lassen, daß er Bescheid wußte. Ein Glück, daß die Russen bald kämen; Kiew war nicht sehr weit weg; lange konnte die Wehrmacht nicht mehr standhalten. Wenn man uns noch lange warten ließe, wären wir zermürbt und könnten die ewige Verstellung und das Versteckspiel nicht mehr durchhalten. Großvater erzählte, daß ihn vor ein paar Stunden ein Mann auf der Straße angehalten hatte und seinen Ausweis sehen wollte. Gesicht, Kleider, Stimme, alles das Übliche, wie gehabt. Wenn der Herr keinen Ärger will, dann bringen wir's doch gleich in Ordnung, einfach hier in der Einfahrt. So gingen sie in die Einfahrt eines Hauses an der Miodowa, nicht weit vom Theater. Der Mann sah sich den Ausweis an und sagte: Wenn der Herr die Hosen jetzt herunterläßt, sparen wir uns die Polizei, da kommt er nämlich nicht wieder raus, dann ist es aus, der Herr wissen schon. Großvater war vorbereitet. Er hatte sein Taschenmesser in der Manteltasche schon geöffnet, während der Mann noch in den Ausweispapieren blätterte. Jetzt zog er es hervor und sagte: Da hast du meinen Penis, sieh ihn dir genau an, und dann packst du deinen aus, den schneid' ich dir nämlich ab. Sie hätten sich in bestem Einvernehmen getrennt, sagte Großvater, aber ob er noch einmal die Kraft haben würde, mit solchen Halunken fertig zu werden, wisse er nicht.

Zu Pater P. gingen wir ohne die Witwe. Tanja mochte sie bei dem Gespräch nicht dabeihaben, sie fürchtete, daß wir beide dann nur nervös würden. Der Pfarrer studierte meine Geburtsurkunde, gab sie Tanja wieder und meinte, es sei ganz fraglos an der Zeit, meine religiöse Unterrichtung zu beginnen. Er bedauerte, daß mein Gesundheitszustand mir nicht erlaubte, zur Schule zu gehen; noch hätten die Machthaber die seelsorgerische Arbeit im Klassenzimmer nicht behindert, und die gnädige Frau verstünde gewiß, daß das geistige Kapital der Nation nicht zu bewahren sei, wenn man die Kinder nicht so früh wie möglich zu Gott kommen lasse. Der Unterricht werde am nächsten Montag anfangen; die Klasse treffe sich nachmittags. Er wünschte mir viel Erfolg. Beim Abschied deutete er an, schon von uns gehört zu haben: Die Witwe habe ihm von Tanjas Liebenswürdigkeit und Bildung und von meinem jugendlichen Wissenshunger berichtet. Er äußerte sich verwundert, daß er Tanja nicht schon eher kennengelernt und uns nicht beim Gottesdienst gesehen habe. Tanja antwortete, sie müsse ihre Säumigkeit bekennen. Wir gingen zur Messe, aber nicht jeden Sonntag. Sie versuche zur Zeit, mir die Kirchenarchitektur nahezubringen. Deshalb pilgerten wir, wenn das Wetter und meine Gesundheit es erlaubten, zu den Kirchen überall in der Stadt, die unter architektonischen Gesichtspunkten besonders interessant seien; Pater P.s wunderschöne Kirche habe sie mir schon gezeigt. Sie selbst sei gleich nach unserer Ankunft in Warschau im Dom zur Beichte gegangen und wolle dort auch weiterhin geistlichen Beistand suchen.

Der Katechismusunterricht fand in einem Raum hinter der Sakristei statt, in dem es kalt war und nach Schweiß roch. Tanja begleitete mich, wartete in der Kirche, bis der Unterricht vorbei war, und ging dann schnell mit mir fort. Sie wollte nicht, daß ich nach der Stunde auf sie wartete, sie wollte nicht, daß ich mit den anderen Kindern ins Gespräch kam, und sie wollte nicht, daß ich allein nach Hause ging. Ich wußte schon im voraus, daß sie es so halten würde, und ich war darüber heilfroh, auch wenn ich es nicht sagte. Ich hatte inzwischen Angst vor anderen Jungen. Außerdem entwickelte ich jetzt, da Essen sehr teuer und schwer aufzutreiben war, unglaublichen Appetit. Ich träumte vom Essen und aß zuviel, wann immer ich konnte. Ich war sehr dick geworden und hatte einen kugelrunden Bauch. Polnische Kinder waren normalerweise dünn – auch ich war früher immer dünn gewesen. Ich dachte, die Jungen in der Katechismusstunde würden sich über meinen dicken Bauch lustig machen.

Pater P. gab uns zum Lernen ein Buch mit Fragen und Antworten und Gebeten. Er selbst betete uns immer vor. Tanja schärfte mir ein, genau aufzupassen, wie die anderen Jungen beteten, wann sie niederknieten, wann sie sich bekreuzigten, und ihnen alles nachzumachen. Ich könne ruhig etwas langsam sein, aber niemand dürfe merken, daß ich die Bräuche nicht kannte. Dann sprach Pater P. über das Thema des Tages und rief uns namentlich auf, damit wir die Fragen im Buch beantworteten. Er las sie langsam und deutlich vor. Ich hielt es für am besten, die Antworten genauso zu geben, wie sie im Buch standen. Je länger ich das Buch studierte und Pater P.s Worten zuhörte, um so deutlicher wurde mir, daß ich in einer verzweifelten und abscheulichen Lage war.

Es gab keine Erlösung außer durch Gnade, und zur Gnade kam man nur durch die Taufe. Zwar hatte Jesus die tugendhaften Vorväter, die vor seiner Menschwerdung gestorben waren, mit sich genommen, als er gen Himmel gefahren war, aber dieses Tor zur Erlösung war nun geschlossen. Ich fragte Pater P., ob in unserer Zeit Wilde, die außerhalb der Kirche lebten, erlöst werden könnten, wenn sie gut seien, wozu er sich sehr dezidiert äußerte: Das Wirken Jesu sei abgeschlossen. Tugend ohne Gnade könne nicht genügen. Das erklärte er am Beispiel des jüdischen Volkes. Schon den Erzvätern des

Alten Testamentes seien die Qualen der Hölle nicht erspart geblieben. Aber nach Christi Geburt hätten die Juden auch noch ihren Bund mit Gott gebrochen, Seinen Sohn gekreuzigt und sich Seiner Lehre widersetzt. Also sei jeder Jude, auch wenn er nicht gegen die Gebote verstoßen habe, eindeutig verdammt.

Wenn das zutraf, dann stand es um mich schlimmer als um die Wilden. Ein Wilder wußte vielleicht nichts von Jesus, aber ich war in einer katholischen Nation geboren und aufgewachsen; mein Vater und nun auch ich hatten aus eigenem Entschluß ein Leben in Christo abgelehnt. Und keiner konnte behaupten, daß ich die Zehn Gebote nicht brach. Falsch-Zeugnis-Reden war verboten, aber schwerwiegende Lügen und Heucheleien waren dasselbe wie Falsch-Zeugnis-Reden. Ich log und heuchelte jeden Tag – allein deshalb steckte ich tief im Sündenpfuhl, wobei das Böse, das sonst in mir steckte, noch gar nicht mitgezählt war. Natürlich hätte ich mich taufen lassen können. Ich wußte jetzt, daß das Sakrament der Taufe einmalig und als Sakrament nicht wiederholbar war, so daß ich also einen Priester hätte finden müssen, dem wir anvertrauen konnten, daß ich Jude und noch ungetauft war. Die Taufe würde mich von der Erbsünde reinwaschen und die anderen Sünden, die ich im Lauf meines Lebens auf mich geladen hatte, gleich mit löschen, meinte ich, aber ich mußte ja weiterlügen, und wie konnte ich das, ohne damit gleich wieder eine Todsünde zu begehen, die mich auf die Straße der Verdammnis führte? Andererseits mochte es zwar sein, daß Pater P. sich irrte, daß also tugendhafte Menschen nicht verdammt würden, auch wenn sie nicht getauft waren – und Tanja war überzeugt, daß er sich irrte –, aber selbst wenn ich ohne Sündenbekenntnis, wahre Reue und Absolution Vergebung für meine Lügen erlangte, blieb immer noch die Frage, ob ich wirklich gut war. Ich war unrein in Gedanken, was eine Todsünde war, und im Begriff, eine Gotteslästerung zu begehen, die schlimmste Sünde von allen, wenn ich ungetauft und nach einer falschen Beichte zur Kommunion ging.

Ich setzte mich mit diesen Fragen allein und mit Tanja auseinander, sagte ihr dabei nichts von den Sünden, die sie nicht schon kannte, und flehte sie an, einen Ausweg für mich zu finden, damit ich die Hostie nicht entweihte. Ihre Antwort war immer gleich: Du mußt es tun, du kannst nichts dafür. Wenn Jesus Christus zuläßt, daß solche Dinge geschehen, dann ist es seine Sache, nicht deine. Sie verbot mir, Großvater mit diesem Unsinn zu behelligen.

Unterdessen schien der Kriegsgott das Deutsche Reich zu verlassen. Russische Truppen standen in der Bukowina, stießen zur tschechischen Grenze vor, eroberten innerhalb von zwei Tagen Odessa und Kertsch. Pani Bronicka und mein Großvater waren äußerst erregt. Ich wünschte mir, die beiden könnten zusammenkommen, aber das war ganz ausgeschlossen. Pani Bronicka zeichnete mir auf der Landkarte Linien ein, damit ich verstehen konnte, in welche Richtung die russischen Truppen marschierten: Die Truppen im Norden, die nach Litauen vordrangen, standen unter dem Kommando uns unbekannter Generäle, die Truppen Schukows und Rossowskis zielten Dolchen gleich auf das Herz Polens. Nur daß sie nicht uns erstechen wollten: Deutsches Blut würde fließen – und floß schon jetzt. Pan Władek und Pan Stasiek waren am Hauptbahnhof gewesen, viele ihrer Freunde auch. Sie hatten gesehen, wie ein Lazarettzug nach dem anderen mit verwundeten deutschen Soldaten ankam und wie sie alle nach Westen weiterfuhren. Die Männer sahen zum Erschrecken aus, schmutzig, mit verbundenen Köpfen und irren Augen. In Warschau organisierte der Untergrund Anschläge auf die SS, auf dem Land wurden die Züge zum Entgleisen gebracht und angegriffen. Die SS nahm Geiseln. Das Gefängnis in Pawiak war angeblich voll von ihnen. Ab und zu wurden sie von Erschießungskommandos der Wehrmacht auf der Straße hingerichtet. Die Deutschen stopften ihren Gefangenen den Mund mit Zement, bevor sie sie erschossen. Dann konnten sie nicht mehr schreien oder die Nationalhymne singen.

Alle Lebensmittel wurden rationiert. Die Schwarzmarktpreise stiegen so schwindelerregend, daß Tanja geizig wurde. Großvater war auch unruhig wegen des Geldes. Eines Tages kam Tanja mit einem Stück Schweinefleisch vom Markt, das sie günstig erworben hatte, wahrscheinlich weil es minderwertig war. Sie kochte es besonders lange, da sie Angst vor Trichinen hatte. Als wir uns zum Abendessen setzten, waren wir beide die einzigen, die Fleisch auf dem Teller hatten. Tanja sagte, wir wollten teilen, und gab allen eine Portion. Das Fleisch schmeckte seltsam süßlich. Pan Władek sagte, er wolle es einem Tierarzt zeigen, wahrscheinlich habe man Tanja Pferdefleisch verkauft. Er nahm ein Stück mit Knochen mit. Am nächsten Tag erzählte er ihr unter dem Siegel der Verschwiegenheit, kein Zweifel, wir hätten Menschenfleisch gegessen.

Großvaters Juwelier verschwand. Wir brauchten Bargeld. Tanja und Großvater meinten, wir müßten einen vernünftigen Vorrat an Banknoten zur Hand haben, sonst wären wir gefährdet. Wenn man einen Mann auf der Straße bezahlen mußte, konnte man ihm keinen Ring in die Hand drücken. Dann würde man ihn nie mehr los. Tanja sagte, sie kenne eine Frau, die vielleicht helfen könnte, Pani Wodolska, die Witwe eines Philosophieprofessors der Universität Krakau. Ihr Mann hatte Tanja geschätzt, sie war oft bei dem Ehepaar zu Gast gewesen; die Witwe lebte in Warschau, sie war bestimmt zu finden. Großvater erinnerte sich nur dunkel an den Namen – er hatte keine Einwände. Tanja bekam die Adresse heraus und machte sich allein und unangemeldet auf den Weg zu Pani Wodolska. Ganz verblüfft kam sie zurück. Pani Wodolska hatte sie sofort erkannt, war sehr herzlich gewesen und hatte gesagt, sie kenne Juweliere, die wohl helfen würden. Möglicherweise wisse sie sogar jemanden, der an Goldmünzen interessiert sei. Ob Tanja ihr nicht einfach am nächsten Tag alles bringen wolle, was sie besitze? Dann könnten sie die Wertsachen zusammen durchsehen und entscheiden, was verkauft werden solle und was nicht. Tanja hatte gezögert; das sei schwierig. Wir hätten unsere Sachen aufgeteilt und verschiedenen Freunden zur Aufbewahrung gegeben. Man könne nur ganz heimlich und vorsichtig zu deren Wohnungen gehen. Sie müsse also sehen, was sich machen lasse, aber die ein, zwei Schmuckstücke, die sie gerade zur Hand habe, werde sie bestimmt bringen. Großvater sagte: Geh ja nicht wieder hin. Sie stritten sich. Tanja meinte, die Aussicht auf Bargeld sei das Risiko wert. Pani Wodolska sei eine Dame aus der Vorkriegszeit, die sich deshalb gar nicht vorstellen könne, wie groß die Gefahr, der wir uns aussetzten, und wie gering unser Vertrauen geworden sei. Sie wolle ihr zwei Ringe und eine Kette zeigen.

Das tat sie dann auch. Die beiden Frauen einigten sich auf den niedrigsten noch akzeptablen Preis, und Pani Wodolska lud Tanja ein, nach zwei Tagen wieder vorbeizukommen. Sie sei sicher, daß sie das Geschäft bis dahin getätigt habe. Tanja hielt die Verabredung ein, ich blieb derweil zu Hause. Sie kam sehr spät wieder, so spät, daß ich schon große Angst bekommen hatte. Sie sagte, sie sei müde. Was geschehen war, wollte sie mir nur erzählen, wenn ich versprach, es Großvater nicht weiterzusagen. Dann berichtete sie, Pani Wodolska habe sie gleich, als sie zur Tür hereinkam, gefragt, welchen Schmuck sie diesmal mithabe. Tanja antwortete verwundert, gar keinen, mehr wollten wir nicht verkaufen. Was Sie mir gegeben haben, waren falsche Steine in Fassungen aus vergoldetem Blech, gab Pani Wodolska zurück. Das ist ein alter jüdischer Hausierertrick, und die Polizei wartet hier schon auf Sie.

Tatsächlich war ein Mann in der Wohnung, der auf ein Klingelzeichen von Pani Wodolska ins Zimmer trat und sich auf einen Stuhl an der Wand setzte. Nach langem Hin und Her ließen die beiden Tanja gehen, als sie ihnen den Schmuck, den sie trug, ein Armband und einen Ring, und dazu den Inhalt ihrer Geldbörse ausgehändigt hatte. Nach Hause war sie so spät gekommen, weil sie einen großen Umweg gemacht hatte, um möglichst sicher zu sein, daß ihr niemand folgte.

Der Tag meiner Erstkommunion kam. Tanja bot an, mir heimlich in unserem Zimmer etwas zum Frühstücken zu geben, aber ich lehnte ab. Ich wollte innerlich ganz rein sein, so wie Pater P. es verlangte. Der gesamte Haushalt, mit Ausnahme von Pan Władek, der sich nicht wohl fühlte, ging mit Tanja und mir zur Kirche. Pater P. hatte mir am Tag davor die Beichte abgenommen. Vorher hatte ich mit Tanja mein

Sündenregister durchgesprochen, damit es genau die richtige Länge hatte und nicht den Eindruck erweckte, ich wollte zu schlau sein. Der Priester segnete mich, gab mir auf, das Glaubensbekenntnis zweimal, das Vaterunser fünfmal und das Ave-Maria so oft zu beten, wie ich konnte, ohne dabei unaufmerksam zu werden. Ich sprach die Gebete langsam und deutlich, und wenn ich auch im Stand der Todsünde verharrte, versuchte ich doch, bis zu dem Moment, in dem ich kniend die Hostie empfing, nichts zu tun, was das Strafgericht noch verschärfen konnte, das schon über mich verhängt war.

Dantes Verachtung: seine Verachtung für die Verdammten. Nackt sind sie, der Leser weiß das wohl, aber Dante läßt keine Gelegenheit aus, diesen entwürdigenden Umstand eigens zu betonen. Wie volltönend, wenn auch mit einem Rest von Zögern aus Respekt für die hohe Stellung des Sünders, kanzelt er zum Beispiel Papst Nikolaus III. ab, der Simonie trieb. Vergil hat Gefallen an dieser rüpelhaften Moralpredigt. Er hört seinem Schüler mit zufriedenem Gesicht zu. Überhaupt mag Vergil Dantes zur Verachtung neigende Seele, alma sdegnosa.

Dantes Verdammte können auch selbst Verachtung oder jedenfalls unbeugsamen Stolz empfinden. Brunetto Latini läuft mit einer Rotte Sodomiten über den glühenden Sand, so schnell und leichtfüßig, als nähme er auf dem palio *von Verona am Wettlauf zum grünen Tuch teil, und wirkt dabei wie ein Sieger, nicht wie ein Verlierer – Dante zollt ihm Achtung und spricht ihn mit dem respektvollen* voi *an. Der Häretiker Farinata erhebt sich bis zum Gürtel aus dem Grab, in dem er schmoren muß, als sei ihm die Hölle tief verächtlich,* com' avesse l'inferno in gran dispitto. *Capaneus mißachtet mit finsterem Gesicht,* dispettoso e torto, *den Schmerz und die Feuerflocken, die auf ihn niederrieseln wie Schnee in den Alpen bei Windstille, sein Stolz ist ungebrochen. Und Vanni Fucci, von Schlangen bedrängt, ballt die Hände zu einer obszönen Geste und brüllt, fang auf, Gott, ich werf' sie dir entgegen,* Togli, Dio, ch'a te le squadro! *Anscheinend lauter Beispiele für eine Bestrafung, die aus mysteriösen Gründen keine Wirkung zeitigt: Das Feuer läutert Capaneus nicht, der bestialische Vanni Fucci bleibt unreif,* acerbo, *und der Leser kann ihn nicht ins Herz schließen. Aber bewundern nicht alle Leser, auch solche mit gesundem Menschenverstand,* li 'ntelletti sani, *insgeheim Brunetto und Farinata und sogar den Riesen Capaneus mit seinen Gotteslästerungen, und zwar gerade weil sie ihre Verachtung zeigen?*

Warum ist das so? Großvaters und Tanjas Mut und trotzige Auflehnung waren bewundernswert, allerdings waren die Strafen unverdient, mit denen die Deutschen sie in Polen, unserer Hölle, überhäuften, und die beiden hatten ein moralisches Recht, sich dagegen aufzulehnen. Im Inferno *ist die Strafe immer verdient, ist sie ein ursprünglicher Teil der allgemeinen Ordnung, über die der Gott der Liebe wacht. Und trotzdem regen sich beim Publikum Bewunderung und Mitgefühl, wenn Verdammte, die von Natur aus stolz oder mutig sind, Trotz und Verachtung zeigen. Warum ist das so, in der* Divina Commedia *wie im Leben? Wir sollten entrüstet sein, wenn diese Sünder ihre Höllenstrafe nicht demütig erdulden, da wir doch annehmen müssen, daß sie abscheuliche Verbrechen begangen haben und daß Minos, der sich mit Sünden auskennt, der ein* conoscitor delle peccata *ist, ihnen die passenden Strafen zugemessen hat. Warum muß ein Jude, den die Gestapo gejagt und gefaßt hat, auf dem Weg zur Gaskammer Verachtung oder Trotz zeigen, damit er Mitgefühl erweckt und nicht selbst verachtet wird? Warum schnalzt man anerkennend mit der Zunge, wenn der fette Göring in Nürnberg Mut beweist? Im Vorhof der Hölle halten sich die lauen Seelen auf, die ohne Lob und ohne Schande gelebt haben. Diese jammervollen Gestalten laufen in Scharen, nackt, wie Dante eigens betont, und von Mücken und Wespen zerstochen, so daß ihnen Blut und Tränen übers Gesicht strömen, hinter einem Banner her. Es ist deutlich, daß Dante sie mehr verachtet als alle anderen Verdammten: Himmel und Hölle sind diesen Lauen verschlossen, weder Gnade noch Gerechtigkeit wird ihnen zuteil, Vergil ist nicht einmal bereit, nähere Auskunft über sie zu geben. Warum sind sie schlimmer als die Verdammten, die in Schande lebten und auf der Erde für ihre Sünden berüchtigt waren? Warum finden wir es so schwer, jene zu bewundern, die sich gottergeben quälen lassen, ohne sich zu wehren? Vielleicht sind sie weder schwach noch stolz, sondern nur voller Angst. Warum ist es uns so wichtig, ob das Licht eines gefallenen Engels Legionen in den Schatten stellt?*

V

KURZ NACH meiner ersten Kommunion wurde ich gelb. Die Leber tat mir weh, und ich hatte Fieber. Nach Tanjas Diagnose hatte ich eindeutig Gelbsucht, wie meine Großmutter, kurz bevor sie starb. Bis jetzt hatte Tanja mich immer, wenn ich krank war, mit Aspirin, kalten Umschlägen und Hühnerbrühe kuriert. Einen Arzt konnte man auf keinen Fall rufen: Er würde mich untersuchen wollen, und dann sah er vielleicht meinen Penis. Ich war weder ein Mädchen, noch lebten wir im alten China: Ich konnte nicht, für den Arzt unsichtbar, hinter einem Vorhang stehen und von dort aus am Körper einer Elfenbeinpuppe zeigen, wo es mir weh tat. Diesmal machte sich Tanja ernste Sorgen. Sie wußte nicht genau, wie mein Vater Gelbsucht behandelte. Offenbar war auch Pan Władek besorgt. Er kam in unser Zimmer und sagte: Ich kann Ihnen einen Arzt empfehlen, dem Sie in jeder Hinsicht trauen können. Bitte, lassen Sie ihn das Kind untersuchen, Sie brauchen nichts zu fürchten. Tanja war einverstanden. Die Diät und Tabletten, die der Doktor verschrieb, wirkten prompt. Ich konnte den Unterricht wiederaufnehmen und sogar ausgehen und meinen Großvater besuchen.

Es war ein herrlich heißer Sommer mit vielen strahlenden Sonnentagen. Wie mein Großvater vorhergesehen hatte, brach die Ostfront der Wehrmacht zusammen. Innerhalb von drei Wochen wurden fünfzehn deutsche Divisionen aufgerieben, und in den zwei, drei Wochen danach rückten die

Russen fast vierhundert Kilometer vor. Wir hatten schon einmal eine geschlagene Armee auf dem Rückzug gesehen: die Rote Armee, die im Juni 1941 aus T. geflohen war. Aber damals war die Front von Anfang an nicht weit von uns entfernt gewesen, und dann schienen die Russen über Nacht wie vom Erdboden verschluckt. Jetzt sahen wir eine Niederlage in Zeitlupe: Lastwagen in den Warschauer Straßen und Lazarettzüge mit verwundeten deutschen Soldaten, Transporte und Züge mit dreckverkrusteten Einheiten, die von der Front abgezogen wurden – alle fuhren gen Westen. Man erzählte sich von deutschen Soldaten, die gebettelt hatten, man möge sie verstecken oder ihnen Zivilkleider im Tausch gegen ihre Pistolen und Gewehre geben.

Die Polizei war nun überall. Feldgendarmeriepatrouillen überwachten alle wichtigen Kreuzungen. Ausweiskontrollen häuften sich, ebenso willkürliche Verhaftungen. Lautsprecher konnten plötzlich über einen belebten Platz hinweg das Kommando »Stehenbleiben« brüllen, und schon tauchten aus den Seitenstraßen Polizeieinheiten auf, manchmal nur deutsche, manchmal deutsche und polnische, und durchsuchten die Menge. An manchen Tagen kam es vor, daß Pan Władek uns riet, nicht aus dem Haus zu gehen; anscheinend arbeitete er nicht mehr, er kam und ging ganz unregelmäßig. An anderen Tagen bat er Tanja, manchmal auch mich, Päckchen für ihn mitzunehmen. Wir mußten sie bestimmten, genau bezeichneten Personen aushändigen, die an einem verabredeten Ort auf uns warteten. Das sei so ungefährlich wie alles, was wir sonst auch machten, sagte er.

Dann, gegen Ende Juli, verlangsamte sich der russische Vormarsch wider Erwarten. Wir begriffen nicht, was ihn hatte aufhalten können. Die BBC ließ uns im wie üblich flotten, zuversichtlichen Ton wissen, daß die Russen ihre Truppen neu ordneten und die Nachschublinien verkürzten. Frische Truppen seien auf dem Marsch vom Dnjepr zur Front. Aber auch die Deutschen warfen frische Truppen an die Front. In Warschau munkelte man von großen deutschen Konvois, die sich diesmal in östlicher Richtung bewegten. Die Royal Air Force und, wie manche glaubten, auch die Russen bombardierten Warschau mehrere Nächte lang. Tanja redete mir zu: Die Bombeneinschläge und davor das Jaulen der Flugzeuge im Tiefflug müßten uns freuen. Wir lernten aus der Stärke und dem Ton des Einschlags zu schließen, ob ein Gebäude getroffen war. Manchmal bumste es sehr laut und nahe, und der Einschlag erschütterte Wände und Decke des Luftschutzkellers, in dem alle Hausbewohner saßen. Ein Angriff dauerte selten lange. Wir gingen danach immer hinauf in die Wohnung und krochen wieder ins Bett, unsere Herzen voller Hoffnung. Diese Flugzeuge waren gerngesehene Gäste; sie konnten nicht lange bleiben, aber sie kamen immer wieder.

Pan Władek und Pan Stasiek sprachen jetzt ganz offen von der Armia Krajowa, A. K., der »Armee im Lande«, der polnischen Untergrundarmee, die dem Befehl der Exilregierung in London unterstand. Sie brachten von der Straße Flugblätter mit, in denen die Bevölkerung zum Aufstand aufgerufen wurde. Die A. K. sei bereit zum Schlag gegen den Feind und zur Befreiung Warschaus. Pan Władek wußte, man wartete nur noch darauf, daß die Russen nach Abschluß ihrer Vorbereitungen die Offensive wiederaufnahmen. Aber die Russen schienen sich überhaupt nicht mehr zu rühren. Die Stellungen, von denen die BBC berichtete, veränderten sich nicht; zur Zeit war die Front in Polen zum Stillstand gekommen.

Von meiner Gelbsucht hatte ich einen überempfindlichen Sinn für Gerüche zurückbehalten. Ich konnte die Kochdünste aus dem ganzen Haus so genau riechen, daß ich wußte, was in jeder Küche gekocht wurde. Leider waren die Mahlzeiten damals besonders übelriechend. Manchmal wurde mir vor Übelkeit ganz schwindlig. Tanja führte mich dann in den Sächsischen Garten, damit mir an der frischen Luft wieder besser würde. Wir machten sogar längere Spaziergänge.

Der 1. August war ein Dienstag. Wir trafen uns mit Großvater in seiner *mleczarnia.* Es gab fast nichts mehr zu essen. Wir bekamen nur etwas Brot und Tee. Großvater sagte, so unnatürlich ruhig, wie die Stadt sei, könne das nichts Gutes bedeuten. Außerdem lagen wieder überall Flugblätter herum, die die Befreiung Warschaus ankündigten. Das gefiel ihm nicht. Er riet Tanja dringend, Vorräte einzukaufen, egal was sie kosteten. Sie sollte Kerzen besorgen, wenn es kein Acetylen gab, vor allem aber Mehl, Reis, Schinken, was immer sie auftreiben konnte. Wir verabredeten uns für den nächsten Tag wieder. Er schärfte uns ein, mit der Straßenbahn nach Hause zu fahren und gleich die Vorräte zu kaufen. Er selbst stieg auch in eine Straßenbahn und fuhr nach Mokotów zurück.

Wir fuhren dann doch nicht mit der Straßenbahn. Eine eigenartige Trägheit überfiel uns. Zuerst gingen wir in den Sächsischen Garten und saßen in der Sonne. Wir fragten uns, ob mein Vater denn noch am Leben sei. Keiner von uns hatte eine Vorstellung, wie lange der Krieg noch dauern würde, wo wir bei Kriegsende sein mochten, wo mein Vater uns suchen würde, falls er aus Rußland wiederkäme. Ich fand es am besten, in T. auf ihn zu warten. Wir würden unser Haus wiederbekommen, vielleicht sogar unsere Möbel noch vorfinden und wieder so zu leben beginnen wie vor dem Krieg. Er hätte bestimmt dieselbe Idee; auch er würde nach T. fahren. Wir gingen dann in Richtung Dom und Rynek Starego Miasta, dem alten Markt. Die Straßen waren voller Leute, die herumflanierten wie wir, und in der Luft lag eine Heiterkeit, die angesichts der Wehrmachts- und Feldgendarmerietruppen in Kampfanzügen überall auf der Teatralny und Zamkowy ganz fehl am Platz war. Sie hatten Panzerwagen; die Maschinengewehre an den Straßenecken waren von Sandsäcken umgeben. Im Rynek aßen wir ein Brötchen und betrachteten die Leute. Es fiel uns merkwürdig schwer, zu Pani Dumonts Wohnung zurückzukehren. Tanja sagte: In diesem Augenblick sind wir frei, das Haus ist eher eine Gefängniszelle. Aber wir mußten ja zurück. Obwohl wir müde waren, fand Tanja, wir sollten den Rest der Nachmittagssonne ausnutzen und zu Fuß gehen. Es war Zeit aufzubrechen.

Wir waren noch in den engen grauen Straßen der Altstadt, da hörten wir auf einmal, scheinbar von allen Seiten, Schüsse, dann Maschinengewehrfeuer, und dann knallte es noch viel lauter; explodierende Handgranaten waren das, was wir aber erst später erkannten. Menschen rannten auf die Straße, andere schrien, alle sollten weg von der Straße, sollten schleunigst in Hauseingängen oder sonst irgendwo in Deckung gehen. Wir suchten Schutz in einem Torbogen, der eigentlich, wie in Warschau oft, eine Einfahrt von der Straße in den Innenhof war, jemand versuchte sofort, das Tor zu schließen, es klemmte, so daß wir den Blick auf die Straße behielten. Ein Panzerwagen der Wehrmacht rumpelte über die Piwna in Richtung des Rynek, der Lauf des Maschinengewehrs auf dem Wagen schwenkte gleichmäßig von einer Seite zur anderen, und die Salven ratterten kurz und trocken.

Wir konnten die Geschoßgarben, dann die Einschlaglöcher in den Häusern und das splitternde Glas sehen. Von oben, vom Dach oder aus einem hochgelegenen Fenster, gab jemand Schüsse auf den Panzerwagen ab. Die Kugeln prallten gegen die Panzerung. Der Wagen hielt, das Maschinengewehr wurde nach oben gerichtet und erwiderte das Feuer. Das dauerte eine Weile, bis ein zylindrischer Gegenstand, einer kleinen Glasflasche ähnlich, von hinten unter den Wagen rollte. Einen Augenblick lang schien es, als geschähe nichts. Dann eine laute Detonation, Rauch, und der Wagen fing zu brennen an. Deutsche Soldaten sprangen heraus; am Straßenrand sah man andere Männer knien und Gewehre in Anschlag bringen. Die Soldaten fielen. In der Toreinfahrt redeten jetzt alle auf einmal; wir fingen an zu begreifen, was geschehen war: Vor unseren Augen griff die A. K. die Deutschen an, wahrscheinlich überall in Warschau zugleich. Der Aufstand hatte begonnen. Da Pan Władek gesagt hatte, daß die A. K. erst mit Beginn einer neuen russischen Offensive losschlagen würde, mußte es also jetzt soweit sein: Die Russen waren da. Morgen oder spätestens in ein paar Tagen wären wir dann frei; wir müßten uns nie mehr verstecken und nie mehr Angst haben.

Aber statt dessen vergingen Wochen, und die Kämpfe in der Stadt dauerten an. Bis die Deutschen den Strom sperrten, hörten wir Nachrichten. Die BBC ließ uns wissen, daß die Russen immer noch ihre Stellungen ausbauten und ihre Nachschublinien verkürzten. Der Wehrmachtsfunk berichtete, daß deutsche Verstärkungstruppen am Stadtrand von Warschau angekommen waren. Das wußte auch die BBC, hoffte aber, daß die Rote Armee die Stadt in Kürze befreien würde; es würden dann Waffen und Munition mit Fallschirmen abgeworfen, um die heldenhaften Verteidiger der Stadt zu unterstützen. Der Wehrmachtsfunk versprach, die Stadt würde dem Erdboden gleichgemacht. Wir fingen an zu witzeln, daß die Amerikaner vielleicht schneller bei uns wären als die Russen.

Vorläufig aber bombardierte die Luftwaffe im Tiefflug Warschau und verwandelte die Stadt in ein Feuerrad, dessen Nabe wir in der Altstadt bildeten. Der Feuerkreis wurde immer enger. Bis die Bomben regelmäßig dicht in unserer Umgebung einschlugen, stiegen wir aufs Dach und beobachteten die Flugzeuge, die Bomben, die sie abwarfen, und die Brände. Der Anblick dieses erneuten deutschen Feuerwerks unterschied sich nicht sehr von dem des brennenden Ghettos, den wir seinerzeit von Pani Z.s Haus aus gehabt hatten. Nur waren wir alle diesmal Teil des Schauspiels, und niemand klatschte mehr Beifall. Die Universitätsbibliothek bekam einen Treffer und ging in Flammen auf; noch Tage danach fielen mit dem nicht enden wollenden Aschenregen, an den wir inzwischen gewöhnt waren, ganze, noch glühende Buchseiten vom Himmel; manche waren von der Hitze so zusammengebacken, daß sie nicht zerfielen, wenn sie auf dem Boden aufkamen, man konnte noch zusammenhängende Textstücke lesen.

Als wir schon ungefähr eine Woche in dem Haus an der Piwna waren, wurde eine Rechtsanwältin auf Tanja aufmerksam. Zuerst lächelte und zwinkerte sie ihr zu, dann fing sie ein Gespräch an; sie war von dem Angriff überrascht worden, als sie sich in der Werkstatt ihres Korsettmachers im dritten Stock des Hauses aufhielt, und hatte das Haus nicht mehr verlassen können. Es war Abend, wie üblich waren wir im Keller. Tanja lud die Rechtsanwältin ein, sich zu uns auf die Matratze zu setzen, die sie der Frau des Hausmeisters, Pani Danuta, abgekauft hatte. Tanja wurde immer noch rot vor Wut, wenn sie an die widerwärtigen Begleitumstände dieses Kaufs dachte. Zu meiner Überraschung erzählte sie jetzt der völlig fremden Frau, wie die Hausmeisterin, Tage nachdem Tanja einen Wucherpreis für die Matratze bezahlt hatte, wieder in den Keller gekommen war, das Objekt mit gierigen Augen gemustert hatte und dann, ohne jemanden Bestimmten anzusehen, erklärte, Tanja habe unerhört gefeilscht und ihr schließlich das kostbare Stück zum halben Preis abgeschwatzt; sie könne sich glücklich schätzen, daß sie so billig davongekommen sei, ehe andere Obdachlose, die sich leichter von ihrem Geld trennen könnten, alle verfügbaren Matratzen und Feldbetten im Haus kauften. Pani Danuta war die Obdachlosen langsam leid – die bettelten und jammerten und benötigten alles, bloß weil sie nichts hatten. Warum waren die nicht in eigenen Wohnungen bei ihren eigenen Möbeln, Kleidern und Vorräten geblieben, statt die Freundlichkeit armer Leute auszunutzen, die selbst bald hungrig und nackt dastünden!

Die Rechtsanwältin lachte über die Geschichte und bat Tanja, sie solle sie doch beim Vornamen nennen; sie sei Pani Helenka. Laß Pani sich mal in die Lage der Hausmeisterin versetzen, sagte sie. Nun müssen die armen Leute schon drei Armeen hassen: Die Wehrmacht, weil das die Deutschen sind, die Armia Krajowa, die diesen verfluchten Aufstand angezettelt hat, und dazu werden sie noch überrannt von einer Armee Obdachloser, von Ihnen, Ihrem Sohn, mir und den vielen anderen, die durch einen unglücklichen Zufall bei ihnen gelandet sind – bloß weil sie am falschen Tag zur falschen Stunde in der Piwna unterwegs waren. Und alle wollen wir ihre Matratzen und ihr Essen! Pani Danuta und viele ihrer Hausgenossen sehen, daß an diesem Aufstand irgendwas nicht in Ordnung ist – als die Russen siegten und die Deutschen in Scharen wegliefen, haben die tapferen Krieger von unserer A. K. Flugblätter verteilt und vielleicht hier einen Deutschen und da einen Kollaborateur umgelegt. Als aber die Wehrmacht es dann glücklich geschafft hat, den russischen Vormarsch zu stoppen, fangen diese Burschen auf einmal ihren Krieg an. Soll das die Kooperation mit den Russen und den Engländern sein, die sie uns versprochen haben? Falls sie geplant haben, daß ganz Warschau in Schutt und Asche fällt wie Stalingrad, dann hätten sie ihre Sache kaum besser machen können. Wie auch immer, die Frau meint es eigentlich nicht böse; Pani sind nicht aus Warschau und kennen sich mit dieser Menschenklasse nicht aus. Bei denen ist die scharfe Zunge oft nur ein Zeichen für ein weiches Herz.

Pani Helenka hatte kurzes krauses graues Haar, ein rundes Gesicht mit runden braunen Augen und war im Ganzen überhaupt kugelrund. Die ärmellose graue Seidenbluse spannte sich über einem eindrucksvollen Busen, den ein Korsett in Form hielt, dessen Rand ich unter ihren Achseln hervorblitzen sehen konnte, wenn sie mit den Armen gestikulierte. Sie redete gern, und wenn sie sich in ihr Thema hineinsteigerte, strich sie Tanja über den Kopf. Ich hatte noch nie vorher gesehen, daß eine Fremde so vertraulich mit Tanja umging. Daß Tanja sich nicht sträubte, überraschte mich nicht. Wir konnten es uns nicht leisten, Pani Helenka zu kränken. Aber daß Tanja einem anderen Menschen, Großvater und mich ausgenommen, ihre wahren Gefühle offenbarte, hatte ich seit Lwów nie mehr gehört.

Der Keller war modrig; Wände, Fußboden und Stützträger, alles fühlte sich feucht an. Pani Helenka brachte eine lachsrosa Daunendecke, die ihr der Korsettmacher geliehen hatte. In der Nacht konnten wir uns alle drei hineinkuscheln und unseren unruhigen Schlaf beginnen, wobei Tanja flüsterte, ich bräuchte keine Angst zu haben, wenn wir Bomben und Gewehrfeuer hörten. Am Tag leitete Pani Helenka ein Bridge-Spiel, an dem neben Tanja ein kinderloses Paar teilnahm, das seine Matratze uns gegenüber plaziert hatte. Ich sah ihnen in die Karten. Wenn sie nicht mit Bieten beschäftigt waren, hörten wir Pani Helenka zu. Sie hatte ihre Wohnung, in der sie auch ihre Klienten empfing, in Mokotów, nicht weit von Großvaters Quartier. Telefon hatte sie auch, aber niemanden, der Anrufe entgegennahm, also war es ganz nutzlos: Wir konnten nicht einmal, wenn die Verbindung funktionierte, eine Nachricht für Großvater durchgeben. Ihre Sekretärin hatte sie schon lange entlassen. Klienten gibt es nicht mehr, lachte sie, nur noch den Schwarzmarkt. Sie schimpfte auf die A. K., nicht allein, weil man zum falschen Zeitpunkt mit einer unvorbereiteten und zahlenmäßig unterlegenen »Armee im Lande« losgeschlagen hatte, sondern vor allem, weil man den Aufstand mitten an einem Werktag begonnen hatte, als die arbeitende Bevölkerung von Warschau nicht zu Hause, sondern am Arbeitsplatz war – außer den Handwerkern, die ihre Werkstatt in der eigenen Wohnung hatten, wie ihr Korsettmacher. Sie sagte zu Tanja: Denken Sie einmal an Leute, die nicht so leben wie Sie und Ihr Sohn, mit dem Sie bei dem schönen Wetter spazierengingen – Gott sei Dank sind Sie zusammen –, oder wie ich, eine alleinstehende alte Jungfer, die sich um niemanden kümmern muß; ich konnte kurz entschlossen losgehen und ein Mieder in Übergröße anprobieren. Aber denken Sie an die vielen Mütter, die zur Arbeit gehen mußten und ihre Kinder ohne Aufsicht zurückließen, an die Kinder, die man in den Park zum Spielen geschickt hatte, an die alten Leute, die eingeschlossen in ihren Zimmern saßen, während die Nichte, oder wer sonst zu ihrer Versorgung da war, zum Einkaufen oder zur Arbeit unterwegs war. Stellen Sie sich vor, wie hilflos und verloren diese Menschen in einer Stadt sind, die zur Bombenzielscheibe der Luftwaffe geworden ist. Das sind die Tragödien, die mir das Herz brechen – das wird man der A. K. nie vergessen.

Die Deutschen stellten auch das Wasser ab. Die Toilette benutzen zu müssen wurde zum quälenden Problem, denn das Haus, in dem wir untergekommen waren, hatte keinen Abtritt im Hof. Der Hausmeister und ein paar kräftige Männer brachen schließlich mit Pickelhacken das Pflaster auf und gruben ein Loch. Sie deckten es mit Brettern ab und ließen einen schmalen Spalt frei, so daß man Nachttöpfe ausleeren oder das Loch direkt benutzen konnte. Vorher hatten wir wie die anderen Obdachlosen einen Hausbewohner bitten müssen, ob wir uns auf seiner Toilette erleichtern oder uns und unsere Kleider bei ihm waschen durften. Jetzt waren wir wenigstens alle gleichgestellt. Jemand sagte: Geschieht den Mietern ganz recht; sollen sie doch Petunien in ihren Toiletten pflanzen.

Es wurde immer schwerer, Nahrung zu beschaffen. Die Glücklichen, die noch in ihren eigenen Wohnungen saßen, konnten von den Vorräten leben, die sie gesammelt hatten, weil das Horten in unsicheren Kriegszeiten ihnen zur Gewohnheit geworden war oder weil sie wie Großvater gerade noch rechtzeitig gespürt hatten, daß die letzten Stunden vor dem Angriff die Ruhe vor dem Sturm waren: Sie hatten sich

Kartoffeln, Reis, getrocknete Bohnen und Mehl besorgt. Wir mußten sie bereden, uns etwas von ihren Vorräten zu verkaufen. Tanja überließ Pani Helenka die Verhandlungen für uns, aber bald schon war keiner mehr so dumm, Lebensmittel gegen wertloses Papier einzutauschen. Man mußte sich aufs Betteln verlegen. Ein A.-K.-Offizier mühte sich, Gemeinschaftsgeist und Bereitschaft zum Teilen in den Hausbewohnern wachzurufen, aber er stieß auf taube Ohren. Die Wartezeit zog sich hin, und die Hochstimmung vom 1. August schlug um, zumindest in Ärger, manchmal aber auch in offene Wut über die Untergrundbewegung, genau wie Pani Helenka es vorausgesagt hatte.

Tanja quälte sich mit Sorgen um meinen Großvater. Er war allein und als Jude unablässig in besonderer Gefahr. Uns war jetzt auch klar, wie recht er gehabt hatte: Wir hätten uns nicht in der Altstadt verbummeln dürfen. Wir erzählten uns gegenseitig unsere Tagträume, die davon handelten, wie wir ihn finden würden, aber diese Träume zu verwirklichen war ausgeschlossen. Sein Zimmer in Mokotów war praktisch am anderen Ende Warschaus, so weit weg, daß Pani Helenka drohte, uns mit Gewalt zurückzuhalten, wenn wir uns auf den Weg dorthin machten. Schon der Versuch, in der Altstadt eine Straße zu überqueren, konnte tödlich enden – das wußten wir nur noch nicht. Unsere Tagträume sollten bald eine andere Richtung nehmen. Ein A.-K.-Mann erzählte Tanja, die Deutschen hätten Mokotów schon wieder unter Kontrolle. Jetzt konnten wir nur noch hoffen, daß Großvater nicht in den Straßenkämpfen umgekommen war. In diesem Fall würden wir uns nach dem Krieg wiederfinden, vorausgesetzt, wir überlebten ihn.

Pani Dumonts Wohnung war nicht so weit weg wie Mokotów. Tanja wollte versuchen, mit mir dorthin zurückzukehren: Der Schmuck lag in seinem Versteck unter einem Dielenbrett, wir hatten Kleidung dort und sogar einen bescheidenen Lebensmittelvorrat, es sei denn, die anderen hatten sich seiner schon bedient. Und wir wären wieder in heimischer Umgebung. Tanja sagte, sie hätte sich nicht träumen lassen, daß sie Pani Dumont einmal vermissen würde – aber Pani Helenka wurde allmählich so besitzergreifend, daß man kaum noch Luft bekam. Also machten wir uns an einem frühen Morgen auf den Weg, nachdem wir Pani Helenka zum Abschied kurz umarmt hatten. Tanja hatte gedacht, wir könnten immer ein paar Häuserblocks weit laufen und dann wieder eine Weile abwarten und Schutz suchen. Ich sollte zuerst gehen, den Bürgersteig entlangrennen, mich ducken und möglichst keinen Lärm machen. Immer wenn ich ein paar Häuser geschafft hatte, sollte ich in einer Einfahrt auf Tanja warten. Es war besser, wenn ich zuerst ging, weil die Deutschen vielleicht auf ein Kind nicht achteten; tauchten wir zusammen auf, böten wir ein größeres und lockenderes Ziel. Tanja versprach, nicht weit hinter mir zu bleiben.

Niemand außer uns war auf der Straße; ich kam mir leichtfüßig und schnell vor. Die Haustore waren geschlossen, aber trotzdem war in allen Torbögen noch gerade genug Platz, daß ich mich in eine Ecke quetschen konnte und somit in Deckung war. Kam Tanja in dem Torbogen an, in dem ich wartete, kniete sie sich neben mich und sagte mir, welches Tor ich als nächstes ansteuern und wann ich loslaufen sollte. Aber an der Ecke mußten wir die Piwna überqueren; einfach um die Ecke zu biegen war sinnlos.

Schräg gegenüber auf der anderen Straßenseite konnte ich eine Einfahrt mit geschlossenem Tor und einem guten Versteck erkennen. Tanja sagte, lauf, so schnell du kannst, du mußt dich jetzt nicht ducken. Ich hatte gerade die Einfahrt erreicht und mich gegen die Mauer gedrückt, da hörte ich schon Gewehrfeuer, und Kugeln prallten gegen die Ornamente des Steinpfostens auf meiner Torseite und auf den Bürgersteig vor mir. Ein deutscher Soldat schoß auf mich vom Dach eines Hauses auf der Piwnaseite, die ich gerade verlassen hatte. Ich war ein paar Tore von der Straßenecke entfernt. Solange ich auf seiner Straßenseite war, hatte er mich nicht und ich ihn nicht gesehen. Jetzt aber hatten wir einer den anderen genau im Blick. Er kniete neben einem Schornstein; von Zeit zu Zeit richtete er seinen Feldstecher auf mich. Wenn ich ganz still stand, hörte er nach einer Weile auf zu schießen. Sowie ich mich bewegte, zischte wieder eine Kugel, manchmal auch eine zweite, an mir vorbei. Mir war klar, daß Tanja die Piwna nicht überqueren und zu mir kommen konnte, solange er dort oben war. Er würde sie mitten auf der Straße erschießen.

Ich hatte keine Uhr, aber es kam mir vor, als stünde ich schon seit Stunden im Torbogen. Ab und an winkte Tanja mir zu und machte mir Zeichen, die ich nicht verstehen konnte. Dann war sie in ihrem Eingang verschwunden. Hin und wieder knarrte eine Haustür auf meiner Straßenseite und öffnete sich einen Spaltbreit, dann schoß der Deutsche sofort in die Richtung des Geräusches. Ich hatte den Eindruck, daß sich in diesen anderen Häusern auch Leute in den Torbögen versteckten oder versuchten herauszukommen. Einmal hatte er offenbar getroffen, denn man hörte einen Aufschrei, und danach stöhnte jemand lange Zeit.

Noch zwei Deutsche tauchten auf dem Dach auf. Sie hatten ein Maschinengewehr bei sich, das sie aufbauten und mit dem sie meine Straßenseite zu beschießen anfingen; die Geschoßgarben folgten so dicht, daß sie wie ein Wasserstrahl auf die Hauseingänge prasselten. Der Lärm war ohrenbetäubend. Ich hatte meine Angst langsam verloren, als ich merkte, daß der Deutsche mich nicht erwischen konnte – aber jetzt packte mich wieder das Entsetzen. Aus einer anderen Richtung kamen noch mehr Schüsse. Die Deutschen setzten das Maschinengewehrfeuer fort, zielten aber nicht mehr auf die Straße. Irgend etwas war auf den Dächern geschehen, das Schießen hörte einfach nicht auf. Ich entschloß mich, am Tor zu rütteln und es vielleicht aufzustoßen, solange die Deutschen durch andere Ziele abgelenkt waren, aber sie hatten mich noch im Visier: Sowie ich mich bewegte, trafen Geschosse mein Tor und den Pfosten, hinter dem ich mich verbarg.

Plötzlich kam Hilfe. Das Tor hinter mir flog auf, jemand schoß von dort aus auf die Deutschen, ich wurde ins Innere gezerrt, das Tor fiel zu. Tanja und zwei A.-K.-Soldaten standen vor mir. Die Männer hatten sie durch einen Kanal unter der Straße erst zum Nachbarhaus und dann über einen Durchgang zwischen den Höfen zu meinem Tor gebracht. Sie sagten, wir müßten uns beeilen, und wir liefen hinter ihnen her in einen überfüllten Keller. Die Ankunft der A.-K.-Leute schuf Unruhe. Einer von ihnen bat um Aufmerksamkeit und erklärte, die Deutschen hätten uns auf der Straße beschossen, so daß wir nicht weiterkonnten, und forderte die Leute auf, uns freundlich aufzunehmen.

Der neue Keller war ziemlich hell, da er dicht unter der Decke halbmondförmige Fenster zur Straße und zum Hof hatte, die nicht mit Brettern vernagelt waren. Leute saßen auf Betten und Stühlen, viele unterhielten sich. Ein paar

Frauen sprachen mit Tanja. Ich hörte, wie sie sagte, es tue ihr leid, daß sie alle sich nun auch noch mit uns belasten müßten. Aber diese Leute schienen seltsam großzügig zu sein: Sofort bot einer uns Plätzchen und Marmelade an, ein anderer suchte eine Matratze und eine Daunendecke für uns, und eine Familie war bereit, uns einen Schlafplatz in ihrer Wohnung zu geben, wenn es oben wieder sicher geworden sei.

In diesem zweiten Keller blieben wir bis in die letzten Augusttage. Zu der Zeit lag Warschau schon in Trümmern, im Zentrum hatten nur ein paar Häuser noch mehr als zwei unversehrte Stockwerke. Vom Sieg der A. K. sprach kein Mensch mehr. Man konnte nur hoffen, daß Rokossowskis Armee, die wie angewachsen auf der anderen Weichselseite stand, endlich doch Warschau stürmen und die Deutschen vertreiben würde. Aber hatten wir mehr Überlebenschancen bei einem deutschen oder bei einem russischen Angriff? Die Wahrscheinlichkeiten schienen gleich, es gab nur einen Unterschied: Man erzählte sich, daß die Deutschen in den Bezirken, in denen sie Widerstandsnester ausgehoben hatten, auch die Zivilbevölkerung entweder sofort umbrachten oder in Lager deportierten.

Unterdessen gingen wir unseren Alltagspflichten nach. In der Nacht zwängten wir uns abwechselnd durch die scharfkantigen Kellerdurchbrüche, die A.-K.-Leute geschlagen hatten, so daß man zu einem Hof am Ende des Blocks kommen konnte – dort gab es einen Brunnen und eine Pumpe. Jetzt erwies sich als nützlich, was ich von Pan Kramer in T. gelernt hatte: Ich konnte erwachsenen Warschauern zeigen, in welchem Rhythmus man am besten pumpte und wie weit man einen Eimer füllen mußte. Ein dreiviertelvoller Eimer ließ sich leichter tragen und schwappte nicht über. Und wieder gab es kaum etwas zu essen. Jemand aus einem anderen Haus – unsere Kellergemeinschaft war sich einig, daß eine solche Gemeinheit niemandem von uns zuzutrauen war – war in mehrere Wohnungen eingebrochen und hatte die Küchen geplündert. Der Verlust an Lebensmitteln war beträchtlich. Wachen wurden aufgestellt. Die Hausgemeinschaft beschloß, die restlichen Vorräte einzusammeln und die Zuteilung dann einem Küchenkomitee zu überlassen. Mehrere ältere Leute waren krank. Tanja übernahm freiwillig die Krankenpflege, teilte Aspirin aus, was ein sehr knappes und kostbares Medikament war, machte Kompressen und setzte Schröpfköpfe. A.-K.-Soldaten waren ein vertrauter Anblick im Keller; sie brauchten ein paar Stunden Schlaf, manche waren verwundet. Die Straßenkämpfe kamen immer näher, und dazu wurden wir ständig von der Luftwaffe bombardiert. Die A. K. hatte keine Flak, und so versuchte sie, die Flugzeuge von Hausdächern aus mit Gewehren zu beschießen. Maschinengewehre gab es kaum, und die Munitionsvorräte für sie gingen zu Ende. Einmal, bevor es endgültig zu gefährlich wurde, sich auf dem Dach aufzuhalten, sahen wir zu, wie sie ein Flugzeug trafen, das sehr tief geflogen war und von Zeit zu Zeit eine Bombe abgeworfen hatte. Es fing an zu rauchen, dann zu brennen und verschwand schließlich in der Ferne hinter Häusern. Vielleicht kam es noch bis zum Flugplatz. Jetzt aber war es vorbei mit den Aufenthalten auf dem Dach und mit den Ruhepausen in den Wohnungen zwischen zwei Bombenangriffen. Wir warteten im Keller auf das Ende.

Eines Nachmittags kam ein A.-K.-Offizier zu uns in den Keller, um eine Mitteilung zu machen. Er sagte, die A. K. müsse sich sofort durch die Abwasserkanäle zurückziehen, da die Deutschen in wenigen Stunden zu erwarten seien. Wir sollten ruhig bleiben und, wenn die Deutschen da seien, prompt und ohne Widerworte ihren Befehlen folgen. Wir würden das Haus verlassen müssen, darauf sollten wir uns vorbereiten, sollten die nötigsten Kleider zusammensuchen und einen kleinen Koffer packen. Wir müßten darauf gefaßt sein, daß die Deutschen ukrainische Wachen mitbrächten. Die Ukrainer wären wie die Tiere. Junge Frauen sollten sich Kopftücher umbinden und diese tief ins Gesicht ziehen und möglichst unauffällig bleiben. Der Mann salutierte und wünschte uns alles Gute. Kurz darauf fiel eine Bombe auf das Nachbarhaus; eine andere riß einen Krater in die Straße. Leute aus dem zerbombten Haus kamen in unseren Keller. Das Gewehrfeuer ließ nach, und nach einer Weile klangen Bombeneinschläge und Schüsse weiter entfernt. Es war schon dunkel, und die Deutschen ließen auf sich warten. In dieser Nacht schlief fast niemand. Familien saßen redend zusammen. Manche beteten laut.

Ich mußte mich auf unsere Matratze legen, Tanja wollte es so. Sie legte sich neben mich, nahm mich in die Arme und sprach flüsternd auf mich ein. Ein Glück, daß wir keinen Moment vergessen haben, daß wir katholische Polen sind, und daß niemand Verdacht geschöpft hat, sagte sie. Das sei unsere einzige Hoffnung: genau wie alle anderen zu sein. Die Deutschen konnten nicht alle Polen in Warschau töten, es gab einfach zu viele, aber bestimmt jeden Juden, den sie erwischen konnten. Wir wollten uns ganz klein und unauffällig machen und genau aufpassen, einander in der Menge nicht zu verlieren. Falls etwas ganz Schlimmes passierte und sie abgeführt würde, sollte ich nicht versuchen, ihr zu folgen:

Das würde ihr nicht helfen, sondern für uns beide alles nur schlimmer machen. Wenn möglich, sollte ich auf sie warten, andernfalls irgendeinen Erwachsenen in der Nähe bei der Hand nehmen, am besten den mit dem freundlichsten Gesicht, und sagen, ich sei Waise, und dann einfach hoffen. Ich sollte nicht sagen, daß ich Jude sei, und mich nicht ausziehen lassen, wenn ich es irgend vermeiden könnte. Tanja ließ mich diese Instruktionen wiederholen und sagte, jetzt sollte ich schlafen.

Sie kamen am nächsten Morgen, als wir alle schon lange wach waren. Was dann folgte, kannten wir von der Judenvertreibung in T.: Wieder bellten sie abgehackte Kommandos, wieder schlugen sie mit den Gewehrkolben erst an das Haustor, dann an die Kellertür, und wieder hasteten und stolperten Leute durch Treppenhäuser. Ein Offizier der Wehrmacht und ein paar deutsche Soldaten standen beiseite auf dem Bürgersteig, während die Hauptarbeit von den Ukrainern erledigt wurde: Sie rannten durcheinander, stießen und schlugen die Menschen, sobald sie aus dem Haus auf die Straße traten. Manche hatten Peitschen, und manche hatten Hunde. Eine Frau unmittelbar vor uns bewegte sich nicht so schnell, wie ein Ukrainer es wollte. Er schlug sie mit der Peitsche. Ihr Mann kämpfte sich durch und stellte sich vor sie. Zwei Ukrainer schlugen ihn. Viele Leute aus anderen Häusern waren in Viererreihen schon abmarschbereit aufgestellt. Ein Ukrainer befahl Ruhe und forderte alle Frauen in unserer Gruppe auf, sofort ihren Schmuck abzugeben. Er zeigte auf einen Eimer. Dann gab er den Befehl, den Eimer von Hand zu Hand gehen zu lassen. Als wir an die Reihe kamen, zog Tanja Armband und Ring ab und warf beides hinein. Der Ukrainer ließ sich ihre Hände zeigen und winkte uns dann weiter.

Ich sah Tanja an: Sie hatte sich ein Tuch umgebunden und es unter dem Kinn verknotet, ihr Gesicht war mit Kohlestaub schwarz verschmiert, sie ging gebeugt wie eine alte Frau. Als wir die Kolonne erreicht hatten, sagte sie, sie wolle mitten in einer Reihe gehen, ich könne außen bleiben. Obwohl die Kolonne schon abmarschbereit schien, gab es noch einmal Gebrüll und einen Schrei: Eine Frau hatte nichts in den Eimer geworfen; der Ukrainer, der darauf aufpaßte, griff nach ihrer Hand, sah einen Ring, schlug ihr ins Gesicht und schnitt ihr mit der leichten, ja flüssigen Bewegung eines Schlachters den Ringfinger ab. Er hielt ihn in die Höhe, damit ihn alle sehen konnten. Ein Ring war an ihm. Finger samt Ring wanderten in den Eimer.

Die Kolonne setzte sich in Bewegung. Tanja hatte uns beide in die Mitte der Reihe geschoben, an den Außenseiten gingen Männer. Jetzt sahen wir kein bekanntes Gesicht mehr. Die Leute aus unserem Haus hatten wir aus den Augen verloren; immer wieder hatte man sich aufstellen und wieder umstellen müssen, bis der deutsche Offizier endlich den Befehl zum Abmarsch gab. Die Kolonne bewegte sich die Krakowskie Przedmieście hinab und bog rechts ab in die Aleje Jerożolimskie, aber es war kaum möglich, unter den rauchenden Trümmern die Straßen wiederzuerkennen, die wir uns so sorgfältig eingeprägt hatten. Tanja glaubte zu erkennen, daß man uns zum Hauptbahnhof führte. Wir waren ein Meer von Marschierenden. Tanja und ich hatten kein Gepäck, unsere Hände waren frei. Ich lief ganz leicht und hüpfend. Kam das von der Angst, oder weil ich die seltsame Parade, in der wir mitliefen, nach all den Wochen im Keller genoß? Um uns herum stolperten und schwankten Leute unter riesigen Gepäckstücken. Manche schleppten ein Möbelstück oder einen Teppich mit, viele hatten Kinder auf dem Arm. Direkt vor uns trug ein Mann einen Käfig mit einem großen grau und rot gefiederten Papagei darin; der Vogel stieß alle paar Minuten einen grellen Schrei aus. Die Käfigtür stand offen, und der Mann steckte immer wieder die Hand hinein und streichelte den Papagei beruhigend.

Unsere Kolonne erinnerte mich an die Austreibung der Juden aus dem Ghetto von T., die ich nachts vom Fenster aus beobachtet hatte; nur hatte diesmal alles größere Ausmaße: Die Alleen, auf denen wir marschierten, waren viel breiter und die Kolonne sehr viel länger, aber auch jetzt säumten Ukrainer, SS und Wehrmacht die Straßen, durch die wir liefen. Viele der Deutschen waren Offiziere. Die Ukrainer und ihre Hunde liefen mit uns mit, die Deutschen aber standen unbeweglich wie grüne und schwarze Statuen auf dem zerbrochenen, schuttbedeckten Pflaster. Von Zeit zu Zeit sprang ein Ukrainer in die Kolonne und schlug auf einen Menschen ein, der nicht mit den anderen Schritt hielt oder stehengeblieben war, um sein Gepäck in die andere Hand zu nehmen. Sie schlugen Eltern, deren Kinder weinten; wir durften keine Geräusche von uns geben. Und sie zerrten Frauen, die ihnen auffielen, aus der Kolonne. Sie prügelten die Frauen, prügelten die Männer, die sie beschützen wollten, zerrten die Frauen dann an den Straßenrand, hinter die Reihe der deutschen Posten. Sie vergewaltigten die Frauen, einzeln oder in Gruppen, auf der Erde oder gegen Mauerruinen gepreßt. Manchmal wurde eine Frau auf die Knie gezwungen, von hinten an den Haaren gezerrt, man riß ihr den Kopf zurück, und ein Soldat nach dem anderen stieß ihr seinen Penis in den schreienden Mund. Hatten sie eine Frau genug benutzt, stießen sie sie manchmal in die Kolonne zurück, und sie taumelte schluchzend mit uns allen weiter. Andere Frauen wurden gleich in den Trümmern mit dem Bajonett erstochen oder erschossen.

Bisweilen hielt die Kolonne an. Tanja und ich blieben dann stehen; Leute, die töricht genug waren, sich auf einen Koffer oder ein Paket zu setzen, wurden zu Boden geschlagen und dann so lange getreten und gestoßen, bis sie wieder ordentlich aufrecht standen. Während dieser Stopps suchten sich die Ukrainer eifrig Frauen aus. Direkt vor uns stand eine schlanke, strahlend schöne junge Frau mit ihrem Baby auf dem Arm. Ihre Schönheit und Eleganz waren mir schon aufgefallen; sie trug ein beigefarbiges Tweedkostüm mit dunklem Zickzackmuster, das mich an Tanjas Kostüme von früher erinnerte. Ein Ukrainer packte sie am Arm und zerrte sie aus der Kolonne. Zuerst wehrte sie sich nicht, aber dann riß sie sich los und lief auf einen deutschen Offizier zu, der ungefähr zwei Meter entfernt stand. Auch dieser Offizier war mir schon aufgefallen. Er hatte ein gutgeschnittenes gelassenes Gesicht und eine makellose Uniform. Die Stiefelschäfte, die seine Waden umschlossen, waren frisch poliert und schimmerten so sehr, wie es in dieser Straße voll Kalkstaub und Schutt eigentlich gar nicht sein konnte. Die Arme hatte er auf der Brust gekreuzt. Konnte es sein, daß die junge Frau einfach geblendet war vom Glanz der Stiefel? Als sie vor dem Offizier angekommen war, warf sie sich ihm zu Füßen, hielt mit ihrem einen Arm ihr Baby hoch und umklammerte mit dem anderen diese fabelhaften schwarzen Röhren. Das Gesicht des Offiziers verfinsterte sich vor Ärger und Verachtung. Er hielt die Ukrainer mit einer Handbewegung zurück; alles um ihn herum schwieg, als er einen Moment nachdachte, was nun zu tun sei. Dem Augenblick der Reflexion folgte die Aktion, präzise und prompt. Der Offizier ergriff das Kind, befreite seine Stiefel aus der Umarmung der jungen Frau und trat ihr heftig gegen die Brust. Mit einem oder zwei Schritten erreichte er das nächste offene Kanalloch. Viele Kanaldeckel waren weg, weil die A. K. das Kanalsystem als Angriffs- und Fluchtweg benutzt hatte. Er hielt das Kind hoch, betrachtete es konzentriert und ließ es in den Kanal fallen. Die Ukrainer brachten die Mutter weg. Kurz darauf marschierte die Kolonne weiter.

Es war schon fast Abend, als wir an dem großen Platz vor dem Hauptbahnhof ankamen. Der Platz war in zwei ungleiche Teile geteilt. Auf dem größeren wurden wir und mit uns – wie wir annahmen – wohl alle Überlebenden aus Warschau zusammengetrieben. Manche ließen sich nieder und betteten die Köpfe in die Schöße ihrer Nachbarn, andere saßen auf ihrer Habe oder kauerten sich auf den Boden. Dazwischen gab es Durchgänge, die wie Linien in einem Kreuzworträtsel angelegt waren und die Menge in Abschnitte teilten. An den Rändern des Lagerplatzes patrouillierten ukrainische Wachen. Den kleineren Teil des Platzes hatte man zum Militärlager gemacht – jede Menge Laster und Panzerwagen standen auf ihm.

Tanja und ich setzten uns Rücken an Rücken auf den Boden. Unsere Nachbarn, die schon seit einem Tag da waren, sagten, es gäbe nichts zu essen und zu trinken, nur das, was man von Leuten erbitten könnte, die eine Feldflasche oder Lebensmittel in ihren Bündeln hätten. Offenbar gab es eine ganze Menge solch schlauer Menschen in unserer Umgebung. Wir erfuhren auch, daß am Morgen und am Tag zuvor Teile des Platzes abschnittsweise geräumt worden waren; ganze Gruppen waren zum Bahnhof gebracht worden. Neuankömmlinge wie wir waren nachgerückt. Die Nacht sei schlimmer als der Marsch und das Warten gewesen: Betrunken seien die Ukrainer und die Deutschen durch die Durchgänge gestrichen, um sich Frauen auszusuchen, die sie mit in ihr Lager geschleppt hätten. Schreie hätte man gehört, wahrscheinlich seien die Frauen nicht nur vergewaltigt, sondern auch noch gefoltert worden. Tanja fragte, ob jemand wisse, wohin die Züge uns bringen würden. Die Meinungen darüber waren geteilt. Manche glaubten, es würde eine kurze Reise werden, nur bis zum nächsten abgelegenen Wald, wo wir dann mit Maschinengewehren niedergemäht würden, andere sprachen von Konzentrationslagern oder Fabrikarbeit in Deutschland. Tanja erkundigte sich auch nach Latrinen. Sie erfuhr, daß mehrere Stellen dafür dienten. Sie waren leicht zu finden; man mußte nur immer der Nase nach gehen. Dahin sollten wir uns sofort aufmachen, befand Tanja, und lieber nicht bis zur Nacht damit warten.

Wir schlängelten uns durch die Menge und stellten uns in der langen Warteschlange vor dem Ort an. Tanja sagte, wenn wir dies jetzt erledigt hätten, würde sie Lebensmittel und Wasser auftreiben, wir müßten uns schließlich bei Kräften halten. Sie wollte ohne mich gehen, das sei leichter, meinte sie, aber zuerst würden wir irgendwo einen Lagerplatz suchen, den ich dann für uns freihalten müsse. Es sollte ein Platz ohne weinende Kinder und ohne jammernde Kranke sein: Die zogen das Unglück an. Und sie wollte, daß wir mittendrin in einer Gruppe lagerten. Leute, die versuchten, außen am Rand zu bleiben, um frische Luft zu bekommen und schnell weglaufen zu können, machten es falsch. Frische Luft sei ihr gleichgültig – sie wolle die Nacht überleben. Wir machten es, wie sie es gesagt hatte. Nach einer Weile kam sie wieder. Sie flüsterte mir ins Ohr, sie habe Brot und Schokolade. Schokolade hatten wir seit Beginn des Aufstandes nicht mehr gegessen. Eine Flasche Wasser brachte sie auch mit. Bezahlt hatte sie mit ihren Ohrringen, nie seien Ohrringe nützlicher gewesen, vertraute sie mir an; wie gut, die versteckt zu haben. Am meisten freute sie sich darüber, daß sie sogar einen kleinen Spiegel, einen Kamm, Lippenstift und eine Dekke erhandelt hatte. Die Decke für die Nacht, das andere für den nächsten Morgen. Tanja packte das Essen nicht aus, bevor die Nachbarn zu essen anfingen. Sie hielt es für schwierig, in gewisser Weise sogar für gefährlich, wenn eine Frau und ein kleiner Junge sich in einer hungrigen Menge satt aßen, ohne etwas abzugeben. Dann teilte sie das Brot in Abend- und Morgenportionen. Jeder von uns beiden durfte einen Schluck Wasser trinken. Den Rest, und vor allem die Schokolade, sollte es erst am nächsten Morgen geben. Wir wickelten uns in die Decke und legten uns hin. Es wurde langsam dunkel, rings um uns schmiegten sich die Menschen wärme- und schutzsuchend aneinander. Tanja gestand mir, daß sie Angst vor der Nacht hätte, aber wir müßten versuchen zu schlafen; wären wir zu erschöpft, würden wir Fehler machen. Sie erklärte mir: Die junge Frau mit dem Baby zum Beispiel hat einen furchtbaren Fehler gemacht, als sie den Offizier auf Knien anflehte. Sie hätte sich kerzengerade vor ihn hinstellen, ihm streng in die Augen sehen und verlangen müssen: Sorgen Sie dafür, daß diese Ukrainer sich wie disziplinierte Soldaten benehmen. Tanja sagte, die Deutschen können Mitleid nicht ertragen – Schmerzen sind ihnen lieber. Wenn du sie um Erbarmen bittest, antwortet dir der Teufel, der in ihnen steckt, und der ist schlimmer als die Ukrainer.

Endlich war der Tag zu Ende. Ich fiel in einen bleiernen

Schlaf. Gebrüll und Flüche weckten mich auf. Lichtkegel von Taschenlampen zuckten suchend durch das Dunkel. Wie befürchtet, fahndeten Ukrainer und Deutsche nach Frauen. Tanja sagte: Schnell, zieh die Decke ganz über mich, leg dich obendrauf und tu so, als wäre ich ein Kleiderbündel. Rings um uns wateten Soldaten zwischen den Schlafenden durch, musterten sie, ließen einige liegen, zerrten andere mit sich. Dann waren sie wieder fort.

Kaum war wieder notdürftig Friede eingekehrt, unterbrochen nur von Seufzern, Klagen und Stöhnen, da hörten wir ganz neue, unglaubliche Töne: Der Lautsprecher, aus dem tagsüber deutsche Kommandos dröhnten, füllte jetzt den Platz mit altbekannten Wehrmachtsschlagern. Irgendein Soldat hatte ein Grammophon aufgetrieben und spielte Begleitmusik für ein Freiluftbordell. Aber das Bordellvergnügen schloß andere Amüsements offenkundig nicht aus. Die neunte oder zehnte Wiederholung von »Lili Marleen« wurde durch ein ohrenzerreißendes Stakkato unterbrochen. Maschinengewehrfeuer, dem die Schreie Verwundeter folgten. Vielleicht hatte ein Soldat das nächtliche Herumirren von Gefangenen störend und unerlaubt gefunden. Solche unerlaubten Aktivitäten unterband man am besten dadurch, daß man dicht über die Köpfe der ruhig Liegenden oder Kauernden hinwegschoß; wer aufstand, wurde sofort umgemäht, das war gut für die Disziplin. Leider konnten nicht alle kauern, sitzen oder, besser noch, mit dem Gesicht nach unten auf der Erde liegen. Die Verwundeten schrien um Hilfe, körperlose Stimmen riefen Ärzte auf, sich zu melden, und Ärzte, die mutig genug waren, darauf zu reagieren, wurden zu neuen beweglichen Zielscheiben.

Auch diese Nacht verging. Ihr folgte erneut ein strahlender, wolkenloser Tag. Der Herbst in Polen ist so reich und voller Duft und Versprechungen wie keine andere Jahreszeit, er riecht nach reifem Obst und Korn; es ist die Zeit, in der man im kühlen feuchten Schatten weitgespannter Baumkronen Pilze sammelt. Aber uns machte weder die Morgenstunde noch die Jahreszeit Hoffnung. Aus dem Lautsprecher tönten pedantische Anweisungen, daß man nach rechts oder nach links gehen, daß man Gruppen von fünfzig, Gruppen von hundert Personen bilden sollte, daß es Gruppenleiter geben sollte, die für die Ordnung zuständig wären, daß man den Müll aufsammeln, daß man sitzen, daß man stehen, daß man warten sollte. Weil man aber glaubte, daß wir die Befehle nicht verstanden, drängten sich wieder Ukrainer mit Hunden und Peitschen in die Menge und paßten auf, daß wir zufriedenstellende Kolonnen bildeten. Gegen Mittag marschierten Tanja und ich im Gleichschritt am Ende einer solchen Kolonne. Der Hauptbahnhof lag vor uns, er zeigte erstaunlich wenige Spuren des Kampfes. Ich hatte große Angst: Jetzt würde sich zeigen, was man mit uns vorhatte.

Ich konnte nicht merken, ob Tanja genausoviel Angst hatte wie ich. Den Rest unseres Brotes und die Schokolade hatten wir gleich bei Sonnenaufgang gegessen. Anders als die Leute in unserer Umgebung war Tanja nicht auf die Ukrainer angewiesen, um zu verstehen, was die Lautsprecher von uns wollten; und von dem Moment an, als klar war, daß unser Abtransport bevorstand, hatte sie große Geschäftigkeit entfaltet. Lange bevor die Ukrainer die Menge herumkommandierten und man aufgereiht in Habtachtstellung erstarren mußte, hatte sie unsere Wasservorräte genommen und uns damit gegen meinen tränenreichen Protest Hände und Gesicht gewaschen. Sie schüttelte den Staub aus unseren

Kleidern und strich sie glatt. Dann kämmte sie mir die Haare und putzte sich selbst heraus, so gut es ging: Sie betrachtete sich mit höchster Konzentration in dem Taschenspiegel, ordnete ihr Haar, legte Lippenstift auf, studierte das Ergebnis und brachte kleine Korrekturen an. Ich war erstaunt, wie sehr sie sich verändert hatte. Das gebeugte, rußverschmierte alte Weib, das sie auf dem Marsch aus der Altstadt gewesen war, war verschwunden. Statt dessen betrat ich den Bahnhof an der Hand einer distinguierten, selbstbewußten jungen Frau. Ganz anders als am Tag zuvor blieb sie nicht im Hintergrund, versuchte sie nicht, in der Menge unterzugehen, vielmehr drängte sie sich in die Außenreihe. Dann verließ sie zu meinem Entsetzen die Kolonne ganz, hielt mich sehr fest an der Hand und blieb erst stehen, als wir uns auf dem Bahnsteig an exponierter Stelle zwischen der Menschenmenge und dem Zug befanden. Trotz meiner Panik begann ich zu begreifen, daß Tanja ein wohlüberlegtes Theater spielte. Ihre klaren blauen Augen musterten die Szene, die sie vor sich hatte: Es war, als ob sie nur mühsam ihre Ungeduld und Entrüstung beherrschen konnte. Ich dachte, daß sie, hätte sie einen Regenschirm zur Hand gehabt, sicher mit der Spitze ungeduldig auf den Bahnsteig geklopft hätte. Was sich vor unseren Augen abspielte, war aber auch kaum zu glauben: Zwei lange Züge mit Güter- und Personenwagen auf den beiden Gleisen standen bereit, um die Kolonne aufzunehmen. Die Ukrainer stießen und schlugen auf die Polen ein und trieben sie in Gruppen auf die Waggons zu, alte Leute stürzten auf den Bahnsteig, andere glitten aus und rutschten auf die Gleise, weil sie nicht genug Kraft hatten, sich zu den Güterwagen hochzuziehen; Koffer, die nicht mitgenommen werden durften, weil die Ukrainer sie zu groß fanden, wurden aufgerissen, ihr Inhalt über den Bahnsteig verstreut; wütende Hunde zerrten an ihren Leinen, Ukrainer brüllten Kommandos in einer Mischung aus gebrochenem Deutsch und Polnisch, Menschen schrien und weinten und klammerten sich aneinander.

Noch jemand betrachtete diese Szene ähnlich distanziert und angewidert wie Tanja: ein beleibter Hauptmann der Wehrmacht in mittleren Jahren, der, ganz für sich, ein paar Meter entfernt von uns in der Bahnsteigmitte stand. Ich merkte, daß Tanja auch ihn mit ihren empörten Blicken bedachte, daß ihr Theater in erster Linie ihm galt. Auf einmal setzte sie sich wieder in Bewegung und zerrte mich mit. Ein paar energische Schritte, und sie stand vor dem Offizier. Sehr hochmütig und sehr gewählt sprach sie ihn an: Er möge doch so freundlich sein, ihr zu erklären, in welche Richtung diese gräßlichen Züge führen. Die Antwort ließ meine Beine zittern: Auschwitz. Ganz die falsche Richtung, gab Tanja zurück. Eine Zumutung, unerträglich, daß sie sich in der Nähe all dieser verrufen aussehenden Leute aufhalten müsse, daß sie sich von betrunkenen, undisziplinierten Soldaten anbrüllen lassen müsse, und das vor einem Zug zu einem Bestimmungsort, dessen Namen sie noch nie gehört habe. Sie sei die Frau eines Arztes aus R., ungefähr zwei Bahnstunden von Warschau entfernt, und nach Warschau sei sie gekommen, um Kleidung zu kaufen und die Augen ihres Sohnes untersuchen zu lassen. Natürlich habe sie in diesem gräßlichen Chaos alle ihre Einkäufe verloren. Wir hätten absolut nichts mit dem zu tun, was sich hier abspiele. Er als Offizier werde doch Ordnung schaffen können, und vielleicht habe er auch die Freundlichkeit, uns zu einem Zug nach R. zu verhelfen. Wir hätten unser Geld fast ganz ausgegeben, aber zu einer

Fahrkarte zweiter Klasse reiche es wohl noch. Der Hauptmann brach in Gelächter aus: Meine Gnädigste, sagte er zu Tanja, so wie Sie kommandiert mich nicht mal meine eigene Frau herum. Könne sie ihm versichern, daß ihr Ehemann sich wirklich freuen würde, wenn sie nach Hause käme? Und wo habe sie denn gelernt, sich so gepflegt auszudrücken? Wenn sie ihm diese grundlegenden Fragen beantwortet habe, wolle er sehen, was sich in der verflixten Sache mit dem Zug machen lasse. Tanja errötete: Möchten Sie die Wahrheit hören, auch wenn Sie sie nicht schätzen werden? Natürlich, antwortete der Hauptmann. Ich glaube, meinen Mann stört es nicht, daß ich hin und wieder sehr temperamentvoll bin. Deutsch habe ich in der Schule gelernt und wahrscheinlich durch eigene Lektüre verbessert, Thomas Mann lese ich besonders gern, ich lese alles von ihm, was ich finden kann, in der Originalsprache – in R. ist das nicht viel, aber in Warschau kriegt man eine ganze Menge. Es ist dies eine sinnvolle Beschäftigung für eine Hausfrau in der Provinz. Ich weiß, daß Thomas Manns Bücher im Reich verboten sind, aber Sie wollten ja die Wahrheit hören. Ich bin kein Parteimitglied, nur ein Eisenbahnfachmann, erklärte der Hauptmann, noch immer lachend. Ich bin froh, daß Sie sich einen großen Stilisten ausgesucht haben. Soll ich Ihnen jemanden rufen, der Ihr Gepäck trägt, solange wir einen Zug nach R. suchen?

Der Offizier war ein Mann von Welt. Er sah keinen Anlaß, sich vorzustellen, und er schien weder mißtrauisch noch verwundert darüber, daß wir kein Gepäck hatten. Er brachte uns zu einem Zug, der auf einem entfernten Bahnsteig wartete, half Tanja beim Einsteigen in ein Abteil erster Klasse und schlug zum Abschied die Hacken zusammen. Tanja brauche sich nicht zu beunruhigen. Er stelle ihr eine Fahrerlaubnis nach R. aus, Fahrkarten seien nicht notwendig. Der deutsche Reservist, der für diesen Militärzug zuständig sei, sorge dafür, daß sie ungestört bliebe.

Der Zug stand noch ein paar Stunden, nachdem der Mann uns verlassen hatte. Langsam füllte er sich mit Soldaten; lärmende Gruppen von Offizieren belegten die Abteile neben uns. Allmählich legte sich Tanjas Erregung, zugleich aber auch ihre Kühnheit: Ihr Gesicht zerfiel zusehends, es war jetzt wieder das Gesicht der vergangenen Nacht. Sie zitterte ununterbrochen und redete pausenlos davon, daß wir verloren wären, weil der Zug noch nicht abgefahren war. Bestimmt würde unser Hauptmann einem anderen Offizier von der komischen Schreckschraube mit dem Interesse für Thomas Mann erzählen, und der würde aufhorchen, weil er sich auf mehr als nur auf Eisenbahnen verstand, würde die Gestapo benachrichtigen, und die würde uns dann abholen. Sie sei schon wieder zu weit gegangen mit ihren Lügen – dafür müßten wir nun zahlen. Aber niemand kam. Die Offiziere, die uns im Vorbeigehen neugierig musterten, gingen weiter. Eine Pfeife schrillte, der Zug fuhr an, und bald kam auch der nicht mehr ganz junge Reservist und erklärte uns, der nächste Halt sei G., dann hätten wir etwas über die Hälfte des Weges nach R. hinter uns.

VI

Die Felder lagen in einer weiten Ebene. Am Horizont konnte man gerade noch eine Baumreihe erkennen, bis dorthin reichten wahrscheinlich die Weiden, die zum Dorf Piasowe gehörten; eine ganz ähnliche, parallel dazu liegende Baumreihe in unserer Nähe markierte die westliche Grenze des Dorfgebietes. Zur Rechten und zur Linken gab es andere Grenzlinien: Wege, gerade breit genug für einen Wagen, von tiefen Radspuren zerfurcht und von Pferde- und Rinderhufen zertrampelt, liefen schnurgerade auf die Westgrenze zu; schmale, grasbewachsene Erdwälle trennten das Land eines Bauern von dem seines Nachbarn. Weiter rechts, ungefähr drei Kilometer entfernt, verlief die ungepflasterte Landstraße, die mit der Dorfstraße von Piasowe einen rechten Winkel bildete. Auf dieser Straße fuhren die Pferdewagen der Bauern. Manchmal, wenn der Wagen leer war und der Bauer die Peitsche schwang, legten die Pferde einen zügigen Trab vor, manchmal zuckelten sie auch so langsam dahin, daß ein großer Teil des Tages verging, bis man sie aus den Augen verlor. Ab und an, aber so selten, daß man im Dorf einen Kommentar dazu nicht für nötig hielt, brauste auch ein deutscher Laster oder Mannschaftswagen, in eine Staubwolke gehüllt, vorbei. Die Landstraße führte in westlicher Richtung nach Rawa; fuhr man in östlicher Richtung, kam man in den Marktflecken W. und lange danach auch nach G. Jenseits der Landstraße fing der Wald an. Zu dieser Jahreszeit war die

Ernte eingebracht, und auf den Wegen zwischen den Feldern wurde fast nur noch Heu von fernen Schobern in die Scheunen transportiert.

Wenn wir zusammen mit anderen Kindern aus Piasowe, die ihr Vieh auf den angrenzenden Weiden hüteten, unsere Kühe abends von der Weide in die Ställe trieben, gingen wir auch über diese Wege. So konnten wir die Tiere schneller nach Hause bringen als über die Felder und brauchten sie nicht zu hetzen, was schlecht für die Milch und manchmal sogar gefährlich für die Kühe gewesen wäre. Die Kühe gingen gern auf einem gebahnten Weg. Uns machte das auch mehr Spaß, weil wir so eine große Herde zusammenbekamen und weil die Kühe muhten und sich gegenseitig schubsten. Beim Hüten waren wir zu viert, außer mir noch zwei Jungen und ein Mädchen; die Bauernhäuser, zu denen wir gehörten, standen samt ihren Nebengebäuden in einer Gruppe zusammen; die anderen Häuser von Piasowe lagen weiter oben im Dorf, dichter an der Landstraße. Die Scheunen und Ställe schlossen unmittelbar an die Felder an; die Häuser selbst waren durch geräumige Höfe von ihnen getrennt. Im rechten Winkel zu jedem Haus standen auf der einen Hofseite die Schweine- und Hühnerställe und an der gegenüberliegenden Seite die Misthaufen. Die Häuser lagen alle zur Straße hin. Die Nebengebäude waren mit Staketenzäunen umgeben, damit Federvieh und Ferkel tagsüber nicht wegliefen. Nachts ließ man die Hunde von der Kette; der Zaun war auch ihretwegen da.

Wir Kinder waren verantwortlich für ungefähr zwanzig Kühe und Färsen. Drei Kühe gehörten Tanjas und meinem Bauern, Kula, einem kahlköpfigen Mann, der bedächtig sprach. Das Vieh graste friedlich vor sich hin und zupfte an den Stoppeln; Stefa sagte Bescheid, wenn es Zeit zum Gehen war, dann riefen wir die Kühe beim Namen und wedelten mit den Gerten, die wir brauchten, um sie zu piksen und zu schlagen. Stefa war mit ihren dreizehn Jahren die Älteste, die Jungen waren in meinem Alter. Wenn es um die Kühe ging, hielten wir uns immer an das, was Stefa sagte. Viel zu tun war eigentlich nicht, man mußte nur alle paar Stunden, wenn eine Weide abgegrast war, zur nächsten ziehen und aufpassen, daß die Färsen sich nicht verirrten. Die Kühe waren zufrieden, wenn sie grasen und wiederkäuen und ihre Kuhfladen fallen lassen konnten. Ganz gelegentlich störten wir sie in ihrer Geruhsamkeit, wenn Stefa sich überzeugen ließ, daß man die Tiere ruhig etwas auf Trab bringen könnte, früh am Tag schadete ihnen das nicht viel. Dann halfen wir einer dem anderen auf einen Kuhrücken hinauf und versuchten, im Kreis um die Herde herum zu reiten. Manchmal machte auch Stefa mit. Sie hielt sich meistens am längsten oben.

Ernsthaft arbeiteten wir daran, nicht zu erfrieren. Auf den Weiden gab es keine Bäume, also auch keine abgestorbenen Äste zu verbrennen. Wir machten Feuer mit ein paar trockenen Kuhfladen und saßen im Schneidersitz drum herum. Mittags kratzten wir ein Loch in den Boden, legten unsere Kartoffeln hinein und deckten sie mit staubiger Erde zu. Dann schoben wir die Glut darüber. Wir fachten das Feuer kräftig an, damit es gut brannte, sparten aber trotzdem mit den Kuhfladen, weil richtig durchgetrocknete schwer zu finden waren. Nach ungefähr einer Stunde war das Essen fertig. Irgendeiner hatte immer Salz dabei. Die gebackenen Kartoffeln wärmten erst den Magen und dann den ganzen Körper. Sie tauten uns auch die Hände auf. Wir bekamen jeder zwei oder drei Kartoffeln und hätten immer gern mehr gehabt.

Um das Feuer in Gang zu bringen, nahmen wir etwas Heu von einem Heuhaufen in der Nähe; mich erinnerte das an die vertrockneten Stauden und an das Spiel, das mein Großvater mit Zosia und mir in unserem Garten gespielt hatte. Ich schlug Stefa und den Jungen vor, Feuer zu machen und dann darüberzuspringen. Sie wollten es probieren. Am Tag danach schmuggelten wir alle unter den Jacken ein Büschel Stroh hinaus und legten die Feuer in einer Reihe an, so dicht hintereinander, daß man nach dem Satz über das erste gleich zum nächsten Sprung ansetzen mußte. Das Stroh loderte kurz und heftig auf, und die Kinder liebten das Spiel, auch wenn es nur kurz dauerte – wir hatten nicht genug Stroh zum Nachlegen. Wir spielten das aber bald jeden Tag. Rennen und Springen hielten uns warm.

Mir wurde klar, daß sie hier alle außer dem Feuerspringen, das sie von mir gelernt hatten, überhaupt kein Spiel kannten. Sie ritten gern auf den Kühen, warfen mit Steinen nach den Krähen und wirbelten eine Katze am Schwanz herum, aber das waren keine Spiele, fand ich, das war nur Lust am Schabernack und, mehr noch, am Tierquälen, wenn sie nämlich ein Huhn im Hühnerhof einfingen, es mit einer Hand an den Flügeln festhielten und ihm mit der anderen den Hals umdrehten. Ich konnte nicht abstreiten, daß es auch mir Spaß machte, beim Töten eines Huhns zuzusehen. Das Tier schlug gewaltig mit den Flügeln und versuchte zu fliegen und segelte über den Boden, wenn es wegrannte, und gackerte ganz fürchterlich, sobald es eingefangen war; sogar Kula und Kulowa, seine Frau, mußten beim Zusehen jedesmal lachen. Aber dieser Zeitvertreib hatte nichts mit Phantasiespielen zu tun. Ich erzählte Stefa und den Jungen, wie ich im Hof bei uns zu Hause im Sandkasten gespielt hatte, als ich klein war –

nur von T. sagte ich nichts, das ging sie nichts an –, ich erzählte von der Schaukel und der Rutsche, die an das Klettergerüst angebaut waren, und davon, wie ich an dem Gerüst gespielt hatte. Ich malte ihnen in den Staub, wie die Geräte ausgesehen hatten. Wenn sie solche Geschichten hörten, schlugen sie die Hand vor den Mund und kicherten – sie sagten nicht, das ist gelogen, sie sagten, du spinnst ja. Wer in der Welt schüttet denn für ein Kind einen Haufen Sand auf, bloß damit es ihn in die Gegend streut oder Wasser darüberschüttet? Das macht doch nur Dreck. Und dieses andere Zeug oder so etwas Ähnliches hat doch noch überhaupt kein Mensch je gesehen. In Piasowe jedenfalls war das Wort Klettergerüst völlig unbekannt.

Als ich ihnen von Warschau erzählte – früher hätten wir mal dort gewohnt, sagte ich und beschrieb die hohen Häuser, die Straßenbahnen, die Autos, das elektrische Licht und das Radio –, da wuchs ihre Verwunderung, und meine auch. Ich erfuhr, daß nur Stefa jemals in einem anderen Dorf gewesen war. Es hatte genauso ausgesehen wie Piasowe, war aber einen langen Fußmarsch entfernt und lag weit hinter dem Horizont, den wir den ganzen Tag lang anstarrten; es war das Dorf, in dem die Eltern ihrer Mutter wohnten. Die anderen waren immer nur bis zu den Bäumen am Ende der Felder von Piasowe gegangen oder die Dorfstraße entlang bis zur Einmündung in die Landstraße. Deshalb war der Horizont so geheimnisvoll, und weder sie noch ich wußten, was hinter ihm lag. Rawa kannte ich nur dem Namen nach: Tanja hatte mir erzählt, daß dieser Ort an der Landstraße lag, gut fünfzig Kilometer von Piasowe entfernt. Rawa hatte auch einen Bahnhof. Über G. und W. wußte ich Bescheid, weil wir auf der Fahrt von Warschau daran vorbeigekommen waren.

Stefa und die Jungen hörten mir gern zu, besonders als ich gelernt hatte, in meinen Geschichten alles zu vermeiden, was für die anderen befremdlich und deshalb ärgerlich statt unterhaltsam war. Der Warschauer Aufstand interessierte sie – ich erzählte ihnen davon, obwohl Tanja es mir verboten hatte. Von Gewehren und den Kämpfen zwischen den Deutschen und den Partisanen hatten sie alle schon gehört. In den Wäldern gab es Partisanen. Einmal, im letzten Sommer, hatten deutsche Soldaten versucht, die Partisanen zu schnappen, waren dabei aber erfolglos geblieben und hatten anschließend das Dorf durchsucht, in der Hoffnung, die Feinde hätten sich bei den Bauern versteckt. Partisanen fanden sie dort aber nicht, nur Würste und Schinken, also nahmen sie die mit, und die Partisanen waren immer noch in den Wäldern. Manchmal kamen sie in der Nacht heraus und plünderten das Dorf und nahmen genau wie die Deutschen mit, was sie an Lebensmitteln finden konnten. Stefa sagte, manchmal wären sie schlimmer als die Deutschen: Sie waren nicht nur hinter Nahrung, sondern auch hinter Frauen her.

Ich hörte die Geschichten der Kinder aus Piasowe gern. Sie erzählten, lesen könne überhaupt nur Komar, der reiche Bauer, der am Dorfeingang wohnte und Wodka verkaufte, und gut lesen könne auch er nicht, aber rechnen dafür um so besser, manche Leute sagten, besser als die in der Stadt. Niemand in Piasowe war in die Schule gegangen, W. war viel zu weit weg. Die Vorstellung, in die Schule zu gehen, statt auf dem Feld oder bei den Tieren zu arbeiten, fanden sie zum Kichern. Der Pfarrer aus W. kam alle paar Wochen: zu Taufen, Eheschließungen und zum Lesen der Messe. Er hatte ihnen die Kommunion gereicht.

Sie redeten von Kula und Kulowa. Ich wußte natürlich, daß Kulas Sohn Tadek der Schlachter für ganz Piasowe und die umliegenden Dörfer war und dazu noch seinem Vater auf dem Feld half. Sie sagten, Kula habe trotz seiner Stärke Angst vor Tadek. Wenn Tadek betrunken war, prügelte er seine Eltern, vor allem die Kulowa. Einmal hatte er Kula die Zähne ausgeschlagen. Sie waren miteinander im Streit, weil Kula sein Land nicht teilen wollte und Tadek deshalb nicht heiraten konnte. Dem Tadek sollte ich aus dem Weg gehen, rieten sie mir. Tanja würde er schon in Ruhe lassen; daß sie jetzt Magd bei Kula sei, mache nichts, schließlich sei sie immer noch Lehrerin. Masia, die Kulatochter, mochten die Kinder, Tanja und ich auch. Dieses fröhliche, rundgesichtige Mädchen hatte Kulas Kühe auf die Weide getrieben, bevor Kula Stefa als Hilfe bekommen hatte. Auch Masia wollte heiraten, aber Kula wollte nichts davon hören und schlug sie jedesmal mit der Peitsche, wenn sie davon anfing. Er wollte sie lieber zum Arbeiten zu Hause behalten, und eine Mitgift wollte er ihr schon gar nicht geben. Stefas Bruder Jurek wollte sie dennoch heiraten, und Jurek ging jeden Sonntag mit ihr in Kulas Scheune und nutzte auch sonst jede Gelegenheit, um Masia zu schwängern. Wenn das gelang, mußte ihnen Kula nämlich das Heiraten erlauben. Tadek sah den beiden in der Scheune gern zu. Sie machten es in einer Ecke, so daß Tadek und einige seiner Freunde von außen auf den Heuboden klettern und alles beobachten konnten. Kula und Kulowa waren wahrscheinlich die einzigen Menschen in Piasowe, die nicht wußten, was los war.

Stefa sagte, es habe sie nicht gewundert, daß Kula Tanja gleich nach unserer Ankunft angeheuert hatte: Kula besaß so viel Land, daß die Kulas zur Erntezeit sogar zu viert die Kartoffeln und die Rüben kaum schaffen konnten. Jemand mußte derweil die restliche Arbeit tun, die Kühe auf die Weide treiben, melken, Hühner und Schweine füttern. Jetzt nach der Ernte bekäme es Kula vielleicht mit der Angst zu tun, daß Masia faul werden und noch mehr hinter Jurek herlaufen könnte, weil Tanja ihr so viel Arbeit im Haus abnähme. Mit mir sei es etwas anderes; es wäre Verschwendung, wenn Masia an meiner Stelle Kühe hütete – Kula ärgerte sich schon über das Geld, das er Stefas Vater zahlen mußte, damit Stefa zum Hüten kam.

Was ich tagsüber erfahren hatte, erzählte ich abends Tanja, wenn wir auf unserem Strohsack lagen und horchten, bis Kula und die Kulowa im Nachbarzimmer anfingen zu schnarchen, als würden sie ganze Bäume zersägen; Masia schnarchte leiser und regelmäßiger. Tanja sagte, sie habe über das Problem schon nachgedacht und werde danach ihre Pläne ausrichten.

Wir waren jetzt schon seit zwei Monaten in Piasowe. Im Zug von Warschau nach R. war Tanja immer nervöser geworden. Zum Glück hatte der Offizier offenbar bis zur Abfahrt des Zuges noch niemandem von uns erzählt, aber es war dies nur eine Frage der Zeit, und dann würde jemand die Gestapo in R. anrufen. Die würde uns sofort in Empfang nehmen, wenn wir aus dem Zug stiegen. Und warum eigentlich R. – warum bloß hatte sie gesagt, wir wären aus R.? Der Ort war ja viel zu groß, war ja eine richtige kleine Stadt, dort mußte es von polnischer und deutscher Polizei nur so wimmeln. Man würde unsere Ausweise am Bahnhof prüfen, und wie sollte sie dann erklären, warum wir von Warschau nach R. und nicht nach Auschwitz reisten? Es ging nicht anders, wir mußten gleich an der nächsten Station aussteigen, in G. Von G. hatte

Tanja noch nie etwas gehört, also mußte es ein kleiner Ort sein, vielleicht gab es dort keine Polizei am Bahnhof. Und wenn sie richtig vermutete und der Offizier inzwischen wirklich geredet hatte, würde die Polizei kaum in G. auf uns warten. Trotzdem sollten wir nicht aussteigen, bevor der Zug dann wieder weiterfuhr, der deutsche Reservist durfte keine Gelegenheit zum Einschreiten haben. Wir mußten vermeiden, daß er sich wunderte und vielleicht sogar mißtrauisch wurde, weil wir nicht bis R. fuhren. Wir würden uns einfach neben die Wagentür stellen, als wollten wir etwas frische Luft schnappen.

Tanja hatte recht. Wir stiegen in G. ungehindert aus. Polizei war nirgends zu sehen, weder auf dem Bahnsteig noch im Bahnhofsgebäude, der Ort schien zu schlafen oder gar ausgestorben zu sein. Wir gingen in das erste Lokal, das wir fanden. Tanja bestellte Suppe und Brot; ich war so hungrig, daß mir schon beim bloßen Geruch von Kartoffelsuppe schwindlig wurde. Die Kellnerin, die unsere Bestellung entgegengenommen hatte, verschwand in die Küche. Durch die offene Tür hörten wir sie reden und eine Männerstimme antworten. Die Suppe erwies sich als wunderbar gehaltvoll und heiß. Sie verbrannte mir fast die Kehle und wärmte mir den Magen.

Wir waren noch nicht fertig mit dem Essen, da kam ein Mann aus der Küche, sagte, er sei der Besitzer, und fragte sehr höflich, ob er sich zu uns setzen dürfe. Tanja lud ihn dazu ein und fing schnell ein Gespräch über den guten Geschmack der Suppe an. Er unterbrach sie freundlich lächelnd: es gäbe Wichtigeres mit ihr zu besprechen. Auf den ersten Blick könne er sehen, daß wir es geschafft hätten, aus Warschau herauszukommen, aber er wisse nicht recht, ob uns die Gefahr, in der wir jetzt schwebten, bewußt sei. Die

Deutschen hatten öffentliche Anschläge gemacht, auf denen nicht nur die Polizei, sondern die gesamte Bevölkerung aufgefordert wurde, alle Flüchtlinge aus Warschau sofort bei der deutschen Polizei anzuzeigen. Wir waren natürlich nicht die ersten Flüchtlinge in G., die meisten waren schon Anfang August gekommen, offenbar hatten sie sich mehr oder weniger zu Fuß aus Warschau aufgemacht. In letzter Zeit war kaum noch jemand gekommen. Was mit denen war, die den Deutschen in die Hände fielen, wußte er nicht. Die sah man nie wieder. Er wolle uns helfen, das sei seine Aufgabe, aber seine Organisation habe nur begrenzte Möglichkeiten. Sie würden uns ein paar Kleider geben und einen Bauern mit Pferd und Wagen finden, der uns ein Stück weit fahren würde, wie weit, das hing von seiner Bereitwilligkeit ab. Dann müßten wir uns selbst weiterhelfen. Aber das alles habe Zeit bis morgen. Jetzt sollten wir uns erst einmal rundum satt essen und gut schlafen.

Wir aßen weiter Suppe und danach Rührei mit *kiełbasa*; Tanja und unser Gastgeber unterhielten sich dabei. Sie berichtete ihm von den Kämpfen der letzten Wochen in Warschau und schilderte, wie wir entkommen waren. Er erzählte von Masowien, der Provinz, in der wir jetzt waren. In diesem Teil des Landes gab es Dörfer, die so abgelegen und einsam lagen, daß man glauben konnte, in einer ganz anderen Welt zu sein; er hoffte, uns in einem dieser Dörfer unterbringen zu können. Wenn die Deutschen sich überhaupt dorthin verirrten, dann nur, um Pferde oder Schweine zu konfiszieren, nicht, um Ausweispapiere zu prüfen. Die Bauern hatten sich in den letzten hundert Jahren nicht verändert. Sie wußten nicht, daß es verboten war, Flüchtlinge aus Warschau aufzunehmen, und auch nicht, daß man Geld von ihnen erpressen konnte. Wahrscheinlich wußten nicht allzu viele, daß es eine Stadt namens Warschau überhaupt gab. Aber Tanja brauchte kein schlechtes Gewissen zu haben, wenn wir bei diesen Bauern unterschlüpften – unsere Anwesenheit bedeutete keine Gefahr für sie. So viele Deutsche gab es gar nicht, daß sie in diesen Dörfern, in denen sich Füchse und Hasen gute Nacht sagten, nach Flüchtlingen fahnden konnten. Er meinte, Tanja sollte den Bauern erzählen, wir wären vor der russischen Front geflohen – Einzelheiten sollte sie nicht erwähnen, das hätte keinen Sinn, weil sie die weder verstehen könnten noch wollten –, sie sollte sagen, sie sei Lehrerin, dann hätten die Bauern Respekt vor ihr. Sie könnte ihnen anbieten, daß wir bis zum Ende des Krieges gegen Unterkunft und Verpflegung bei der Landarbeit helfen wollten. Wir hätten sicher Glück, da die Bauern jetzt bei der Kartoffelernte waren und bald mit dem Rübenziehen anfangen mußten; zur Zeit brauchten sie alle erdenkliche Hilfe. Wenn die Erntearbeit dann vorbei wäre, würde der Bauer, der uns aufnähme, vielleicht keine zusätzlichen Esser mehr mit durchfüttern wollen; aber der Krieg würde sich nicht mehr lange hinziehen, und außerdem kennte Tanja die masowischen Bauern dann schon besser als er.

Wir gingen sehr froh zu Bett. Zum erstenmal seit zwei Monaten hatten wir nicht mehr den Krach von Gewehrfeuer im Ohr. Wir waren in einer warmen Dachstube über dem Lokal untergebracht und hatten ein richtiges Bett. Ein Freund kümmerte sich um uns.

Unser Gastgeber weckte uns bei Tagesanbruch. Er wollte uns aus G. heraushaben, bevor die polnische Polizei und die deutschen Streifen auf der Ausfallstraße erschienen. Der Bauer, der sich bereit erklärt hatte, uns in seinem Wagen mitzunehmen, wollte ziemlich weit nach Westen fahren, noch weiter als bis nach W. Er hatte ein Dorf im Auge, in dem er oft *samogon*, hausgebrannten Wodka, ablieferte. Piasowe hieß das Dorf. Der Einspänner, der uns dorthin bringen sollte, war, wie die meisten Bauernkarren, ein Leiterwagen, dessen Boden aus drei Brettern bestand. Der Kutschbock war ein viertes, quer über die Leitern gelegtes Brett. Auf den Bodenbrettern lag etwas Heu, worauf Tanja und ich uns ausstreckten. Es war ein schönes Gefühl, frisch gebadet in sauberen Kleidern zu stecken. Unsere Mägen waren angenehm gefüllt; wir sahen Felder und Baumgruppen langsam an uns vorbeiziehen. Besondere Angst hatten wir nicht. Unser Gastgeber hatte uns Brot und Käse als Wegzehrung mitgegeben. Wir beschlossen, gleich alles aufzufuttern. Der Bauer ließ sein Pferd flott traben, als wäre er bei meinem Großvater in die Schule gegangen. Ein paarmal hielt er an, um am Straßenrand sein Wasser abzuschlagen. Er fragte, ob wir uns auch erleichtern wollten; daß Tanja gar kein Bedürfnis spürte, fand er komisch.

Wir zogen weiter. Als W. in der Ferne auftauchte, ließ er das Pferd langsamer gehen und erklärte, er wolle jetzt von der Landstraße abbiegen, damit er nicht durch die Stadt fahren müsse. Den Umweg wolle er dazu nutzen, dem Pferd Futter und sich und uns etwas zu essen zu verschaffen. Nachdem wir eine ganze Weile lang über schmale Wege, gerade breit genug für den Wagen, gefahren waren, bogen wir in ein Dorf und dann in einen Bauernhof ein. Erst mußten die bellenden Hofhunde mühsam beruhigt werden, dann konnten Tanja und ich endlich absteigen und wieder Brot und Käse verzehren und dazu Buttermilch trinken. Unser Bauer schwatzte mit seinen Freunden und legte sich dann zu einem

Mittagsschläfchen in die Scheune, um sofort gewaltig loszuschnarchen. Tanja beobachtete die Sonne, die jetzt schnell sank. Sie rüttelte den Bauern wach, und bald waren wir wieder unterwegs. Als es dunkel wurde, kamen wir in Piasowe vor dem Haus des Bauern Komar an, den Tanja mit ihrem ganzen Charme bedachte. Sie wollte erreichen, daß er uns half, im Dorf Fuß zu fassen.

Komar war der Unternehmer von Piasowe. Seine beiden Schwiegersöhne entlasteten ihn bei der Feldarbeit, so daß er Zeit für seine Geschäfte hatte, vor allem für den kleinen Laden in seinem Haus, in dem er Salz, Streichhölzer, Nägel und dergleichen mehr verkaufte. Die Haupteinnahmequelle waren jedoch Wodka und *samogon*, der als Wodka verkauft wurde oder auch als das, was er war, hausgebrannter Schnaps. Schnaps konnte man flaschenweise kaufen, wenn ein Bauer bereit war, genug Geld für eine Nacht des Vergessens hinzulegen; man konnte aber auch bescheidener konsumieren und ein, zwei Gläschen voll in Komars Laden in der Gesellschaft der Nachbarn genießen. Komar fuhr auch Korn zur Mühle und brachte Mehl zurück. Er schaffte Kartoffeln, Rüben und Käse zum Markt in W. und kam mit städtischen Waren wieder, die er gekauft oder im Auftrag eingetauscht hatte. Auch andere Bauern in Piasowe hatten Pferdefuhrwerke – sie brauchten sie für die Arbeit auf dem Feld und bestellten damit auch die Felder der Nachbarn, wenn die bezahlten oder dafür bei der Ernte halfen –, aber Komar hatte nicht nur Pferde, sondern konnte dazu noch gut rechnen, und ihm machte das Wegfahren nichts aus, während die anderen Bauern schon den Gedanken, ihr Dorf zu verlassen, höchst beunruhigend fanden. Eine kurze Weile lang hatte es ganz den Anschein, als würde Komar unser Arbeitgeber: Tanja bot an, ihm die Bücher zu führen, Wodka für ihn zu verkaufen und in ihrer Freizeit seine Enkel zu unterrichten. Dann besann sich Komar anders: Zu viele Leute kamen in seinen Laden, und nicht immer nur Bauern. Unser Mann sei der alte Kula, der brauchte Hilfe bei der Ernte. Komar wollte uns zu ihm bringen.

Kula und seine Familie waren gerade mit der Arbeit des Tages fertig, als wir in Komars Schlepptau sein Haus betraten. Die Familie saß in einer großen Küche um den Tisch und wollte mit dem Abendessen anfangen. Tanja und ich blieben auf der Türschwelle stehen, während Komar die Kulas begrüßte, nach der Ernte fragte und dann die Rede auf uns brachte. Ich sah mich in der Küche um, so gut ich konnte, ohne den Kopf zu drehen. Der Fußboden hatte ganz weiße Dielenbretter, der Tisch war ein langes Rechteck aus dunklem Holz, die Wände waren weiß gekalkt. Neben der Tür am anderen Ende, die offenbar der Ausgang zum Hof war, hing eine schwarze Ikone, eine Kopie der Heiligen Jungfrau von Tschenstochau. Auf dem Tisch stand eine Naphthalinlampe, der Docht war weit herausgedreht, so daß er einen großen Kreis gelbes Licht verbreitete. In einem Kerzenhalter, an die Wand unter der Ikone genagelt, brannte eine Kerze.

Kula hörte sich Komars Erklärung an, stand dann auf und musterte uns gründlich und ohne zu lächeln. Tanja verstand anscheinend, was ihn störte, und ergriff die Initiative. Sie verneigte sich vor ihm und in Kulowas Richtung und sagte, sie bräuchten keine Angst zu haben: Wir seien zwar Städter, hart arbeiten könnten wir aber trotzdem. Sie sei gesund und kräftig, ich ein guterzogenes und gehorsames Kind. Wenn sie uns aufnähmen, müßten sie uns nur zeigen, was zu tun sei, dann würden sie es nicht bereuen, und Gott würde es ihnen vergelten. Lohn verlange sie nicht, wir bräuchten nur ein Eckchen in der Küche zum Schlafen und einen Platz an ihrem Tisch. Kula schwieg erst lange – Tadek und Masia waren inzwischen auch aufgestanden und starrten uns an –, dann nickte er bejahend. Die Kulowa machte eine einladende Handbewegung: Wir sollten uns auf die Bank neben sie setzen, Masia brachte uns Teller und Löffel für Suppe und Pellkartoffeln, Kula holte eine Flasche Wodka und schenkte drei Gläser ein, für sich, Tadek und Komar. Der Handel war abgeschlossen.

Angeregt durch Tanjas Beispiel ergriff ich Kulowas Unterarm mit beiden Händen und plazierte langsam und feierlich einen Kuß auf ihren Ellbogen. Bei Sieńkiewicz hatte ich gelesen, daß das im alten Polen eine übliche Achtungsbezeigung gewesen war. Ich hätte es nicht besser treffen können. Die Kulowa war vielleicht eher überrascht als gerührt, aber sie umarmte mich und beschützte mich fortan immer vor Kulas Wutausbrüchen. Nach dem dritten Glas Wodka ging Komar. Es war Zeit, alles für die Nacht herzurichten. Die Kulowa zog einen riesigen Sack aus einem Winkel hervor, und Masia mußte ihn in der Scheune mit Heu stopfen. Als das geschehen war, zeigte sie Tanja, wie man den Sack zunähen mußte, damit er eine Matratze wurde, und gab uns ein Federbett als Decke. Masia holte ihr Bettzeug aus dem einzigen Nebenzimmer des Hauses – dort schliefen ihre Eltern, erzählte sie mir – und legte es auf den Boden neben dem Ofen. Unser Schlafplatz sollte vor der Wand sein, am anderen Ende der Küche. Als wir die Nachtlager vorbereiteten, ging Tadek weg. Ich fragte Masia, wo er schliefe. Sie kicherte. Tadek liege gern nahe bei den Tieren. Er schlafe auf dem Heuboden, über dem Kuhstall. Eines mußte noch geregelt werden: Kula sagte, er würde den Hund in dieser ersten Nacht an der Kette lassen; wenn wir uns erleichtern müßten, könnten wir hinter die Scheune gehen.

Bei der Kartoffelernte mußte man zuerst den Boden rund um eine Pflanze mit der Hacke auflockern. Wenn man das richtig gemacht hatte, konnte man danach das Kraut samt Kartoffeln mit einer Hand aus dem Boden ziehen. Als nächstes mußte man die Kartoffeln in einen Korb werfen. Den vollen Korb schleppte man zu dem Durchgang zwischen den Feldern und leerte ihn auf den großen Kartoffelhaufen; dann kam irgendwann der Wagen. Wenn Kula den Wagen neben dem Haufen stoppte, wurden die Kartoffeln mit der Hand oder einer Mistgabel aufgeladen. Die aufgeschütteten Haufen mußten groß sein, damit Kula mit seinen Fuhren keine Zeit verschwendete, zu oft wollte er schließlich nicht anhalten. Tanja und Masia hackten und zogen die Kartoffeln heraus, und ich sammelte sie auf und stolperte mit dem gefüllten Korb zu den Haufen. Wenn ich nicht mitkam, unterbrachen sie ihre Arbeit und halfen mir beim Aufsammeln. Tanjas Hände waren schon nach kurzer Zeit voller Blasen. Masia gab ihr Stoffstreifen zum Bandagieren. Ich versuchte an Tanjas Stelle zu hacken, aber ich hatte nicht genug Kraft und war daher zu langsam.

Wir mußten uns beeilen, weil die Rüben auch noch gezogen und nach W. geschafft zu werden hatten, bevor der erste Frost kam. Zu früh durften sie aber nicht aus dem Boden, wenn es nämlich zu warm war, fingen sie womöglich an zu gären. Mittags kam die Kulowa mit Pellkartoffeln und Buttermilch aufs Feld. Nach dem Essen arbeiteten wir bis zur Dämmerung weiter. Die Kartoffelernte dauerte viele Tage, danach war es Zeit für Kulas Rüben. Tanjas Blasen waren aufgeplatzt und abgeheilt, jetzt hatte sie Schwielen an den Händen. Wenn wir uns nachts auf unseren Strohsack legten, mußte ich ihr den Rücken massieren, solange ich nur konnte. Sie sagte, auf dem Feld habe sie manchmal das Gefühl, sie würde ihr Kreuz nie wieder geradebiegen können. Unsere Schuhe fielen auseinander. Tanja kaufte Holzpantinen bei Komar. Wir lernten damit zu laufen wie jedermann in Piasowe.

Kula entschied, daß Masia bei der Kartoffelernte Tanja und mich nicht gleichzeitig brauchte. Ich sollte mit zum Kühehüten gehen, damit Kula das Hütegeld sparen konnte, das er Stefas Vater für die Arbeit seiner Tochter bezahlte. Stefa zeigte mir, wie man die Kühe morgens, wenn Masia mit dem Melken fertig war, aus den Boxen holte und mit der restlichen Herde zusammentrieb. Am Anfang hatte ich Angst vor den Tieren, konnte mich aber so weit beherrschen, daß Stefa und die Jungen mich nicht auslachten. Der Anblick und der Geruch von Mist im Hof und die Kotklumpen, die den Kühen im Fell klebten, waren mir widerlich. Wenn wir Kuhfladen für unser Feuer zusammensuchten, hatte ich immer Angst, ich könnte einen erwischen, der an der Unterseite noch naß war und mir die Finger verschmierte. Ich merkte bald, daß Kulas Kühe faul und friedlich waren; ich fand auch heraus, welche anderen Kühe bösartig waren, und lernte mich vor ihren Hörnern in acht zu nehmen.

Als ich eine Weile zusammen mit den anderen Feuer aus trockenem Kuhmist gemacht und Kühe gehänselt hatte, merkte ich, daß mir die Gewöhnung an den Umgang mit Dreck eine ganz neue Freiheit verschaffte. Auf der Weide hob Stefa die Röcke, und wir anderen ließen die Hosen herunter und hockten uns ganz selbstverständlich hin, wo wir gerade waren, wenn uns der Drang überkam. Wenn die Sache nicht ganz glattgegangen war und wir das Gefühl hatten, uns den Hintern putzen zu müssen, rissen wir zu diesem Zweck einfach eine Handvoll Stoppeln aus. Ganz von allein, ohne Tanja fragen zu müssen, kam ich darauf, daß die Kinder, mit denen ich zusammenlebte, nicht nach beschnittenen Penissen Ausschau hielten. Wenn ich meinen herausholen mußte, faßte ich ihn trotzdem möglichst an der Spitze an, um das Fehlen einer Vorhaut zu verdecken. Im Stall säuberte ich die Boxen, schaffte den Mist mit der Forke weg und arbeitete mit so viel Schwung und Tatkraft, daß Kula keine tadelnde Bemerkung über mein Werk machte. Eines Tages stach ich mir die Mistgabel in den Fuß. Es war ein häßliches Loch, das Tanja zu vergrößern versuchte, damit es besser blutete und sich so selbst reinigte. Sie wußte nicht mehr, wann ich meine letzte Tetanusimpfung bekommen hatte, und war vor Sorgen ganz außer sich. Die Wunde heilte ganz normal, während ich hinter den Kühen herhumpelte und meine Arbeit tat.

Bald danach konnte ich Tanja mit einem neuen medizinischen Problem aus dem Gleichgewicht bringen. Schon seit einer Weile hatten wir draußen auf der Weide versucht, eine Mischung aus getrockneten Blättern, Heu und Gras zu rauchen; wir stopften damit eine Pfeife, die einem der Jungen gehörte. Der Versuch führte zu Hustenanfällen und Brennen im Hals, das war alles. Eines Tages aber brachte Stefa ein Päckchen Zigaretten mit, bestimmt die stärksten und billigsten, die es gab, wozu nicht viel gehörte, denn der Tabak, den man damals in Polen kaufen konnte, war immer scheußlich. Wir rauchten das Zeug, bis die Packung leer war. Als wir die Kühe heimwärts treiben mußten, wurde mir entsetzlich schlecht. Ich rieb mir Gesicht und Hände mit Kuhmist ein, um den Tabakgeruch zu übertönen – der Gestank nach Erbrochenem tat das Seine dazu. Als die Übelkeit nachließ, bekam ich Durchfall, der die ganze Nacht und Teile des folgenden Tages anhielt. Ich war grün im Gesicht, klapperte mit den Zähnen und konnte keinen Bissen herunterbringen. Als Tanja sich schon darauf einstellte, daß ich Typhus hatte, wurde ich wie durch ein Wunder wieder gesund. Um keinen Preis hätte ich ihr die wahre Ursache meiner Krankheit verraten.

Daß ich das nicht tat, lag zum Teil an Tanjas Strenge und ihrer besonderen Art, mich zu bestrafen. Daß sie auf tadellosem Benehmen bestand oder jedenfalls darauf, daß ich mich so benahm, wie sie es wollte, akzeptierte ich, soweit es die Außenwelt betraf. Davon konnte unser Leben abhängen. Aber auch wenn wir allein waren und ich fand, daß es nicht so darauf ankam, verlangte sie genauso beharrlich und streng, daß ich mich selbst kontrollierte und von ihr kontrollieren ließ. Mag sein, sie glaubte, ich müßte ständig in Übung bleiben. Wahrscheinlich aber wurde sie deshalb so streng, weil sie ständig angespannt über sich wachte, damit sie keinen Augenblick lang ihre unglaubliche Selbstbeherrschung verlor, und zudem auch, weil wir immer zusammen waren. Schon in T. hatten wir nach dem Umzug zu Pan und Pani Kramer immer im selben Raum geschlafen. Nur in der Zeit, als wir in Lwów in der Wohnung waren, die Reinhard für uns besorgt hatte, war es anders gewesen. Aber nach dem Tag seines Todes hatten wir alle Nächte in einem gemeinsamen Bett verbracht: Manche dieser Betten waren schmal, oft schmaler als der Strohsack, den wir uns jetzt in Kulas Küche teilten, wo Masia auf ihrem Lager unsere Zweisamkeit einschränkte, und immer waren die Zimmer eng gewesen – aber niemals hatte ich Tanja nackt gesehen. Unbekleidet zu sein hieß bei Tanja, einen Schlüpfer oder ein langes Nachthemd anzuhaben. Selbst ihre Körperfunktionen waren noch unter den beengtesten Umständen ganz ihre Privatsache. Aber meine Nacktheit, meine Verdauung und meine Blase blieben ein dauernder Gegenstand der Befragung, Untersuchung und Überlegung.

Die Zeit des ständigen Zusammenseins mit Tanja hatte in Lwów angefangen, weil Reinhard nur an den Wochenenden da war. Die Mahlzeiten und Unterhaltungen mit den anderen Untermietern bei Pani Dumont waren schon Teil des Theaters gewesen, das wir zwei den anderen vorspielen mußten. Pani Bronicka bestand gelegentlich darauf, daß Tanja während des Privatunterrichts den Raum verließ, damit ich nicht ganz so stark unter dem Einfluß von Telepathie stand, wie sie es nannte, aber meistens sagte sie nichts, und Tanja blieb bei uns sitzen. Sie tat dann so, als sei sie in ihr Buch vertieft, aber in Wahrheit achtete sie auf jedes Wort, das gewechselt wurde, und auf alle meine Gesten und Bewegungen. Die einzige, glückliche Ausnahme bildeten die Stunden, die wir mit meinem Großvater verbrachten. Dann ließ Tanjas wachsame Aufmerksamkeit plötzlich nach wie die Kraft eines Magneten, der Nadeln und Nägel fallen läßt. Bei Pater P. und den anderen Kindern in der Katechismusstunde gab ich natürlich wieder eine Vorstellung, die Tanja vorher bis ins Detail mit mir einstudiert hatte, aber immerhin war ich der Schauspieler, und meine Darstellung wurde nicht überwacht. Andererseits war es jahrelang genauso, wie Tanja es vorhergesagt hatte: Tanja und Maciek, vierundzwanzig Stunden am Tag zusammen und allein *contra mundum*, gegen die ganze Welt.

Und ich liebte und bewunderte meine schöne, mutige Tante immer leidenschaftlicher. Ihr Körper konnte meinem gar nicht nahe genug sein; sie war mein Schutzwall bei Gefahr und Trostquell in allen Lebenslagen. Wenn ich wußte, daß sie – aus welchem Grund auch immer, vielleicht weil das Nachthemd nach der Wäsche nicht rechtzeitig trocken geworden war oder weil sie wie jetzt in Piasowe gar keines mehr besaß – nur mit einem Schlüpfer zu Bett kommen würde, dann wartete ich ungeduldig auf die Nacht, weil ich sie besonders nahe bei mir haben würde.

In jenen Jahren, als jedes Wort, das sie sagte oder hörte, genau auf Gefahren, die es heraufbeschwören oder andeuten mochte, geprüft werden mußte, steckte immer eine Absicht hinter Tanjas Worten und Gesten, ausgenommen die Stunden, in denen sie mit meinem Großvater und mir allein war. Diese Absicht bestand darin, etwas zu verbergen, zu gefallen, die Aufmerksamkeit der anderen auf etwas zu konzentrieren, was die Zuhörer freute und von uns ablenkte. Ich spielte dabei die Nebenrolle. Bei mir wollte sie sich nicht beliebt machen; das war ganz natürlich, und ich erwartete wohl auch nichts anderes. Aber Tanja kannte nur Verstellung oder strenge Härte; ein drittes schien für sie kaum zu existieren. Solange wir allein waren – also fast immer, wie gesagt –, wurde jeder kleine Fehler in meinem Verhalten oder Äußeren rückhaltlos, präzise und kritisch kommentiert. In gewisser Weise war das die professionelle Kritik eines Schauspielers am Handwerk seines Kollegen. Und wenn Tanja meine Reaktion auf ihre Beobachtungen albern fand oder wenn das, was sie kritisierte, sie wirklich geärgert hatte, hüllte sie sich zur Strafe in Schweigen, und ihre Miene war dann versteinert vor Schmerz und Vorwurf. Dieses Schweigen konnte

Stunden oder Tage dauern, je nach der Schwere meines Vergehens und der Intensität meiner Bitten um Verzeihung. Da wir aber Schauspieler waren, mußte das Theater natürlich weitergehen: Sobald wir Publikum hatten, trat umgehend Waffenstillstand ein, und eine fast schon übermäßige Freundlichkeit schob sich vor Kritik oder Schweigen.

Aber jetzt, unter Kulas Dach in Piasowe, hatte sich die Lage geändert. Jeden Tag stand ich im Morgengrauen auf und half Masia oder der Kulowa beim Melken, und dann verschwand ich mit den Kühen auf der Weide und kam erst unmittelbar vor dem Abendmelken wieder. Danach mußte ich gleich die Schweine füttern oder irgendwelche unaufschiebbaren Arbeiten im Hühnerstall machen. Wenn ich endlich beim Abendbrot neben Tanja saß, beide Ellbogen auf den Tisch gestützt, dann aß ich meine Suppe genauso geräuschvoll wie Tadek. Tanja konnte mich nicht zurechtweisen, auch wenn, wie ich wußte, jedes Schlürfen sie ins Herz traf. Sie hätte damit ja indirekt auch Tadek kritisiert, und das war gegen die Regel. Ganz anders als in Lwów oder Warschau waren wir in Piasowe tagsüber nie allein; erst abends, wenn wir hörten, daß Masias sanftes Schnarchen regelmäßig geworden war, und wir aneinandergeschmiegt unter unserem Federbett lagen, fingen wir an, uns flüsternd zu unterhalten, solange wir gegen Erschöpfung und Schläfrigkeit ankämpfen konnten. Aber diese Augenblicke des Alleinseins waren eine Zeit für Geheimnisse und Zärtlichkeit, zu kostbar, als daß Tanja ihrem Ärger hätte Ausdruck geben mögen. Und mit Schweigen strafen konnte sie mich auch nicht, das hätte die Kulas nur verwirrt. Also hätte ich Tanja gut die Wahrheit sagen können, und wahrscheinlich hätte sie über meinen mißglückten Versuch, Bekanntschaft mit dem Tabak zu schließen, nur gelacht und mir einen Kuß gegeben und gesagt, ich sei ganz wie mein Großvater. Aber die Angst vor Tanjas Strafe war eben nur ein Teil der unüberwindlichen Hemmung, meinen dummen Streich zu bekennen – lieber nahm ich in Kauf, daß ich sie und mich verletzte. Das Lügen war mir so sehr zur Gewohnheit geworden, daß ich zwanghaft log, ob ich wollte oder nicht, und ich glaubte auch nicht mehr, daß Tanja oder ich selbst mir Schwäche, Dummheit oder Fehler verzeihen könnten.

Das wichtigste Geheimnis, über das wir uns in diesen Nächten unterhielten, war Tanjas Geschäftsverbindung mit Komar. Nach der Kartoffel- und Rübenernte hatte sie nur noch leichtere Arbeit getan, das Butterfaß gedreht, den Küchenfußboden gewischt, die Wäsche gewaschen und Hühnerfutter vorbereitet; sehr bald merkte sie, daß Kula zunehmend scheele Blicke in ihre Richtung warf, ganz wie Stefa vorhergesagt hatte. Sie war jetzt abends so rechtzeitig fertig mit der Arbeit, daß sie es sich erlauben konnte, vor dem Essen noch zu Komar zu gehen. Komar sprach mit ihr über den Krieg. Sein Netzwerk aus Handelsbeziehungen war eine unerschöpfliche Quelle der Verwunderung, und die Informationen, die er durch diese Beziehungen bekam, waren es nicht minder. Sie erfuhr, daß die Russen in der Tschechoslowakei standen und die Donau überquert hatten, daß die Amerikaner und Engländer schon fast bis zum Rhein gekommen waren; die Deutschen waren geschlagen und der Krieg so gut wie vorbei, nur für uns noch nicht.

Sie trank mit Komar. Er war beeindruckt von ihrer Fähigkeit, alles hinunterzukippen, was er ihr einschenkte, Witze zu reißen und die unterschiedliche Qualität seiner Wodka-

und *samogon*-Sorten herauszuschmecken, die er ihr anbot. Diese Schullehrerin hatte ungewöhnliche Talente – jetzt bereute er, daß er sie nicht selbst behalten hatte, statt sie und ihren Jungen dem alten Idioten Kula zu schicken, sagte er. Sie setzte ihm daraufhin auseinander, wie unsicher ihre Stellung bei Kula inzwischen geworden war. Sie frage sich, sagte sie, wie viele Tage es noch dauern mochte, bis Kula sie und ihren Sohn vor die Tür setzte; dann müßten sie an der Landstraße betteln oder die Partisanen in den Wäldern suchen. Als Komar das hörte, wurde er dunkelrot vor Zorn, und dieser Zorn war der Vater eines Vorschlags zur Zusammenarbeit. Jetzt, kurz vor Weihnachten, war der Wodkabedarf der Bauern so groß, daß er kaum nachkam. Wollte sie nicht Vertreterin und Kurier bei ihm werden? Er würde ihr eine Provision zahlen und sofort einen Vorschuß zur späteren Verrechnung geben. Mit dem Geld könnte sie unsere Unterkunft bei Kula finanzieren. Ich könnte mich weiter um die Kühe kümmern, und wir alle würden glücklich und zufrieden weiterleben, bis die Russen kämen und uns ausraubten. Auf diese Pläne stießen sie an und tranken ihre Gläser in einem Zug leer. Am nächsten Tag besuchte Komar Kula, als wir gerade beim Abendessen saßen; aus der Tasche seines Schaffellmantels ragte der Hals einer Wodkaflasche. Wenn Kula anfänglich vielleicht noch gewisse Bedenken hatte, uns weiter zu beherbergen, so spülte er sie mit dem Wodka schnell weg. Bevor wir schlafen gingen, regelte Tanja das Geschäftliche mit ihm.

Bimber nannte man im Krieg den illegal hausgebrannten Wodka. Dieses Produkt war nicht ungefährlich für den, der es trank: Erwischte man eine mindere Sorte, konnte man blind und lahm werden. Die Polizei machte Jagd auf Schnapsbrenner und -verkäufer, woran die Tatsache, daß der

Zusammenbruch der langgewohnten Ordnung unmittelbar bevorstand, nichts änderte; die Polizei schützte weiterhin das Staatsmonopol auf Branntweinproduktion, meistens mit Hilfe von Erpressung. Kein Wunder also, daß das gesamte illegale Geschäft in der Hand gewiefter Großstadtgauner lag, der *cwaniaki,* die als Flüchtlinge aus Warschau nach G. gekommen waren und sich von dort über die masowischen Dörfer verteilt hatten. Tanja wurde Komars Kontaktperson zu diesen Händlern. Sie reiste einmal in der Woche mit Komars Fuhrwerk nach W. und holte die Ware ab. Dann suchte sie, zuerst mit Komar zusammen, später allein, die Bauern in den umliegenden Dörfern auf, die Schankstuben wie Komar betrieben, und bot ihnen die Ware an. Man mußte das Vertrauen der Bauern gewinnen: Das war der Schlüssel zum Verkaufserfolg. Die Abnehmer mußten überzeugt sein, daß der *bimber*, den man ihnen anbot, nicht schädlich war. Das Vertrauen stellte sich am schnellsten dann ein, wenn der Lieferant vor den Augen des Schankwirts ein Glas Wodka aus jeder Flasche der Lieferung trank. Tanja war trinkfest; sie brachte so viele Flaschen mit, wie sie tragen konnte, und nahm aus jeder eine Kostprobe. Auch danach war ihr Kopf immer noch klar genug für harte Verhandlungen um den Preis und für den Rückweg zu Komar, wo sie Nachschub holte und diesen zum nächsten Dorf brachte. Zuerst trabte sie in ihren Holzpantinen von Dorf zu Dorf, aber es dauerte nicht lange, bis sie genug Geld beisammenhatte, um sich kniehohe Lederstiefel zu kaufen, das Erkennungszeichen eines erfolgreichen Schwarzmarkthändlers. Und ich bekam richtige Schuhe. Komar hatte das Steigen des Bedarfs richtig eingeschätzt. Sehr bald mußte man schon jeden zweiten Tag nach W. fahren und Nachschub holen, und manchmal brauchte man Pferd und Wagen, um die Bestellungen auszuliefern. Daß Tanja sich mit dem Großhändler, Pan Nowak, anfreundete, erleichterte die Sache. Langsam wurde der *bimber* knapp, aber für Tanja und Komar war immer noch genug da. Während Komar oder sein Schwiegersohn die Pferde versorgte und das Fuhrwerk belud, tauschten Tanja und Nowak Nachrichten über Frontbewegungen aus und spekulierten, wann die Russen wohl wieder in Polen angreifen würden und wo der Schlag dann fiele.

Pan Nowak beklagte sich darüber, daß er in W. ganz allein sei und niemanden zum Reden habe, nur die Bauern und Kleinstadt-Ignoranten. Wenn Pani sich doch entschließen könnte, Piasowe zu verlassen, dann würde er sie als Partnerin ins Geschäft nehmen – zusammen könnten sie vor Kriegsende noch ein Vermögen machen. Im Umkreis von hundert Kilometern belieferte er in jedem Dorf den Bauern, der den Wodka verkaufte und das Dorf in der Hand hatte.

Tanja erzählte mir, daß Nowaks Absichten sich nicht auf den *bimber*-Vertrieb beschränkten, daß er auch nicht bloß einen intelligenten Menschen um sich haben wollte, mit dem er sich unterhalten könnte; sie habe deshalb beschlossen, ein klein wenig mit ihm zu flirten, des Geschäftsklimas wegen, obwohl er doch ein widerlicher Gangster sei. Die Bekanntschaft mit ihm konnte auch noch in anderer Hinsicht von Nutzen sein. Da er so viele Verbindungen besaß, hatte sie ihm Großvater genau beschrieben und den Namen genannt, unter dem er in Warschau gelebt hatte. Nowak hatte versprochen, alle seine Kunden zu fragen, ob ein Mann, auf den die Beschreibung paßte, in ihrem Dorf sei. Man konnte nie wissen: Vielleicht war Großvater irgendwo ganz in unserer Nähe, es schienen sich nämlich viele Flüchtlinge aus Warschau in diese Einöde verirrt zu haben. Tanja hatte das Gefühl, wir könnten ihn über Nowak ausfindig machen. Seit langem kreiste unsere Phantasie ständig um den Wunschtraum, meinen Großvater wiederzufinden. Nachts schmiedeten wir immer wieder flüsternd Pläne, wenn wir nicht Anekdoten vom *bimber*-Verkauf und von Kulas Stimmungen austauschten und wenn Tanja nicht besorgt fragte, ob ich beim Hüten nicht zu sehr frieren müsse. Sie wollte mir eine Schaffelljacke besorgen, aber das war nicht so einfach. Ich wollte übrigens auch gar keine. Ich wollte so angezogen sein wie die anderen, wollte geflickte, ausrangierte Jacken in Schichten übereinandertragen und aussehen wie eine Vogelscheuche.

Mehrmals hatte es leichte Schneefälle gegeben, aber die Kühe konnten noch grasen. Es war so kalt auf den Weiden, daß wir immer in Bewegung bleiben und mit den Füßen stampfen mußten; die Arme hielten wir über der Brust gekreuzt und vergruben die Hände in den Ärmeln. Die Kulowa wollte mit den Weihnachtsvorbereitungen anfangen. Kula war einverstanden und gab Tadek den Auftrag, das fetteste Schwein zu schlachten, ein schlammverkrustetes, mißtrauisch blickendes Tier. Kula hatte nicht die Absicht, alles Fleisch selbst zu verbrauchen – den größten Teil wollte er im Dorf und an Komar verkaufen.

Die Nachbarn kamen zum Helfen und zum Zuschauen. Zuerst trieben sie das Schwein mit Mistgabeln in den Hof. Da stand es und grunzte. Ein paarmal galoppierte es plötzlich los und versuchte zu entwischen, doch trieben sie es immer wieder in die Hofmitte. Dann aber ging es rasch: Tadek, Kula und Stefas Bruder Jurek stürzten sich auf das Schwein, stellten es auf zwei Beine und banden es an einen Pfosten.

Jetzt quiekte es, die Nachbarn stachen es mit den Mistgabeln, und die anderen Schweine im Stall machten fürchterlichen Lärm. Alle lachten und witzelten, dem Schwein sei die Prozedur wohl bekannt, sonst hätte es nicht solche Angst; zu schade, daß es seinen eigenen Schinken nicht probieren könne. Unterdessen holte Tadek seine Schlachtermesser und eine große Schüssel, die er der Kulowa zum Halten gab. Als er dem Schwein die Kehle aufschlitzte, hustete es gurgelnd, und das Blut schoß in einem dicken Strahl heraus, so daß die Kulowa Mühe hatte, es in der Schüssel aufzufangen. Als sie fanden, nun habe das Schwein ausgeblutet, rasierte Tadek es an einigen Stellen, zog ihm an den übrigen die Schwarte ab und zerteilte es mit schnellen Schnitten. Ab und zu warf er ein Stück, das er nicht brauchen konnte, dem Hund zu, der wie wild auf den Hinterbeinen tanzte und dessen Kopf immer wieder von der Kette zurückgerissen wurde. Aber nach einer Weile ärgerte sich Tadek über das verrückte Gebaren des Hundes. Er ging mit einem Stück Fleisch in der Hand auf das Tier zu, und als der Hund die Schnauze aufriß und das Fleisch schnappen wollte, trat er ihm in den Bauch. Da kroch der Hund winselnd in seine Hütte, und Tadek fing an ihn zu reizen. Er hielt ihm einen Brocken vor die Nase, der Hund stürzte sich darauf, und manchmal gab Tadek ihm das Fleisch, manchmal trat er ihn aber auch oder schlug ihn mit dem Fleischklopfer, den er hinter dem Rücken versteckt gehalten hatte. Dieses Spiel ging eine Zeitlang, weil der Hund es nicht schnell genug zu begreifen schien oder nicht wußte, was zu erwarten war.

Die Frauen waren in der Küche und schnitten das Fleisch in Würfel oder hackten es zum Wurstmachen. Als Tadek das Spiel mit dem Hund satt hatte, baute er die Maschine zum

Stopfen der Würste auf und stellte ein paar Frauen an, das Gerät in Gang zu setzen. Zuerst machten sie Blutwürste; eine kleine Menge für die Suppe hatten sie schon abgefüllt. Kula und die anderen Männer saßen im Hof und ließen die Wodkaflasche kreisen. Sie wurden immer lauter. Als die Flasche leer war, rief Kula nach Tanja und fragte, wozu sie und ihr Bastard eigentlich gut wären, wenn sie ihm nicht mal eine Flasche *bimber* anbieten wollte, obwohl sie doch sehen könne, daß kein Tropfen mehr in seiner Flasche sei. Tanja überlegte kurz und sagte dann, sie biete ihm Wodka so wenig oder viel an, wie er ihr und ihrem Sohn Gastfreundschaft angeboten habe. Trotzdem wolle sie ihm eine Flasche geben, wenn er zwei kaufen würde. Da lachten die anderen Bauern, klopften Kula auf die Schulter und sagten, da hast du auf Granit gebissen. Kula fing auch an zu lachen und sagte, ich habe es nicht böse gemeint. Tanja streckte ihm die Hand hin, Kula ergriff sie, und dann sagte sie, sie werde ihm und der Bäuerin immer dankbar sein; und schon holte sie die Flaschen aus Komars Laden.

Unterdessen standen die Suppe und die Teller mit den Speckgrieben, die im ausgelassenen Fett schwammen, schon auf dem Tisch bereit. Sogar die Kinder bekamen ein dickes Stück Brot, das man mit dem Speck aß oder in das siedende Fett tunkte. Als Tanja mit der Flasche wiederkam, erschollen freudige Rufe im Chor. Sie entkorkte die Flasche und reichte sie Kula. Hinter ihr standen Komar und ein anderer Mann, den ich nicht kannte: Er trug Lederstiefel wie Tanja und einen flauschigen Schafpelz, der zum Stiefelbesatz paßte. Tanja rief mich und stellte mich vor. Der Mann war Nowak. Er kniff mich ins Ohr. Er sei gerade in der Nähe gewesen und habe nicht vorbeifahren können, ohne bei seinem Freund

Komar hereinzuschauen, und nun habe er das Glück, auch noch die schönste Frau Warschaus zu sehen. Rein zufällig habe er ein paar Kleinigkeiten für uns dabei. Er gab Tanja ein Päckchen mit einem roten Wollschal, den sie sich sofort um die Schultern legte: Während sie in Kulas Zimmer in den Spiegel sah, um zu prüfen, ob ihr der Schal stand, kniff mich Nowak noch ein bißchen ins Ohr und gab mir eine große Mundharmonika. Das war ein Geschenk, das mir wirklich sehr gefiel. Sobald Tanja es mir erlaubte, verabschiedete ich mich von Nowak und ging mit Stefa und den Jungen zur Scheune, um die Mundharmonika auszuprobieren.

Sie tranken noch lange weiter. Nowak lieh sich meine Mundharmonika aus, und es zeigte sich, daß er sehr gut spielen konnte. Zuerst tanzten Tanja und Komar, dann spielte Komar, und Tanja tanzte mit Nowak. Sie brachten sogar Kula dazu, mit der Kulowa zu tanzen und danach auch mit Tanja. Stefa sagte mir, daß die Vorstellung in der Scheune schon angefangen habe. Jurek und Masia seien voll am Werk, und Tadek sähe gerade zu. Komar und Nowak brachten neue Flaschen. Viele Bauern waren stark betrunken: Sie stürzten aus der Küche und erbrachen sich im Hof, kamen torkelnd wieder herein, aßen ein Stück Schmalzbrot und tranken weiter. Nowak wollte Tanja den Hut auf dem Kopf des Mannes im Mond zeigen. Das dauerte ziemlich lange. Als die beiden wiederkamen, sah Tanja sehr ernst aus. Dann wurde wieder eine Runde Flaschen geleert. Nur noch Tanja schien nüchtern. Die Bauern wurden von ihren Frauen heimwärts geschleift. Obwohl Nowak einen solchen Schluckauf hatte, daß sein ganzer Körper davon erschüttert wurde, machte er Tanja lange blumige Komplimente und erklärte ihr immer wieder, daß sie sich ganz unbedingt noch vor dem

Wochenende wiedersehen müßten. Dann gingen er und Komar auch.

Als wir in dieser Nacht zu Bett gingen, verbot mir Tanja, sie nach Nowaks Mann im Mond auszufragen. Nowak hätte sich das nur ausgedacht, weil er einen Vorwand gebraucht hätte, um mit ihr allein reden zu können. Sie könne mit Nowak umgehen und würde auch mit ihm umgehen, solange es ihr passe. Wichtig war, daß er vielleicht Großvater gefunden hatte. Vor ein paar Tagen hatte er mit einem Bauern gesprochen, der ihm erzählte, er habe von einem älteren Pan gehört, dessen Name der gesuchte sein könne, und dieser Pan solle in einem Nachbardorf wohnen. Er komme fast jeden Tag zu dem Wodkaausschank im Dorf und trinke ein oder zwei Glas. Das Dorf hieß Bieda und war knapp dreißig Kilometer von Piasowe entfernt. Vielleicht stimmte alles nicht, aber das glaubte sie eigentlich nicht. Sie hatte nachgedacht, wie sie dorthin kommen wollte. In Piasowe einen Bauern mit Pferd und Wagen anzuheuern war ganz ausgeschlossen. Die Risiken waren zu hoch, ganz unabhängig davon, ob der Mann nun Großvater war oder nicht. Sie wollte nicht, daß der Klatsch in Piasowe und Bieda sich um uns drehte. Sie hatte einen anderen Plan: Gleich am frühen Morgen, bevor das Dorf wach wurde, wollte sie zu Fuß losgehen. Mit etwas Glück fand sich vielleicht ein Bauer auf dem Weg nach Bieda, der sie mitnahm. Über den Heimweg würde sie sich Gedanken machen, wenn sie in Bieda sei, im Moment sei nur wichtig, ob es sich bei diesem bewußten Mann um Großvater handle. Mich könne sie auf keinen Fall mitnehmen, es würde dann alles zu lange dauern.

Ich sah, daß ihr Entschluß feststand, und fragte nur, was ich zu Kula oder Komar sagen sollte, wenn sie wissen wollten, wo Tanja sei. Daran hatte sie nicht gedacht. Zuerst meinte sie, keine Sorge, niemand wird fragen – bis du mit den Kühen von der Weide kommst, bin ich längst wieder da. Nach einer Weile, als ich gerade am Einschlafen war, sagte sie, am besten sollte ich so tun, als wüßte ich von gar nichts; dann würden die anderen glauben, sie hätte sich mit Nowak getroffen. Sie sei jetzt zu müde zum Nachdenken, aber auf dem Rückweg nach Piasowe würde ihr schon einfallen, was sie den anderen erzählen wollte, je nachdem, ob sie Großvater gefunden hätte und was er dann vorschlagen würde. Danach versuchten wir beide zu schlafen, aber daraus wurde nicht viel, wir waren so voller Hoffnung und Angst. Es war noch nicht hell, als Tanja sich barfuß auf Zehenspitzen aus der Küche stahl. Der Hund erkannte sie – er schlug nicht an.

Der Tag verging langsam. Stefa sagte, es würde Schnee geben, aber es schneite nicht, es wurde nur kälter und windiger. Unser Feuer wärmte nicht, der Wind verwehte die Hitze gleich wieder. Ich hatte eine Lieblingskuh, die war schon alt und fast ganz schwarz und hatte schwere Augen. Sie mochte es gern, wenn ich sie kraulte und auf sie einredete. Ich legte ihr die Arme um den Hals und stand lange da, an ihre Flanken geschmiegt. Als ich mich genug an ihr gewärmt hatte, ging ich wieder zu Stefa und den Jungen ans Feuer. Wir unterhielten uns über das Schweineschlachten, über die Schinken und Würste, die Kula verkaufen wollte, und über Weihnachten. Ich erklärte ihnen, daß die Russen bald in Piasowe sein würden. Dann wäre der Krieg vorbei, und Tanja und ich würden wieder in die Stadt ziehen. T. wollte ich immer noch nicht erwähnen – ich fand, daß das unnötig viel von unserer Geschichte verriete. Warschau war zerstört, und ich wußte, daß wir dorthin nicht gehen konnten. Ich sagte, wir würden wahrscheinlich nach Krakau ziehen, in die Stadt, aus der meine Großeltern stammten. Ich erzählte ihnen, daß Großmutter tot war, aber wir würden dann bei meinem Großvater wohnen. Sie dürften uns alle besuchen kommen, im Winter, wenn in Piasowe nicht viel zu tun sei. Für die Fahrt nach G. würden wir ihnen Pferd und Wagen schicken, und Fahrkarten für den Zug nach Krakau. Oder vielleicht würde auch ich nach Piasowe kommen und sie alle abholen, damit sie keine Angst vor der Eisenbahn und der großen Stadt haben müßten. Sie schüttelten die Köpfe und meinten, ich wäre dann viel zu weit weg, um noch an sie zu denken, aber ich war so aufgeregt bei dem Gedanken an Krakau und das Leben mit Großvater in seinem Haus, daß ich immer mehr Versprechungen machte: wahrscheinlich würde mein Großvater überhaupt mit mir von Krakau nach Piasowe kommen. Dann würden sie sehen, wie stark er sei und wie gut er mit Tieren umgehen könne. Einen Tag würden wir bleiben, Großvater würde alle kennenlernen und über die Felder gehen, und dann würden wir alle zusammen abfahren.

Ich redete und redete, und die ganze Zeit schnürte mir Angst fast die Kehle zu. Wenn nun der Flüchtling in Bieda gar nicht Großvater war? Wo sollten wir ihn dann suchen? Ob Tanja heil in Bieda ankam? Was würde sie machen, wenn eine deutsche Streife sie anhielt oder wenn ein Bauer mit seinem Wagen vorbeifuhr, sah, daß sie ganz allein war, und sie dann auszurauben statt mitzunehmen versuchte? Noch nie, seit Lwów, hatte sie mich einen ganzen Tag allein gelassen, und noch nie war sie so weit fort von mir gewesen. Die Hütejungen mochten mich, aber meine Freunde waren sie nicht.

Hier hatte ich nur Stefa zur Freundin, vielleicht noch die Kulowa, aber ohne Tanja war ich wie eine streunende Katze, auf die jeder mit Steinen werfen konnte. Und dann entschloß ich mich, den Kindern auch von meinem Vater zu erzählen. Ich sagte, er würde ganz bestimmt in seiner Offiziersuniform aus dem Kriegsgefangenenlager wiederkommen und Tanja und mich suchen, sobald die Deutschen weg wären. Als Major, der er sei, trage er eine Pistole im Gürtel und vielleicht auch ein Schwert. Die Polizei würde ihm bei der Suche helfen müssen. Er würde nicht ruhen, bis er uns endlich gefunden hätte.

Der Wind nahm zu. Die Kühe wurden unruhig; sie hörten auf zu grasen und fingen an zu muhen und ziellos hin und her zu laufen. Stefa sagte, wenn sie aufhörten zu fressen, sollten wir sie lieber nach Hause bringen, was wir dann auch machten. Ich war fertig mit der Arbeit im Kuhstall, aber Tanja war immer noch nicht gekommen. Die Kulowa erzählte mir, daß Kula schlief; geschähe ihm ganz recht, daß ihm jetzt schlecht sei, nach diesen Mengen von Wodka. Was bildete er sich eigentlich ein, wer er wäre, mitten am Wochentag in sein Federbett zu kriechen? Der Dreckskerl Tadek habe sich auch verzogen und kotze sich irgendwo aus. Sie machte Käse, wobei sie die geronnene Milch gerade in rechteckige Leinensäckchen goß. Die Molke mußte man dann sorgfältig über einer Schüssel auspressen. Anschließend wurden die Käse in ihren Säckchen auf ein Brett gelegt, mit einem zweiten Brett zugedeckt, mit einem Gewicht beschwert und mußten ruhen. Ich half der Kulowa, indem ich die Säckchen für sie hielt. Wir probierten von dem feuchten frischen Käse. Danach fütterten wir die Hühner und Schweine, und ich ging der Kulowa beim Melken zur Hand. Ich schüttete Heu in die Krippen, damit sich die Tiere ruhig hielten. Masia war auch verschwunden.

Wir aßen spät zu Abend, erst als Kula aufgewacht war. Tadek und Masia hatten sich inzwischen auch in der Küche eingefunden – nur Tanja war nicht da. Ich sagte der Kulowa, ich wisse nicht, wo sie sei. Die anderen fragten nicht, offenbar waren sie ganz gern einmal unter sich. Der kleine Kuhhirte störte weiter nicht; er hielt den Mund, dankte allerdings der Kulowa für jeden Bissen, den sie ihm auf den Teller legte. Dann war Schlafenszeit. Masia zerrte ihr Bettzeug herein, ich holte Tanjas und meines. Kula sagte, Tanja hätte wohl irgendwo eine weichere Matratze gefunden. Sie löschten die Lampe, und ich war immer noch allein.

Tanja weckte mich aus tiefem Schlaf. Sie zitterte vor Kälte und weinte ganz verzweifelt und küßte mich. Ich küßte sie wieder und streichelte ihr Haar, und nach einer Weile erzählte sie mir, was geschehen war. Nach Bieda zu kommen hatte länger gedauert, als sie gedacht hatte. Sie war bestimmt schon zwei Drittel des Weges gegangen, als sie endlich ein Bauer mit seinem Wagen überholte, der in die richtige Richtung fuhr. Er nahm sie mit. Es war ein schweigsamer Mann mit einem guten schnellen Pferd. Geld wollte er nicht nehmen. Als sie nach Bieda kamen, zeigte er ihr das Haus des Mannes, der Wodka ausschenkte, und fuhr weiter. Sie hatte sich vorgenommen, zuerst mit dem Mann ins Geschäft zu kommen und ihn dann beiläufig zu fragen, ob sich in seinem Dorf Flüchtlinge aus Warschau oder anderen Orten aufhielten. Der Bauer war sehr vorsichtig. Zuerst wollte er von *bimber* nichts wissen und tat so, als würde er nur regulären Wodka verkaufen. Als sie ihm aber klargemacht hatte, wie gut sie Nowak kannte, taute er auf, und sie tranken ein Glas *bimber* zusammen. Dabei erzählte sie ihm, sie habe viele Möglichkeiten, *bimber* zu beschaffen, sie wolle nur wissen, ob er mehr brauche, als er von Nowak bekomme. Er schien nicht übermäßig interessiert. Tanja bedauerte, daß sie nicht miteinander ins Geschäft kommen könnten, aber da sie schon einmal in Bieda sei, wolle sie bei der Gelegenheit nachfragen, ob es vielleicht Flüchtlinge im Dorf gäbe, die Schmuck zu verkaufen hätten; damit handele sie auch.

Als er das hörte, lachte der Bauer und sagte, da sei sie nun zu spät gekommen: Sie hätten einen sehr guten, reichen Flüchtling gehabt, der eine goldene Uhr und goldene Ringe und Geld besessen habe, aber in der letzten Woche seien die Deutschen gekommen und hätten ihn an die Wand gestellt. Er zeigte auf seine eigene Scheune: Genau da haben sie ihn erschossen. Der war hier, der Pan – und der Bauer nannte den Namen meines Großvaters –, hier hat er gesessen und mit mir getrunken, wie Sie jetzt, da sind sie mit einem schweren Wagen gekommen, es waren vier, mit Pan Miska, der in Zielne wohnt, da drüben. Dieser Pan mit dem Gold schien nämlich Jude zu sein, ein großer Bauernhof und zwei Wälder haben ihm gehört. Pan Miska war sein Gutsverwalter. Mein Pan hat den Bauern hier immer geholfen, wenn eine Kuh oder ein Pferd krank geworden war, davon verstand er mehr als ein Tierarzt, und eines Tages ging er nach Zielne, weil sie da eine Kuh hatten, die Hilfe beim Kalben brauchte. Und da hat Pan Miska ihn gesehen und im selben Augenblick gedacht, dieser Jude soll nicht wieder auf sein Gut zurück, dann sollen ihn lieber die Deutschen schnappen, bevor die Russen kommen. Das hat Miska dem Pan ins Gesicht gesagt, die Bauern haben dabeigestanden, und mein Pan hat die Hände aus der Kuh gezogen, sie am Stroh abgewischt und Miska mit seinem Stock ins Gesicht geschlagen – den Stock hatte er immer bei sich. Dann spuckte er vor Miska aus und sagte, beim nächsten Mal solle er gefälligst erst seinen Hut abnehmen, bevor er mit ihm spreche. Die Bauern lachten so sehr, daß ihnen der Bauch weh tat, aber der Pan arbeitete weiter an der Kuh, als ob nichts geschehen wäre. Manche von uns haben dem Pan gesagt, er solle lieber weglaufen, Miska würde Ernst machen, aber der Pan wollte davon nichts hören. Und dann sind sie im Auto mit Miska gekommen, haben deutsch gesprochen und dem Pan in den Kopf geschossen. Miska ist noch in Zielne, wenn Sie ihn sehen wollen; der verkauft Ihnen vielleicht das Gold, das er dem toten Pan abgenommen hat. Tanja erzählte, daß sie sich einen Wodka und dann noch einen bei dem Bauern bestellte, so schwach hatte sie sich gefühlt, und dann bedankte sie sich bei ihm; das mit Zielne würde sie sich überlegen. Darauf verabschiedete sie sich und ging, durchs Dorf und über die Felder, immer im Kreis herum, weil ihr einfiel, daß sie nicht gefragt hatte, was mit Großvaters Leiche geschehen war. Aber sie brachte den Mut nicht auf, noch einmal zurückzugehen. Dann legte sie sich auf einer Weide hin und schlief ein und wachte wieder auf, fast erfroren, und wäre am liebsten nicht wieder aufgewacht, aber schließlich sei ich ja noch da, und ich hätte jetzt außer ihr niemanden mehr. Es wurde dunkel. Sie machte sich auf den Heimweg nach Piasowe. Sie hatte den ganzen Tag nichts gegessen und stolperte und fiel immer wieder hin, und manchmal wußte sie nicht mehr, ob sie auf der richtigen Straße war. Aber sie habe es geschafft, sagte sie jetzt immer wieder, über fünf Stunden in der Dunkelheit, aber geschafft habe sie es. Jetzt weinten wir beide und hörten nicht mehr auf, bis die Kulas wach wurden und wir anfangen mußten zu arbeiten. Das war der schlimmste Tag unseres Lebens.

Und Tanja ging wie jeden Tag zu Komar und verkaufte ihren *bimber*. Ich trieb die Kühe auf die Weide. Ich bekam Kopfschmerzen, mein Kopf dröhnte, und mir war trotz der kalten Luft, die nach Schnee roch, ganz heiß, und ich schwitzte so, daß ich mir die Jacken, eine nach der anderen, aufknöpfte, damit die Luft mir die Haut kühlte. Am Abend fühlte mir Tanja die Stirn und sagte, ich hätte hohes Fieber. Sie sagte, meine Augen sähen merkwürdig aus und sie höre ein Geräusch in meiner Brust, das ihr nicht gefalle. Sofort erklärte sie Kula, ich müsse so lange zu Hause im Bett bleiben, bis ich wieder ganz gesund sei, sie werde Geld dafür geben, daß Stefa die Kühe hütete. Mein Fieber sank nicht, obwohl Tanja mir Aspirin gab, das sie aus W. mitgebracht hatte. Ich blieb auf meiner Matratze liegen, und die Tage flossen ineinander, so daß ich nicht wußte, wieviel Zeit verging; die Küche drehte sich vor meinen Augen, Kulowa gab mir Wasser zu trinken, und ich schwitzte und hatte Schüttelfrost. Tanja war unfreundlich und bissig zu Kula, wenn sie abends nach Hause kam. Danach aber gab sie ihm *bimber*, manchmal sogar Wodka, um es wiedergutzumachen.

Eines Abends betrank sie sich mit Kula und Tadek. Sie sangen so laut und schlugen mit ihren Gläsern den Takt dazu, daß sie das Hämmern in meinem Kopf übertönten. Ich hatte im Halbschlaf seltsame Träume; Tanja meinte, das sei vom Fieber – sie war überzeugt, daß ich eine Lungenentzündung hätte. Dagegen würde nichts helfen außer Ruhe und Wärme.

Weihnachten kam Nowak, brachte Tanja wieder einen Schal mit und Zitronenbonbons für mich. Er nannte sie jetzt nur beim Vornamen, vielleicht war die Anrede Pani ihm zu mühsam. Die ganze Familie saß in der Küche und aß den Schinken, den Kula für Weihnachten aufgehoben hatte. Vom Essensgeruch wurde mir übel. Auf einmal schrie Tanja Nowak an, er solle die Hände von ihrem Arm lassen und sie nie wieder anfassen und ja nicht vergessen, wer er sei, der Krieg gehe bald zu Ende und ihre Bekanntschaft mit Flegeln seiner Sorte auch.

Ein paar Tage danach war ich immer noch schwach und schwindlig, hatte aber kein Fieber mehr. Tanja kam erst nach dem Abendbrot nach Hause; sie habe mit Komar gegessen, sagte sie. Als sie sich zu mir auf die Matratze legte, erzählte sie, was sie mit Komar besprochen hatte. Es sei ein verhängnisvoller Fehler gewesen, Nowak so zu beleidigen. Komar habe ihr gerade erklärt, daß Nowak sich rächen würde. Für den stand fest, daß wir Juden wären. Er habe es schon der Polizei in W. gemeldet. Mit Geld könnte man die Sache nicht aus der Welt schaffen, denn die Polen wollten jetzt nichts mehr mit Juden zu tun haben. Sie gäben solche Denunziationen immer gleich an die Deutschen weiter, und die Gestapo würde uns abholen. Tanja hatte versucht, Komar zu widersprechen. Wir seien gar keine Juden, sie könne ihm unsere Papiere zeigen, aber Komar habe gesagt, die Mühe könne sie sich sparen, er müsse es nicht so genau wissen, er werde uns helfen, weil er ihr Freund sei. Er wollte mit seinem Wagen und zwei Pferden kommen, bevor es hell wurde, und uns nach Rawa zum Zug bringen. Sie traute ihm; er hatte ihr sogar das Geld gegeben, das er ihr noch schuldete. Noch einen Augenblick jetzt, dann wollte sie Kula wecken und ihm Bescheid geben, daß wir gingen. Sie werde sagen, meine Lungen rasselten so, daß sie mich in die Stadt zu einem Arzt bringen müsse, das Reisen in dieser schrecklichen Kälte müsse sie leider in Kauf nehmen.

VII

Wir waren mit dem ersten Zug, den wir in Rawa bekommen konnten, nach Kielce gefahren. Dort saßen wir nun. Die Front kam näher, das Trommelfeuer der Artillerie hörte nicht mehr auf; Tanja sagte, die Russen stünden nur noch zwanzig Kilometer entfernt. Mein Fieber war wiedergekommen und die Kopfschmerzen auch. Tanja und alles um mich herum schwankte und verschob sich ständig, wie buntes Glas in einem Kaleidoskop, und jede neue Verschiebung war ein neuer Stich in meinem Kopf. Ein Arzt kam, hörte die Lunge ab und sagte, die Lungenentzündung sei vorbei, jetzt hätte ich eine Brustfellentzündung; die würde auch wieder vergehen. Ich sollte weiter Aspirin schlucken. Er konnte Tanja einige Tabletten verkaufen.

Wieder einmal wohnten wir zur Untermiete bei einer Frau; wieder einmal hatte Tanja die Adresse der Vermieterin im Bahnhofsrestaurant bekommen. Die Wohnung war schlauchartig und braun, unser Zimmer braun und schmuddelig. Die Deckenlampe, die nutzlos war, weil wir keinen Strom hatten, schwankte bei jedem Bombentreffer. Manchmal fiel etwas Gips von der Decke.

Im Bett lag Tanja vollständig angezogen neben mir. Ich konnte es nicht aushalten, wenn sie unter der Bettdecke neben mir lag – mir war einfach zu heiß. Wir schliefen beide sehr tief, aber immer nur in kurzen Perioden. Dann fing mein gräßlicher Husten wieder an, und wenn sie nicht von allein aufwachte, rüttelte ich sie wach und bat um Milch. Aber Milch gab es in Kielce nicht mehr. Tanja wärmte auf dem kleinen Primuskocher Wasser mit Zucker und versuchte mich zum Trinken zu überreden, immer mußte ich Aspirin dazu schlucken.

Ich hatte das Gefühl, daß mein Körper und das Bett ganz lang geworden waren. Um mich zu kühlen, zog ich die Beine unter der Decke hervor und legte sie auf sie. Dann waren meine Füße ganz weit weg. Zwischen den Zehen sah ich auf einmal dunkle Büschel, in denen etwas Lebendiges wimmelte und kribbelte. Tanja legte mir nasse kalte Lappen auf die Stirn. Sie sagte, das schwarze Gewimmel sei genausowenig wirklich wie der alte Riese von früher; die Russen könnten jeden Tag in Kielce sein; bald sei es so weit, daß ich endlich in einem sauberen Bett in einem großen sonnigen Zimmer liegen und Apfelsinen und Schokolade bekommen würde. Wenn ich nicht zuviel hustete, sang Tanja mir vor. Ein altes Lied: Maciek ist gestorben, liegt auf einem Brett, aber wenn die Musik spielt, wird er weiter tanzen ... ein feiner Kerl war er ... warum konnte er nicht immer am Leben bleiben ...

Kielce wurde beschossen; Bomben und Artilleriegranaten schlugen ein. Sie waren lauter als alles, was wir in Warschau erlebt hatten. An einem Spätnachmittag ging das Glas in unseren Fenstern in Scherben, und ein scharfer Wind fuhr durchs Zimmer. Die Wirtin kam und sagte, daß alle in den Keller müßten. Wir sollten auch nicht im Zimmer bleiben, und mich müßte man in mein Federbett wickeln und hinunterbringen. Im Keller würde es auch nicht kälter sein als in dem Zimmer ohne Fensterscheiben.

Es war ein Keller wie in Warschau, nur noch kälter und feuchter. Eine Naphthalinlampe beleuchtete den Raum und die Menschen in ihm: Manche saßen auf Kisten, manche auf mitgebrachten Stühlen, und alle schienen zu flüstern. Die Explosionen waren jetzt ganz nah. Man hörte auch Maschinengewehrfeuer und einzelne Schüsse. Ein paar Männer gingen hinaus und erkundeten die Lage. Sie sagten, auf der Straße gebe es Einzelkämpfe: Soldaten verfolgten und beschossen andere Soldaten; an der Ecke hatten sie einen Panzer angehalten, der eine Granate nach der anderen abschoß. Ein deutscher oder ein russischer? Tanja hatte eine Flasche Wasser. Sie gab mir kleine Schlucke zu trinken. Ich schlief auf ihrem Schoß ein. Eine gewaltige Explosion weckte mich auf. Der Keller war jetzt voller Staub, ein Teil der Decke war eingestürzt, jemand richtete den Lichtkegel einer Taschenlampe auf das Loch und die Risse, die immer länger wurden. Das Haus hatte einen Treffer bekommen. Da, noch ein lautes Bumsen und dann: Hilferufe. Die Tür zum Keller war in einem Sturzbach aus fallenden Steinen verschwunden. Wir waren verschüttet. Die alte Frau, die um Hilfe geschrien hatte, wurde unter den Steinen hervorgezogen. Sie blutete an Kopf und Beinen. Tanja stand auf und sagte so laut, daß man es trotz des Krachs hören konnte, alle sollten doch Ruhe bewahren, sie habe gelernt, Wunden zu säubern und zu verbinden. Als sie fertig war und die alte Frau nur noch leise wimmerte, fragte jemand: Warum beten wir nicht zusammen, und warum ist diese Pani nicht unser Vorbeter? Also fing Tanja an zu singen. Sie sang den heiligsten der polnischen Bittgesänge an die Jungfrau Maria. Wir sangen alle mit und baten die Mutter Gottes, sie möge uns eine Zeit der Güte bringen.

Gegen Ende des nächsten Tages hörte das Schießen auf. Im Keller standen ein paar Schaufeln. Die Männer schaufelten einen Weg nach draußen. Wir kletterten auf die Straße hinaus: Wir waren nicht die einzigen. Überall krochen graue, menschenähnliche Insekten in den Ruinen herum. Es schneite. Wir erfuhren, daß wir uns im Niemandsland befanden. Die Russen hatten Kielce überrannt, dann waren sie von den Deutschen zurückgetrieben worden, und jetzt waren die Deutschen wieder fort oder hielten sich versteckt, aber die Russen waren nicht zurückgekommen. Alles würde wieder von vorn anfangen. Tanja und ich folgten einigen Leuten aus unserem Keller. Sie hielten Ausschau nach einem zwei- oder dreistöckigen Gebäude, das keinen Treffer abbekommen hatte und in dem sie jemanden kannten. Dort wollten sie unterkriechen. Sie suchten eine Weile, dann fanden sie endlich ein solches Haus. Sie klopften hartnäckig am Tor an, bis ihnen geöffnet wurde. Die Bewohner erkannten die Leute, mit denen wir mitgegangen waren, und ließen uns in ihren Keller. Sie sagten, den Eingang hätten sie aus Angst vor den Russen verbarrikadiert. Wenn die Russen angriffen, würden in vorderster Linie immer Tatarenbataillone eingesetzt, Spezialeinheiten zum Morden, Foltern und Vergewaltigen. Wir würden die Deutschen noch zurückwünschen.

Ich hatte immer noch mein Federbett bei mir. Wir ließen uns damit dicht an einer Wand nieder. Tanja bat um etwas Wasser. Wir bekamen einen ganzen Eimer; sie füllte ihre Flasche und fing an, mir das Gesicht zu waschen. Da drang in diesem schwachbeleuchteten Raum plötzlich eine freundliche wohlbekannte Stimme an unser Ohr – jemand rief Tanja und mich eindringlich beim Namen. Ich sah auf einmal Pani Dumont in ihrer ganzen stattlichen Größe vor mir stehen: Sie hatte eine braune Decke um die Schultern und war etwas zerzaust und ramponiert, aber unverkennbar. Der Keller gehörte zum Haus ihrer Familie. Ihr belgischer Paß hatte sie in Warschau vor der Deportation bewahrt; sie hatte sich nach Kielce durchschlagen können. Als sie Tanja und mich genug geküßt hatte und unsere Umarmungen wiederum ihr Herz erwärmt hatten, stellte sie uns ihren Verwandten vor. Dann gab sie uns etwas zu essen, und endlich schlief ich ein. Bombeneinschläge und Maschinengewehrfeuer dauerten noch stundenlang, der Keller wackelte, und wieder wurde draußen alles still. Ein paar Männer zogen auf einen Erkundungsgang und hörten: Die Russen waren in Kielce. Aber asiatische Gesichter hatte niemand gesehen. Offenbar waren es reguläre Truppen.

Pani Dumont, Tanja und ich kamen aus dem Keller herauf in das blendende Licht eines Januarmorgens. Es schneite nicht mehr. In den Straßen standen russische Armeelaster und Panzerwagen. Soldaten in Filzstiefeln lehnten an ihren Fahrzeugen in der Sonne, winkten uns fröhlich zu und boten uns Brot und dicke Zuckerstücke an. Pani Dumont weinte, vor lauter Glück, sagte sie. In Warschau habe sie alle Tage für uns und Pan Władek gebetet, und jetzt wisse sie, daß mit Gottes Hilfe wenigstens Tanja und ich gerettet seien.

VIII

Raz dwa, raz dwa, eins zwei, eins zwei, nach rechts, nach links, Hände kreuzen mit dem Partner, Kopf hoch, alle drehen sich, Maciek tanzt *krakowiak*. Er trägt Knickerbocker aus braunem Tweed und braune Kniestrümpfe mit schottischem Rautenmuster, die Jacke aus demselben Tweed hat hinten einen kleinen Gürtel nach der neuesten Nachkriegsmode. Alles ist ein bißchen zu neu und zu unbequem. Der Bauch hat sich wieder gerundet: Mit den Apfelsinen und den Tafeln Schokolade kamen auch Sardinen und Gänseleberpastete und *babka*, der köstlichste aller polnischen Kuchen – ein Pfund Butter auf ein Pfund Mehl. Er hält die Hände sehr korrekt über Kreuz. Seine linke hält die rechte Hand seiner Partnerin, seine rechte ihre linke Hand. Sie geht ins Krakauer Mädchen-*gimnazjum*, ein rosiges Kind mit Puppengesicht, flachsblonden Zöpfen und rührend feuchten Händen. Der Takt ist gleichmäßig, das Akkordeon erstklassig, den Anweisungen des Tanzlehrers kann man gut folgen.

Heißt Maciek denn jetzt wieder Maciek? Trägt er wieder seinen jüdischen Namen, der nie erwähnt werden durfte? Keineswegs. Das Visier wurde in Kielce nicht aufgeklappt, also bleibt es auch in Krakau geschlossen. Maciek hat neue arische Papiere und einen neuen polnischen Nachnamen ohne jeden jüdischen Beiklang. Das ist nur gut so, glauben Sie mir. Kaum waren Tanja und er in Krakau angekommen, den Steinstaub aus den Kellern von Kielce noch in den Lungen und den Krieg, der eben erst vorbei war, noch in den Knochen, da setzten ihre neuen Nachbarn schon wieder ein Pogrom ins Werk, das erste im befreiten Polen. Gewiß, keines von der altmodischen Art – mit alten Juden in schwarzen Kaftanen und runden Hüten, die auf allen vieren im Kreis herumlaufen und jugendliche Reiter auf dem Rücken tragen müssen, hopp, Pferd, hopp, schneller im Galopp; so nicht, chassidische Juden gibt es hier nicht mehr. Die Polizei verhielt sich ausgesprochen korrekt: absolut neutral, keine Einmischung, aber es muß ihnen in den Fingern gejuckt haben, die Gummiknüppel tanzen zu lassen! Ein paar Tage danach, noch in dieser Woche, haben dann Juden in polnischen Uniformen – Soldaten kann man so etwas ja wohl kaum nennen – unsere Jungen herumgestoßen und geschlagen – die reine Provokation –, da angeblich unsere polnischen Jungen Juden verprügelt hätten, als die in ihrer Synagoge so mit dem Oberkörper geschaukelt und gebetet hätten. Natürlich kam es auch zu einer Schlägerei, und ein, zwei Juden wurden in Abrahams Schoß gebettet, den Gebetsschal hatten sie ja noch um. Am nächsten Tag jedenfalls kamen alle *żydłaks*, alle Jidden in Krakau auf die Straße und hatten sich ein riesiges Zeichen angeheftet: unglaublich schamlos. Genau wie vor dem Krieg – denen ist es doch egal, ob sie die Nation blamieren, sogar jetzt, da wir jede Hilfe vom Westen brauchen, die wir nur bekommen können. Nichts haben die von Hitler gelernt. Von wegen Judenvernichtung – das haben die Deutschen genausowenig geschafft, wie den Krieg zu gewinnen. Die Dreckarbeit haben sie uns Polen überlassen, als ob wir nicht schon genug durchgemacht hätten. In Kielce zum Beispiel haben die guten Leute hinter Pani Dumonts Rücken schließlich ein Jahr nach Kriegsende ein Pogrom organisiert –

und was glauben Sie? Über vierzig Juden hat es noch gegeben, die man umbringen mußte!

Tanja und Maciek haben ihre Lektion gelernt und beteiligen sich nicht an Protestmärschen gegen Pogrome. Sie haben ihre neuen Namen und ihre neuen Lügen, nur daß Tanja jetzt wieder die unverheiratete Tante ist. Nützen diese Lügen etwas? Fällt jemand darauf herein? Man sollte es nicht glauben. Schließlich gibt es doch wieder überall Juden in Krakau, sie kriechen aus allen Löchern. Die schlimmsten sind die Rußlandheimkehrer, die mit den russischen Truppen gekommen sind wie Läuse in deren Uniformen, nur mit dem Unterschied, daß sie wieder Pan Doktor hier und Pan Ingenieur da sind und in denselben eleganten Wohnungen wie vor dem Krieg wohnen. Auch andere Juden haben den Krieg wie die Maden im Speck überdauert, mitten unter uns waren sie, unser Essen haben sie gegessen, unsere guten polnischen Namen haben sie sich angeeignet, ihre Nachbarn in Gefahr gebracht, weil wir natürlich alle Bescheid wußten; diese Juden erkannte man doch auf den ersten Blick, auch wenn sie sich Sobieski nannten. Und bitte schön, wie viele von denen haben wir für ein Spottgeld in unserem Hinterzimmer versteckt, und immer haben sie geklagt, daß sie alles verloren hätten, als ob Geld noch eine Rolle spielte, wenn du als schwarzer Rauch durch den Schornstein fährst.

Ja, es gibt auch noch andere Juden in Krakau, nicht nur die Rußlandheimkehrer: Ein paar, die sich wie Tanja und Maciek das Leben mit einer Lüge erkauft haben, und ein paar, die für ein Versteck bezahlt haben und nicht verraten und verkauft worden sind. Einige von ihnen führen wieder ihre alten Namen, Rosenduft oder Rozensztajn, und glauben, daß keiner daran Anstoß nimmt. Aber Tanja und Maciek wissen es besser: Pan Twardowski und Pani Babińska nehmen sehr viel Anstoß daran. Diese halbvergessenen Gespenster mit den verhaßten Namen, diese Menschen, mit denen irgendwas nicht stimmt, die werden schon sehen: Der Tag wird kommen, da man ihnen zeigt, wohin sie gehören, auch wenn manche Leute es offenbar nie in ihren Kopf kriegen, daß sie unerwünscht sind. Also läßt ein gescheiter Jude seinen Namen immer noch auf -ski oder ähnlich enden, auch wenn er einen wirklich aufmerksamen Menschen damit nicht täuschen kann. Vielleicht haben die Damen, mit denen Tanja Kaffee trinkt und Napoleonschnitten ißt, nicht gerade sarmatische Vorfahren, aber ihre Lebensweise und ihre Namen machen sich besser so. Sie versuchen niemanden zu reizen.

Macieks Vater ist wiedergekommen. Auch er hat einen neuen Namen, denselben wie Maciek, und die passenden Lügen dazu. Er lernt schnell. Er hat eine Geliebte mitgebracht: Diese dralle Frauenärztin, die von den Russen aus Lodz verschleppt wurde, hat ihm in Sibirien die Sorgen vertrieben. Er wird sie bald heiraten. Maciek kann sich freuen – er wird zwei Mütter haben. Pani Doktor Olga hat einen kräftigen Griff, ja, sie schüttelt einem die Hand wie ein Mann. Tanja meint, das sei nur gut: Kannst du dir vielleicht vorstellen, daß jemand ihr einen Handkuß gibt?

Die Wohnung der Großeltern hat die neue politische Polizei beschlagnahmt. Tanja sagt, das erinnere sie an den Refrain in einem Lied: in T. die Gestapo, die Bezpieka in Krakau. Als Entschädigung bietet man ihnen eine große Wohnung, an der keine Erinnerungen hängen: Die Polizei weiß, mit wem sie es zu tun hat. Maciek hat wieder sein eigenes Schlafzimmer und Tanja ebenfalls. Pan Doktor und Pani Doktor bewohnen das dritte gemeinsam. Macieks Vater nimmt einen verlegenen Anlauf zu einer Erklärung: Macieks Reaktion kränkt ihn. Er erzählt Maciek Geschichten vom Ural und Sibirien; Maciek kann auf Fragen nach dem Krieg keine Antwort geben, auch wenn sein Vater sie noch so vorsichtig stellt.

Maciek geht ins *gimnazjum*. Zum ersten Mal hat er einen richtigen Freund. Der hat einen lustigen Namen: Er heißt Kościelny, das ist das polnische Wort für Sakristan. Sie sind beide Meßdiener. Maciek ist der Beste in Religion, und Kościelny ist der Junge, den der Priester am liebsten hat. Die Messe ist morgens um sieben. Kościelny möchte sich um Maciek kümmern; er wartet vor dem Haus auf Maciek, weil Tanja nicht möchte, daß er so früh am Morgen schon heraufkommt, und Tanja herrscht noch immer im Haushalt. Sie laufen beide sehr schnell durch den Morgennebel zur Kirche und schwingen die ledernen Schultaschen. Nur wenn er Maciek abholt, ist gesichert, daß der rechtzeitig kommt, sagt Kościelny. Er weiß nicht, daß Maciek einen eisernen Willen hat und immer pünktlich ist, daß es ihm bloß gefällt, Kościelny durch halb Krakau laufen und ihn vor dem Haus in der Kälte warten zu lassen. Sie legen dem Priester das Gewand an, helfen ihm mit den heiligen Gefäßen, schwingen den Weihwasserkessel, klingeln beim Heben der Hostie mit dem Glöckchen und waschen hinterher ab. Kościelnys Herz sehnt sich nach dem Sakrament: Sie gehen zur Kommunion. Maciek weiß, daß er sich wieder nichtswürdig verhält – es ist immer noch wie beim ersten Mal in Warschau –, aber was soll er machen? Er mag Kościelny und braucht ihn, und er kann und will sein Geheimnis nicht offenbaren. Wenn Kościelny erfährt, daß Maciek Jude ist, wird er ihn verachten, und nach dem Sakrileg erst recht, auch wenn Maciek in allen Fächern der beste Schüler ist. Ja, Macieks Penis ist noch derselbe, immer noch anders als der der anderen, aber Maciek hat gelernt, öffentliche Bedürfnisanstalten zu meiden und auch sonst das verräterische Glied neugierigen Blicken zu entziehen.

Mittlerweile steht er auch unter Kościelnys Schutz. Kościelny ist hoch aufgeschossen und sehr stark. Er hat winzige Ohren, tiefliegende Augen und eine kleine gerade Nase mit papierdünnen Nasenflügeln. Sein Vater ist stellvertretender Stationsvorsteher, genau wie Zosias Vater. Tanja hänselt Maciek damit. Maciek kennt sich mit den Ballspielen nicht aus, die in Freistunden auf dem Sportplatz der Schule gespielt werden, aber Kościelny ist im Sport ein As und wählt Maciek in sein Team. Dann macht es nichts, daß Maciek den Ball nicht fangen und nicht werfen kann und daß er beim Laufen schnell atemlos wird. Kościelny ist immer da und bringt alles in Ordnung. Aber Maciek kann aus dem Gedächtnis und intuitiv Substantive deklinieren und Verben konjugieren, weil er versteht, wie sie sich ändern müssen, und die grammatische Struktur eines Satzes sieht er mit einem Blick. Solche Dinge muß man Kościelny immer wieder mit unendlicher Geduld erklären, und Maciek übt mit ihm, bis er es begriffen hat. Sie machen lange Spaziergänge im Park. Kościelny ist ebenso schlicht wie stark; wenn sie von ihren Körpern sprechen, lügt Maciek. Die Wahrheit würde Kościelny nicht begreifen.

Maciek hat einen Hund. Es ist ein deutscher Schäferhund, den sein Vater von der Schule für Polizeihunde gekauft hat. Der Hund ist noch jung, etwa ein Jahr alt. Maciek hat den Verdacht, daß man seinem Vater den Hund verkauft hat, weil er für einen Polizeihund zu dumm war. Maciek nennt ihn Bari, weil Bari einer der Sender ist, die das neue Radio der Familie angeblich, aber nicht wirklich empfangen kann: Italien ist zu weit weg. Weiß der Hund, daß Maciek Angst vor ihm hat? Jeden Nachmittag, wenn Maciek aus der Schule kommt, gehen Herr und Hund zusammen in den Park. Es ist Ende November, der Park ist menschenleer. Maciek läßt den Hund laufen – wenn er sich genug austoben kann, wird er nicht bösartig. Der Hund versteht den Befehl »bei Fuß« und kommt, wenn Maciek pfeift. Eines Nachmittags kommt der Hund auf Macieks Pfiff zwar zu ihm, aber statt mit dem Schwanz zu wedeln und hochzuspringen und Maciek die Pfoten auf die Brust zu legen und sich streicheln zu lassen, spannt er sich wie eine Feder und knurrt bedrohlich. Er legt die Ohren an und bleckt die Zähne. Maciek fürchtet, daß der Hund ihm an die Kehle geht, wenn er springt. Zum Glück ist die Leine, die er in der Hand hält, sehr schwer. Als der Hund tatsächlich zum Sprung ansetzt, schlägt ihn Maciek mit der Leine ins Gesicht. Der Hund springt wieder und wieder, Maciek wehrt ihn wieder und wieder ab, bis der Hund sich langsam beruhigt. Maciek dreht dem Hund den Rücken zu und geht langsam weg. Der Hund kommt nach, Maciek hört ihn im trockenen Laub rascheln. Er pfeift. Der Hund gehorcht, und Maciek zwingt sich dazu, ihn an die Leine zu nehmen.

Ein paar Monate später wird der Hund von einem Auto überfahren, unmittelbar vor dem Mietshaus, in dem Maciek wohnt. Eine hochrangige Persönlichkeit des neuen Regimes wohnt im selben Haus, deshalb steht immer ein bewaffneter Posten im Eingang. Maciek schwatzt gerade mit dem Posten, er ist mit ihm befreundet. Sie sehen beide, daß der Hund tot ist. Maciek fleht den Posten an, den Fahrer des Wagens zu erschießen. Tanja wird später ihren Freunden im Café die Geschichte von Macieks gebrochenem Herzen erzählen – sie wird sagen: Wer weiß, wozu er vor lauter Unglück und Verzweiflung imstande gewesen wäre, wenn er dem Posten das Gewehr entrissen hätte. In Wahrheit ist Maciek heilfroh, daß das Tier tot ist. Kościelny gesteht er diese Wahrheit. Er nimmt das Risiko auf sich, daß sie dann nicht mehr Freunde sind.

Und wenn schon. Eines Tages, sehr bald sogar, wird Tanja wegziehen. Dann werden auch Maciek und sein Vater und Pani Doktor Olga ihr folgen. Von Kościelny wird er nichts mehr hören und sehen, weil Kościelny weder Macieks Namen wissen wird, noch was aus ihm geworden ist. Und wo ist Maciek jetzt? Er wurde allmählich lästig und ist langsam gestorben. An seine Stelle ist nun ein Mann getreten, der einen der Namen trägt, die Maciek gebraucht hat. Ist noch etwas von Maciek in dem Mann? Nein, nichts: Maciek war ein Kind, und unser Mann hat eine Kindheit, die zu erinnern er nicht ertragen kann; er hatte sich eine Kindheit erfinden müssen. Und das alte Lied lügt: Die Musik kann noch so lange und fröhlich spielen, Maciek wird sich nicht wieder von seinem Brett erheben und tanzen. *Nomen et cineres una cum vanitate sepulta.*